辻宮朔の心裏と真理

織 守 き ょ う や

幻冬舎文庫

辻宮朔の心裏と真理

リオウは上海《シャンハイ》で、日本人の母親と、中国系アメリカ人の父親との間に生まれた。

しかし、物心ついたときには父親はいなかったし、母親もリオウが六歳のときに、いつも酒のにおいをさせている男とどこかへ消えて帰ってこなかった。

一人になってからは、スリやかっぱらいも含め、なんでもして、その日暮らしだった。荷運びや、宿屋の客引き、商店の手伝いをしたり、簡単な日本語と簡単な英語が話せたから、ときどき、通訳の真似事をして日銭を稼いだりもした。

路上で生活する子どもは珍しくなかった。自分が特別不幸だとも思っていなかったが、このままだといつか野垂れ死ぬなとは思っていた。

そんなときだった。

「旦那、宿を探してるなら、案内するよ。いい宿があるよ」

リオウは、たまたま、普段この辺りでは見かけない身なりのいい男を見つけ、旅行客だろうと踏んで声をかけた。

年齢は、四十代半ばだろうか。仕立てのいい外套を着て、眼鏡をかけている。医者か、学者のように見えた。

男はちらりとリオウを見たものの、足は止めない。うかつに相手をすると財布をすり盗られるかもしれない、と警戒しているのだろう。無視されることには慣れているから、特に腹も立たない。

リオウは男について歩きながら、英語で、それから、日本語でも同じセリフを繰り返した。相手が何人《なにじん》かわからないから、中国語で話しかけて反応がないときは別の言葉を使うようにしている。

果たして、男は足を止め、リオウを見た。

「日本人？」

「はんぶん」

リオウが日本語で答えると、男は、リオウの汚れた服と靴をもう一度見て、

「おなかはすいてない？」

と訊《き》いた。

そしてリオウを宿へ連れていき、夕飯を食べさせてくれた。

リオウに親がいないと知ると男は、一緒に来るかい、と尋ね、リオウは頷《うなず》いた。

その日からリオウは男の息子ということになり、中国全土を旅することになった。

養父となったその男は、リオウに読み書きや計算や、そのほか色々なことを教えてくれた。彼は何でも知っていたが、そのかわり、料理や身の回りのことはまるでできなかったので、そちらはリオウが世話をしてやった。

「こんなんで、俺と暮らす前はどうしてたんだよ」

呆《あき》れたふりでそう言いながら、リオウは嬉しかった。初めて存在意義を認められた気がした。養父には、自分がついていなければだめなのだと。

養父もそれを否定はせず、「おかげで快適だよ」などと言って、リオウに世話をされていた。

「なんで俺なんか拾ったんだよ」

一度尋ねたら、「気まぐれだよ」という答えが返ってきた。子どもに対して、意地の悪い返事だ。冗談だったのかもしれないが、リオウは真に受けた。養父には、確かにそういうところがあった。

またいつ気まぐれで放り出されるかもしれないと、覚悟をしておこう、期待しすぎてはいけないと、そのときは思ったものだが、彼はリオウを放り出したりはしなかった。

一緒に暮らすようになって二年ほど経ったとき、養父は広東《カントン》の小さな町に家を借りた。

それまでは一つ所に一年以上とどまることはない生活をしていたのに、当分はこの街にいると言い、彼はリオウを学校へ通わせた。何で、と尋ねたら、また、気まぐれだと言われた。

「俺がまた気まぐれを起こさないとも限らない。今のうちに、しっかり勉強しておきなさい」

本気ではないことは、その頃にはもうわかっていた。旅暮らしが長かった割に、養父は町の誰とでもうまくつきあっていたが、そのすべてがよそいきの顔で、リオウに見せる顔だけが違っていた。彼にとって自分が特別だということはわかっていたから、リオウは、養父のひねくれた物言いに傷つくようなことはなかった。

俺がいなきゃ淋しいくせに。そう思って、

「俺は、大人になっても出ていったりしないから、心配しなくていいよ。俺が老後の世話してやるから」

リオウが言うと、養父は、生意気、おまえの世話になんかならないよ、と笑っていた。

けれど――やはり、一緒にいられなくなったときのことを、養父は考えていたのかもしれない。そうなったときリオウが一人で生きていけるように、学校に通わせたのかもしれない。

リオウは勉強が好きだったわけではないが、いつか養父の仕事の手伝いをできるようになりたくて、真面目に学校に通った。

その町での暮らしは、楽しかった。

二年半ほど続いただろうか。

いつか一緒にいられなくなる日が来ることを、リオウも、全く考えなかったわけではないが、別れがどんな形で来るのかは、まだ知らなかった。もしそんな日が来るとしたら、それは、どちらかがそうすることを選択したときだろうと思っていた。

誰かに奪われることなど、想像もしていなかった。

養父が、吸血種という、その頃はほとんど知られていなかった存在について研究していたことを、リオウは、後から知った。

リオウが最後に見た養父の姿は、朝、いってらっしゃいと新聞を読みながら見送ってくれた笑顔だ。

その日、リオウが学校から帰ってきたとき、自宅の床は血の海になっていた。

1

ボストンの秋は、日本よりも早くやってくる。

九月になると、晩夏の空気の生ぬるさは消え、街路樹が色づき始める。

遠野《とおの》はこの季節のボストンが一番好きだ。レンガの建物が多いから、紅葉した並木が街並みによく似合うし、涼しくて散歩が楽しい。

夜が肌寒いくらいになると、温かい飲み物がおいしい。夕食の後で朱里《あかり》に、何か甘いものを出して、一緒にコーヒーを飲もう。いっそ、散歩に連れ出すのもいいかもしれない——と、遠野はうきうきと考えた。

彼女はよく自宅へ仕事を持ち帰るし、根《こん》を詰めがちだから、コーヒータイムや短い散歩は、気分転換になるだろう。

大学生だった遠野が初恋の女性である朱里と再会し、吸血種という存在を知り——新しい世界を知ってから、もうじき七年が経つ。

遠野は、紙袋に入れたままにしていたバゲットを取り出してスライスし、細長くて平たいバスケットに並べた。二人分だ。

大学を卒業して渡米し、吸血種関連問題対策室本部に勤めて五年、英語での日常生活や業務にも、今ではすっかり支障がなくなった。

朱里と同じアパートメントの隣の部屋に住み、部署は違えど同じ場所へ出勤するという、再会するまでの九年間の別離を考えると夢のような日々を過ごしている。

内勤の遠野とは違い、朱里は吸血種関係のトラブルが起きると呼び出されて出ていってしまうから、いつも一緒にいられるわけではなかった。仕事の状況によっては数日間顔を見られないこともあったが、離れていた九年間を妄想だけで乗り越えた遠野にとっては、どうということはない。一日会えなければその分、翌日会えたときの喜びが大きくなるし、最近なかなか会えなくてちょっと淋しいな、朱里もそう思ってくれたらいいなあ、などと考えている時間も楽しい。

自分は毎日でも一緒にいたいが、朱里にはそのペースは負担になるかもしれないということはわかっている。ときどき淋しく思う日があるくらいがちょうどいいのかもしれない。

重い男だと思われたくないからね、と以前遠野が言ったとき、話を聞いていた同僚が何とも言えない顔をしていたが、朱里以外には、ちょっと引かれるくらいでかまわないので気にしていなかった。

遠野は自分の恋心を隠さなかったから、遠野の気持ちは、職場の皆に知られている。もちろん、わざとそうしている。周囲に応援してもらえるとなにかとやりやすいし、いつ現れるともしれない、あるいは潜伏しているかもしれないライバルを牽制《けんせい》する意味もある。

そうして、朱里の負担にならないように時間をかけて少しずつ慎重に、彼女にとっていなくてはならない存在になる予定だった。

今年で丸七年、今のところは順調だ。

料理に使った調理器具を洗い終えると、遠野はエプロンを外し、冷蔵庫の脇に掛ける。

今日は、朱里も遠野も仕事が立て込んでいなかったから、定時に帰宅できた。それぞれの部屋に戻ったが、夕食は遠野が用意して、朱里の部屋で一緒に食べることになっている。

朱里は忙しくなると食事をないがしろにしがちなので、できるだけ食事を一緒にするようにしていた。

遠野自身も、日本で独り暮らししていた頃はコンビニエンスストアやチェーンの外食店で適当に済ませていたし、料理など全くしなかったが、朱里の食生活が不規則で、ともすればエナジーバーや果物くらいで食事を済ませてしまうと知って以降、考え方を変えた。

純粋に朱里の健康を心配する気持ちはもちろんあるが、それ以上に警戒されずに彼女の生活に入り込むまたとないきっかけ、大義名分になると思ったからだ。

花村《はなむら》遠野は、その点において、チャンスを逃がさない男だった。そして、そのための努力を怠らない男だった。

胃袋をつかむ方法は、いつだって有効なのだ。

朱里は小食だが、おいしいものには目を輝かせる。遠野自身はそれほど食に思い入れがないほうだったが、朱里がおいしそうにものを食べるのを見るのは好きだった。

毎日のように隣の部屋へ顔を出すことも、食事の世話をするためという言い訳のもとでなら許される。そうやって、朱里に、自分と一緒にいることに慣れてもらい、それが当たり前になるのを待つという作戦は、功を奏していた。遠野と一緒に食事をとることは、いまや彼女にとって日常になっている。

朱里は、恋愛というものに関してはかなり奥手だったが、それでも、遠野の気持ちは確実に伝わっている。遠野が、どれだけ鈍感な相手にでも伝わるくらいにはっきりと、気持ちを伝えたからだ。

そして、彼女のほうも遠野に好意を持ってくれているらしい。それは遠野も感じているが、朱里の性格に加え、彼女が仕事熱心で毎日忙しくしていること、異性との肉体的接触を避けていたこともあって――彼女の特性として、異性との接触は、職務上必要となる吸血種としての能力が低下することにつながるため――、朱里との関係は、世間一般にいうところの恋人と呼んでいいのかは微妙なところだ。肉体的接触はほとんどない。ごくたまに、手に触れるくらいがせいぜいだった。しかし、遠野は今の状態を楽しんでいた。

牛のような歩みだが進展はしているし、恋人未満のほの甘い関係も、今しか楽しめないものだし、ゆっくりだからこそ、確実な関係を築けているという実感もある。

何しろ、時間はたっぷりあるのだ。

リビングの片づけをしていると、セットしておいたキッチンタイマーが鳴った。

キッチンへ行き、火にかけていた鍋の様子を見る。大き目に切った野菜を煮込んだポトフの、いいにおいがしていた。

遠野にとってポトフは冬の料理という印象で、少し気が早いかと思ったが、朱里は煮込み料理が好きなので、きっと喜んでくれる。

来月には休暇をとって、二人でフランスの湖水地方へ旅行する予定だった。

ヨーロッパ旅行は春と秋がベストシーズンだと、同僚が教えてくれた。フランスでは、来月から、ちょうど、秋の収穫を祝う祭りが催されるという。

一緒に見に行こうと朱里を誘ったのは、働きすぎのきらいのある彼女の息抜きになればという思いからだった。

彼女は、ただでさえ忙しい日々の業務に加え、七年前の事件で行方不明となった吸血種、ユエについても調べていたようだ。

なんでも彼は、対策室が長年追っている吸血種の一人だったらしい。対策室内では、要注意人物を集めたリストの十一番目ということで、イレヴンと呼ばれていて、中国や欧州でも、それなりに名前が――それぞれ別の名前だったが――知られているという。

しかし、顔写真はなかったため、七年前の事件の際は、朱里も、ユエが対策室の捜している吸血種と同一人物だとは気づかなかった。

遠野の業務とは無関係なので、詳しい話は聞いていないが、朱里が調べているということは、犯罪行為が疑われる事情があるのだろう。しかし、長年追っているにもかかわらず対策室が行方をつかめずにいただけあって、七年前の事件の後、ユエの足取りはわからないままだった。それでも朱里は、あきらめずに情報を集めているようだ。

彼女が仕事熱心なのは、遠野と再会する前からだろうが、そこにさらにユエの調査が加わったので、遠野と一緒に働くようになってからの五年間、朱里は長期の休暇をとっていない。同僚たちや、朱里の妹の碧生《あおい》が、たまには休んだほうがいい、気分を変えたほうがいいと彼女に勧めてくれ、七年目にして初めての二人での旅行が実現する運びとなったのだ。

碧生は、吸血種である朱里に定期的に血液を提供している「契約者」であるが、その碧生も休暇を取得して、一昨日からイタリア旅行に行っている。碧生が、朱里に、遠野との旅行を強く勧めてくれたのは、仕事のパートナーでもある姉を残して自分だけ休暇をとることに対する負い目もあったからかもしれない。いいタイミングだった。

チケットとホテル——部屋は別だ——はすでに押さえている。職場に根回しも済んだ。あとは、それぞれの部署に休暇の申請書を提出するだけだった。

鍋の火を消し、仕上げに黒コショウを振り、ポトフに添えるマスタードを用意して、遠野は「さて」とキッチンを出る。

今から行ってもいいか、と朱里に連絡をするために、ダイニングテーブルの上に置いていたスマートフォンを手にとると、新しいメールが届いていた。

差出人は、大学の後輩であり、部署は違うが対策室の同僚でもある百瀬《ももせ》千夏《ちなつ》だ。

彼女は、日本支部の設立のため、先月から東京にいるはずだった。

『遠野先輩、ごめんなさい！　こっちでトラブルがあって、朱里さんに出張の要請が行っちゃうかもしれません。来月旅行の予定ですよね。それまでに解決すればいいんですけど……』

詳しいことは書いていないが、吸血種とヒトの折衝や、吸血種による犯罪の調査、処理を主な業務としている朱里が呼ばれるということは、吸血種が関係する事件が起きたのだ。それも、わざわざボストンから専門の職員を呼び寄せるくらいだから、単なる小競り合いではなく、それなりに大きな事件であるはずだった。

日本で、吸血種絡みの事件が起きること自体が珍しい。日本に住む吸血種の数は欧米と比べて多くないし、国民性もあってか、たとえトラブルがあっても内々に収められてしまって、騒ぎになるようなことはほとんどない。

それこそ、大きなものは七年ぶり――遠野が吸血種になるきっかけとなった、あの事件以来ではないか。

千夏は遠野たちの休暇のプランのことを気にかけてくれているようだが、故郷である日本でそんな大事件が起きているなら、そちらも心配だ。

返事は待たず、千夏への返信は後回しにして、『夕食持っていくね』とだけ朱里にメッセージを送った。

完成したポトフを鍋ごと持って部屋を出る。行き先はすぐ隣の部屋で、玄関のドアを開け閉めする音が聞こえる距離なので、いつも、鍵もかけない。

両手に鍋を持っているうえ、鍋蓋の上にはバゲットを入れたバスケットにマスタードのジャーまでのせているので、自分ではドアを開けられない。肘で呼び鈴を押して少し待つと、部屋の奥から軽い足音が聞こえた。

ドアを開けてくれた朱里は片手にスマートフォンを持ったままだ。仕事のメールを読んでいるところだったのだろう。

固い表情だったが、遠野が鍋を見せてお疲れ様、と声をかけると、少しその表情が和らいだ。

お疲れ様です、と挨拶を返し、ドアを大きく開けて迎え入れてくれる。

可愛い。昨日も今朝も会ったのだが、何度見てもやっぱり可愛い。

中学生だってもう少し進んでいる、と職場の同僚に揶揄《やゆ》されるような関係でも、彼女が自分の顔を見て緊張も警戒もせず、安心した表情をしてくれる、それだけで今は満足している。最初は気を遣ってばかりだったのが、七年かけて、ここまで心を許してくれるようになったのだ。

マイナスイオンを浴びたかのように気持ちが明るくなるのを感じながら、「お邪魔します」と一言言って中へ入った。

朱里の部屋は、遠野の部屋と同じ造りだ。

「仕事のメール？」

遠野が、キッチンに鍋を置いて振り返ると、朱里は「はい」と頷いて手元のスマートフォンに目を落とす。

「日本で、殺人事件が発生したそうです。都内の、比較的近接したエリアで、男女それぞれ一名ずつの遺体が発見されています。連続殺人である可能性が高いとか」

やはり殺人事件だった。それも、連続殺人。七年前のことを思い出し、遠野も思わず姿勢を正した。予想した以上に大事《おおごと》だ。

「吸血種絡みの事件と思われる、ということで、警察から対策室へ連絡がありました。日本国内の支部はまだ立ち上げたばかりですし、現地のスタッフは二人だけなうえ、こういった犯罪捜査には不慣れです。現地での調査も、警察とやりとりをするのも、日本語が堪能な職員のほうがいいですし……」

そこまで言って、朱里は申し訳なさそうに目を逸《そ》らして口ごもった。

平和な日本では、連続殺人事件自体が珍しい。世間に注目されるだろうから、早期の真相解明や犯人確保だけでなく、望まない形で吸血種についての情報がヒトの間に広まることを防ぐための対策も講じる必要がある。

千夏たち、日本にいる職員だけでは、確かに荷が重いだろう。

「うん。フランス行きのチケットは、キャンセルしておくから大丈夫だよ」

朱里が謝罪する前に、先回りして言った。

朱里はそう言われてほっとするどころか、ますます申し訳なさそうな表情になる。遠野が落胆を隠して、平気な振りをしていると思っているようだ。

そんな表情をさせたいわけではないので、もったいぶらずに続けた。

「朱里さん、日本へはいつ発つの？　決まったら教えてね。できれば同じ飛行機がいいから

——あ、ホテルも。そのほうが動きやすいしね」

えっ、と朱里が目を丸くする。

外見は十代の少女だが、遠野より長く生きている彼女は、普段は静かで落ち着いていて、表情もあまり変わらない。しかしこういう表情をすると、とたんに幼い印象になった。

単純に可愛いし、自分の発言がその表情を引き出していると思うと嬉しい。遠野も、自然と笑顔になる。

「休暇を前倒しして、僕も一緒に行くよ。湖水地方もいいけど、久しぶりの日本も悪くない」

「……遠野さん」

「出張先で、朱里さんがちゃんとごはん食べるか心配だし……それに、長い間離れてると、僕が淋しいから」

紛うことなき本心だ。一度は明るくなりかけた朱里の表情は、しかし、何かに気づいたようにまた曇った。

「でも、せっかくのお休みなのに、そんな……」

「朱里さんと一緒なら、どこに行くのも楽しいよ」

ストレートに告げれば、朱里の頬がさっと赤くなる。

遠野はにこにことそれを眺めた。

可愛いなあ、七年経っても全然新鮮さが損なわれないなあ。

「朱里さんと初めて会った日本に、朱里さんと一緒に行くのも、何かちょっと嬉しいっていうか、わくわくするしね。あ、事件が起きてるのに不謹慎だけど」

負け惜しみではなく、本気でそう思っている。

こと恋愛に関して、遠野はごく前向きな男だった。

「秋祭りを見られないのは残念だけど、また今度一緒に行こうね」

結局のところ一緒にはいられるわけなので、実は大して残念だと思っていない。フランスの秋祭りより、今目の前の朱里が可愛いということのほうが重要だ。しかし、旅行自体をどうでもいいと言ってしまうのも朱里に対して失礼なので、一言そう付け加えた。

朱里は、今度こそ、ほっとしたような笑顔になり、「はい」と言ってくれた。なし崩し的に一緒に日本に行くことを受け容れさせ、さらに次の旅行の約束もとりつけることができたので、遠野にとっては上々の結果だ。

それに、すみやかに事件を解決することができたら、そのまま数日休暇を取得して、朱里と日本国内で観光できるかもしれない。それもまた楽しそうだ。

まずは食べようか、と遠野が言うと朱里も同意したので、戸棚から器を出し、まだ十分に熱いポトフをよそった。

「それで、その事件のことだけど……捜査はどれくらい進んでるの？　連続殺人ってことは、それなりに犯人につながりそうなヒントも見つかってるとか」

「資料は先にデータで送ってくれるそうです。被害者二人の身元は判明しています。容疑者といえるような人物は浮上していないようです」

朱里がテーブルにカトラリーを並べ、飲み物を用意してくれる。

向かい合って座ってから、日本風に「いただきます」と手を合わせた。

「吸血種絡みの事件だってわかったのは、どうして？　何か特徴のある遺体だったのかな」

食事どきにふさわしい話題ではなかったが、気になって、つい訊いてしまう。

七年前の事件のときは、確か、人間の仕業《しわざ》とも思えないほど遺体が損傷していたことと、遺体から大量の血が失われていたことから、吸血種の関与が疑われ、吸血種の気配を感知する測定器で現場を調べたところ、吸血種の強い気配が残っていることが発覚した……という経緯だった。しかし、日本の警察も、殺人事件が起きるたびに吸血種の気配の有無を測定しているわけではないはずだ。そもそも、吸血種の存在を知っている人間は、警察の中でも一握りだ。

「警察が、殺人を吸血種と結びつけて考えるような、何かがあったってことだよね。今回も、遺体から血が抜かれていたとか？　それとも、遺体に吸血の痕があったとか」

「いえ……」

木製のスプーンを手にとり、朱里は首を横に振った。

「被害者が二人とも、吸血種だったんです」

＊＊＊

吸血種関連問題対策室の日本支部となるオフィスは、ボストンの本部と比べると格段に小さなビルの、三階にあった。

「遠野先輩、朱里さん、お疲れ様です！　ボストンからわざわざ、ありがとうございます」

エレベーターを降りると、千夏がエレベーターホールで迎えてくれる。先月までは彼女もボストンにいたので、一か月ぶりだ。実年齢は二十五、六歳になるはずだが、相変わらず、二十歳そこそこにしか見えない。グレーのパンツスーツという、彼女にしては珍しいファッションだった。ゆるふわパーマのロングヘアも、クリーム色のシュシュで一つにまとめている。

遠野がそれを指摘すると、日本の吸血種たちの信頼を得るため「ちゃんとして」見えるよう意識してのことだと教えてくれた。

「眼鏡も用意したんですよ。知的に見えるかなと思って」

胸ポケットに挿していたそれを、その場でかけて見せてくれる。ピンクのセルフレームの眼鏡は、知的な印象かはさておき、彼女の雰囲気に合っていた。朱里に「お似合いですね」と言われて、千夏は嬉しそうにしている。

赴任するなり大事件に直面して動揺しているかと思ったが、元気そうで安心した。

一方で、千夏の隣――というより一歩後ろに下がった位置に立っている、もう一人の職員のほうは、千夏ほど元気そうではなかった。長身でスタイルがいいのに、うつむきがちな様子は、なんだかくたびれて見える。疲れたサラリーマンといった風で、蒼白《あおじろ》い目元に、うっすらと隈《くま》が浮かんでいた。慣れない国に赴任してきて、新しい事務所の立ち上げに奔走しているところに、十年に一度あるかないかの大事件が起きたのだから、無理もない。

彼のことは、ボストンの事務所で、何度か見かけたことがあった。彼が以前、短期間だけ朱里と同じ部署に所属していたことがあったからだ。

朱里と同じ部署の男性職員は、全員チェックしている。対策室に入ったのは、遠野とほとんど変わらない頃で、わずかに遠野のほうが早いくらいだったはずだ。確かロシア系だったはずだが、すぐに名前が浮かばない。

銀に近い薄い色の金髪を後ろへ撫《な》でつけて額を出した髪型で、千夏のものとは違ってかっちりしたデザインの眼鏡をかけた、見るからに真面目そうな男だ。

遠野の視線に気づいたのか、彼は顔をあげ、千夏の陰から一歩進み出る。

「ヴィクター・ロスです。遠くからお越しいただいて恐縮です。そして、ご協力に感謝します」

英語で生真面目に言って、遠野に手を差し出した。遠野は笑顔で、その手を握り返す。

「どうも、花村遠野です」

お噂はうかがっています、とヴィクターは言った。千夏からだろう。

「アカリも、お久しぶりです。来てくださって、とても心強いです。よろしくお願いします」

「こちらこそ」

元同僚であるはずなのに、ヴィクターの態度は、遠野に対するそれと変わらず他人行儀だ。そういう性格なのだろう。もっとも、朱里のほうも似たようなものだ。いつでも、「きちんとしなければ」という意識が働いているのが見てとれる。

遠野はヴィクターへの警戒レベルを下げた。二人の様子を見る限り、朱里とヴィクターは、あくまで仕事上のつきあいのみで、特別親しいということはなさそうだ。

千夏とヴィクターに案内されて、短い廊下を進み、オフィスへ向かう。

ここです、と示された金属製のドアには小窓もなく、中がどうなっているのか、廊下からはうかがい知れない。表札もない。ドアを開けると観葉植物の置かれた空間があって、右側にカードキーリーダーの設置されたドアがあった。

左側にも空間があるようなので覗いてみると、そちらは面談室になっている。テーブルと椅子を設置しただけの簡易なものだった。吸血種たちの相談を受けるための部屋らしい。

「どうぞ。こっちが執務室です」

千夏がカードキーをかざしてドアを開ける。

一か月前にできたばかりの支部の割には片付いていた。

さほど広くはない執務室と、資料庫と、面談室。フロア半分を借り上げ、パーティションで三つに仕切ったそのオフィスで働いているのは、現在、千夏とヴィクターの二人だけだと聞いている。

デスクは向かい合わせに四つあるが、普段から使用している様子なのはそのうち二つだけだ。ペン立てなどの私物が華やかなので、奥のほうが千夏の席なのは一目でわかった。

「予備のデスクを使ってください。本部からヘルプが来たときとか、今後の増員に備えて用意したんですけど、すみません、パソコンは全部で三台しかなくて……」

「僕は勝手に来ただけだから気にしないで。タブレットがあるしね」

朱里が千夏の隣、遠野がヴィクターの隣の席に、とりあえず座る。

ヴィクターの、几帳面に整理整頓されたデスクの上には、日本語の書類と小型翻訳機と電子辞書が置いてあり、書類にはたくさんの付箋がついていた。

「日本語は勉強中なんです」

ヴィクターが、恥ずかしそうに言う。

日本語のネイティヴスピーカーではないのに、デスクワークも対人の業務もすべて日本語というのはかなりの負担だろう。遠野も、ボストンに引っ越した直後は苦労した。英語圏で五年暮らし、目に見えてストレスを感じることはなくなった今でも、やっぱり母国語のほうがずっと楽だ。

「よかったら手伝うよ。事件のせいで、イレギュラーな業務が増えて大変でしょ」

遠野が言うと、ヴィクターはほっとした様子で「助かります」と言った。表情はあまり変わらないタイプのようだが、そのぶん笑うとギャップに「おっ」と思う。朱里と同じだ。それで、好感度が一気にあがった。

千夏が、壁際にあったホワイトボードを引いてくる。全員から見えやすいように角度を変えて設置し、そこに、プリントアウトした写真を貼った。

「ここには、本部みたいなモニターもプロジェクターもないので……」

申し訳なさそうに言いながら、二人の男女の顔写真の下に、事件現場に倒れたそれぞれの遺体の写真も貼った。写真の下に、事件が発生した日付と時間をペンで書く。

「これが一人目の被害者、相田修作《あいだしゅうさく》。こちらが二人目の被害者、小宮山里穂《こみやまりほ》です」

先に送ってもらった資料は読み込んできて、だいたい頭に入っていたが、情報を整理するためにも、改めて千夏の説明を聞くことにする。

八月末、一人の男性の遺体が、新宿南側の路地裏で発見された。

刃物で首の後ろを切りつけられたその遺体は、所持品から、町田市在住の、飲食店の店員、相田修作四十五歳だとわかった。

怨恨による犯行と、通り魔の可能性の両方を視野に入れ、捜査が始まったが、そのわずか数日後、九月に入ってすぐの金曜に、今度は渋谷区内のバルの駐車場で、女性の遺体が発見された。小宮山里穂、三十七歳、ネイリスト。

彼女は対策室で管理されている名簿に登録済の吸血種だった。

二件の殺人は、首の後ろに刃物の傷、という共通点から、連続殺人の可能性があると判断され、その後すぐに、相田もまた吸血種であることがわかったため、事件は一連のものとして対策室預かりとなり、朱里が出動することになった……ということらしい。

ボードに貼りつけられた顔写真は、二人とも、実年齢よりもずっと若く見える。吸血種だから当然だが、せいぜい二十代半ばにしか見えないとあっては、そろそろ、「若く見えるんです」というごまかしも苦しくなってくる頃だ。

「実は、ロウさんから私に情報提供があって、相田さんが吸血種だってわかったんです。被害者同士の接点を探す過程でいずれ判明したと思いますけど、早くわかったのは助かりました」

「あ、ロウくん。懐かしい名前。交流あるんだ？」

「こちらに赴任してすぐに挨拶に行きました。今も新宿で、未登録の吸血種たちの顔役をやっていますよ」

ロウは、かつて都内の、ひいては国内の未登録吸血種たちに強い影響力を持っていたユエの契約者であり、助手でもあった青年だ。

七年前の事件の後でユエがこの国を去ったときは、国内の吸血種たちが荒れるのではないかと関係者たちは心配したのだが、結果として、大きな混乱はなかった。姿を消す何年も前から、ユエはあまり人前には現れなくなっていて、ロウを名代《みょうだい》としていたようだから、そういった意味でも、実質的にはあまり影響がなかったのかもしれない。

日本国内で、吸血種に関係する事件は報告されていなかったわけだから、これまでは、おおおむね平和だったのだろう。

今回の事件では、容疑者ではなく被害者が吸血種なのだ、と朱里から初めて聞いたとき、遠野は、吸血種同士の喧嘩がエスカレートしたのかと思った。

吸血種になってまだ日の浅い者が、吸血種としての力に慣れないまま喧嘩をしてしまい、相手に怪我を負わせてしまうことはたまにある。だからそう思ったのだが、そういう場合、事件化するほど深刻な事態になることは稀《まれ》だ。

ヒトは吸血種の血を体内に取り入れることで吸血種化する。つまり、誰かが吸血種になるときは、必ず、血を提供した吸血種が存在する。多くの場合は、家族や友人、恋人などのパートナーだ。そして、変化したての吸血種には、安定するまで、血を提供した仲間がそばについているのが普通だった。吸血種化してしばらくは、体調が安定せず、日光に弱いために日中は出歩けないなどの不自由があるし、急に向上した身体能力に慣れずに失敗することもあるからだ。遠野が吸血種になったときは、朱里が色々と教えてくれた。

吸血種になりたてのときは力の制御が難しいが、本人も周囲もそれを理解したうえで注意しているから、力の加減を誤ったせいで大惨事になる、ということはそうそうない。望まないまま、無理やり吸血種化させられたというような、ごく例外的なケースでもなければ。

しかし今回の事件については、事故はもちろん、突発的な喧嘩という線もなさそうだと、遺体の写真を見てすぐにわかった。

何せ被害者は、後ろから刃物で首を切られているのだ。

「傷跡の分析結果は昨日届いたんですが、皮膚に対してほぼ垂直に刃が入っています。正確には、ほんのわずかに上からの角度です」

相手の首の高さで刃物を構えると、普通、刃は下から入る形になるはずだ。それが垂直ということは、犯人は、被害者たちよりもかなり背が高いのか。

一瞬そう思ったが、すぐに、そうとも限らないと思いなおした。

小宮山の遺体は、駐車場に停めた、本人所有の自動車の車内で発見されている。運転席から斜めに、助手席に上半身を投げ出すような形で倒れていた。運転席に座っていたところを襲われて、助手席側に逃げようとしたのかもしれない。

座った状態の相手に後ろから近づいて素早く切りつければ、さほど背の高くない犯人でも、垂直に切ることは可能だろう。

相田のほうは、路上で発見されているから、殺されたときに座っていたのだとすれば、別の場所で殺された後、犯人が遺体を移動させたということになるが——吸血種の力なら、体格に関係なく、遺体の運搬も簡単だ。

「そして、どちらも、純銀製の刃物で刺傷されたものとわかりました。二人の殺害に使われた凶器は、同じものです」

千夏の言葉に、遠野も朱里も、自然と姿勢を正す。

凶器が純銀であることは、傷がふさがっていないという時点で予想はついていたことだが、後半の内容は重要だ。被害者がどちらも吸血種である、というだけでなく、凶器も共通。これで、連続殺人事件であることはほぼ確定した。

純銀製の武器など、そのへんに転がっているものではないから、犯人は吸血種を殺すための武器を手に入れて、被害者たちを、吸血種だと知ったうえで襲ったことになる。

「ご存じのとおり、吸血種が死亡する事件があった場合、最初に考えられる可能性は吸血種同士のいさかいで、その次がハンターによる襲撃です」

千夏は遺体写真を示しながら言った。

吸血種の身体はヒトより頑丈で、傷を負ってもすぐに再生する。傷が瞬時にふさがるほど高い再生力を持つ個体は限られているが、ヒトならば助からないような怪我でも、吸血種なら生き延びられる。吸血種がたまたま通り魔に襲われたり事故に遭ったりしても、ほとんどの場合、死亡するには至らない。

吸血種を殺すには、彼らが吸血種だと知っていて、かつ、吸血種の殺し方を心得た者が、明確な殺意を持って殺さなければならない。

だから、被害者と同じ吸血種か、吸血種の弱点を知っているハンターが怪しい。

「今回も、警察と協力して、両方の線から調べていますが……犯人につながる有力な情報は得られていません。小宮山さんは身元のしっかりした吸血種です。名簿に登録されてからの九年間、トラブルは一切報告されていません。相田さんは未登録ですが、前科前歴はありません。相田さんが吸血種になったのがいつかはわかりませんが、ロウさんに確認したところ、あまり社交的ではないものの、他人とトラブルを起こすようなタイプではなく、温厚な人物だったそうです」

「二人とも、殺されるほど誰かに恨まれていたとは思えないし、ハンターに狙われるような事情はないということですね」

朱里が確認し、千夏が頷く。

「捜査が進めば、新しい事実が発覚することもあるかもしれませんが、少なくとも現在わかっている限りでは」

密猟者、とも呼ばれるハンターは、犯罪を犯した吸血種を追いかけてつかまえ、警察や対策室に引き渡す――身体能力に優れた吸血種を、専門家でない警察が逮捕することが困難な場合に活躍する、いわゆる賞金稼ぎだということに、表向きはなっている。

しかし、表立って被害を訴え出ることができなかったり、世の中から隠れて生きていたりする吸血種を狙って攫《さら》い、好事家《こうずか》に売り飛ばすようなハンターもいると聞いていた。事実ならばもちろん取り締まる必要があるが、対策室でも、なかなかその実態がつかめず、苦労している。

そういった金目当てのハンターなら、吸血種を殺さず、生け捕りにするはずだ。殺してしまえば売り物にはならない。

かといって、ハンターには殺害の動機がない、とまでは言えない。

たとえば、吸血種なら誰でもいいと考えて襲うような、過激な思想のハンターだって存在するかもしれない。

「まずはさらに踏み込んで、被害者二人の接点を調べるところからかな。都内に住む吸血種同士だから、顔を合わせることくらいはあっただろうけど、それ以上の関係がなかったか……二人が被害者になったことに、理由があったのかどうか。二人が同時に誰かの恨みを買うような事情がなかったかとか。逆恨みでもなんでも」

遠野が言うと、ヴィクターは眉間に皺《しわ》を寄せて顎《あご》先に手を当てる。

「怨恨による犯行なら、動機の有無で犯人を絞り込めるかもしれませんが……ハンターが犯人だとしたら、難しいですよね。対策室で存在を把握しているハンターは、ごく一部ですから」

ハンターは登録制ではないから、吸血種のように名簿があるわけでもない。顔と名前を対策室で把握している一部のハンターを除いて、本人が名乗りでもしない限り、その人間がハンターかどうか、遠野たちにはわからないのだ。

合計何人存在するのかも、そのうち何人が日本国内にいるのかも、調べようがない。

「たとえば、これまでハンターとして活動していたわけでもない人間が、何らかの事情で吸血種の存在を知って、ゲーム感覚で、吸血種だけを襲っているとしたら……どうしようもありません」

「吸血種みたいに、気配でわかるわけでもないですもんね」

新米の、あるいは自称・ハンターが、無差別に吸血種を襲っているのなら、犯人を絞り込みようがないうえ、次の被害者を予想することもできない。犯行はこれからも続くだろう。吸血種であるというだけで、誰がいつ襲われるかわからない。

「でも……」

朱里が口を開いた。

「後ろから首を切るなんて、普通の人間が、躊躇《ちゅうちょ》なくできることではないと思います。昨日今日ハンターになったばかりの人間に、吸血種を殺せるとは思えません。それも、二人も」

あ、そうか、と、千夏とヴィクターが同時にぽんと手を打った。

「確かに、にわかハンターなら返り討ちですね。後ろから近づいたって……吸血種は耳もいいし、気配にも敏感ですから」

契約者になって──吸血種に血を吸われて──一時的に吸血種の能力を分け与えられた経験のある千夏が、実感のこもった口調で言う。

「つまり──犯人は、結構な手練《てだ》れってことになりますよね？　それなら、ハンターの有名どころはだいたい把握できているはずです」

朱里の言うとおり、吸血種の存在を知った人間の誰でもハンターになりうるが、吸血種とわたり合えるだけの技術や体力は、一朝一夕に身につくものではない。度胸もそうだ。

対策室にも存在を隠し、人知れず暗躍してきた凄腕ハンターがいるとしたら話は別だが、そうでもなければ、過去にトラブルを起こしたことがある者や動きが派手な者はマークしてあるし、入国していればすぐにわかる。

千夏はピンクのカバーのついたタブレットを操作して、何かのデータを確認した。

「事件が発生する前の段階で、ハンターが日本にいるという情報は入っていません。ですが、昨日、対策室で把握しているハンターの一人が入国したようです。ジェイク・ブラッドリー。アメリカ国籍です」

「ブラッドリー？　それって……」

七年前の事件の際にも、日本に来ていたハンターだ。ユエに手ひどくやられて帰国したはずだが、まだハンターを続けていたらしい。

朱里も覚えていたらしく、渋い顔で頷いた。

「相変わらず情報が早いですね……」

吸血種殺しの犯人が吸血種なら、まさにハンターたちのターゲットだ。

捜査の邪魔をされないよう、気をつけなければならない。対策室としては、できればハンターに場を荒らされないうちに解決したいと思っているのだが、どこから情報を仕入れるのか、彼らはどこにでも現れる。

連続殺人、吸血種、ハンター、作戦会議。あのときとメンバーは少し違うし、遠野や千夏の立場は異なるが、七年前のことを思い出した。

千夏も同じだったのか、一瞬昔を懐かしむ目になる。

同じ誰かのことを考えているのがわかった。遠野と目が合って、千夏が少し笑う。

もともと童顔なのもあって、千夏の外見は実年齢よりも若く見える。それでも、あの頃よりは大人びた。時を止めた遠野より、年上に見えることもある。あの頃の彼女はしなかった表情を、ふとしたときに見せることも。

この中で唯一当時のことを知らないヴィクターも、何か察した様子だったが、何も言わなかった。

「あ、そういえば……朱里さん、今回は碧生さんは一緒じゃないんですね。滞在中、臨時ですけど私が契約者になりますから、必要があったらいつでも言ってください」

思い出した、というように、千夏が朱里を見て言う。

七年前はともに捜査にあたった、今ここにいないうちの一人である碧生は、イタリアでバカンス中だ。

「ありがとうございます。大丈夫だと思います。普段は一、二か月くらいなら血液の摂取は必要ないですし、非常時用のアンプルは持ってきているので」

非常時というのはつまり、殺人事件の犯人と対峙して戦闘をしなければならなくなったような場合だ。エネルギー源となる血液を摂取することで、吸血種としての能力は瞬間的に向上する。吸血種の栄養補給は、月に一度、少量で十分だし、二、三か月血液を摂取しなかったところでどうという変化もないが、万全の状態で臨まなければならないときは、やはり血液が要る。

人間の職員では、抵抗する吸血種を取り押さえるのは難しい。だから、朱里は、こういうときの実働部隊として対策室では重宝されている。

今回の犯人が吸血種かどうかはまだわからないが、二人の吸血種を殺害してのけた相手だ。

相対することになったときは、「非常時」として十分に注意して臨む必要があるだろう。

「情報収集なら、まずＶＯＩＤ《ヴォイド》だよね。もう話は聞きに行ってるだろうけど、僕も改めて聞き込みに行ってみるよ。百瀬さんは対策室の職員だって知られちゃってるから、お客さんたちも警戒してたかもしれないし」

「お願いします。ハンターのブラッドリーが昨日入国したことについても、ロウさんに伝えて、未登録の方々にも注意喚起しておかないと」

結局のところ、歩き回らなければ情報は集まらない。

支部職員の二人には、オフィスで通常業務を進めてもらい、遠野と朱里でまずはロウに会いに行くことにした。都内で未登録の吸血種たちに話を聞いて回るのなら、彼に話を通しておいたほうがいい。

聞き込みを終えたらまた戻ってくる予定なので、荷物は置いて支部を出た。行き先は、新宿にある吸血種御用達のバーＶＯＩＤだ。千夏から、遠野たちが行くと、ロウに連絡をしておいてくれることになった。

「ブラッドリーが入国したってことは、彼は、この事件の犯人を吸血種だと考えているってことだよね」

「はい。仲間のハンターの犯行だと思っているなら、それを止めようとするようなタイプではありませんから……ハンター同士の情報網のようなものがあって、何か、私たちの知らない情報を持っているかもしれません。見つけたら接触してみましょう」

吸血種には、同じ吸血種を殺せるだけの力がある。ハンターは身体能力のうえでは吸血種に劣るが、武器と技術がある。だから犯人はおそらく、そのどちらかであるはずだ。

そして、事件発生前に名の知れたハンターが日本に入ったという情報はないこと、事件後にベテランハンターのブラッドリーが入国したことを考えても、犯人は前者である可能性のほうが高い。

犯人も被害者も吸血種だとすると、どういう理由で殺したのか――やはり、気になるのは動機だ。

相田と小宮山の両方に、殺したいほどの恨みを抱く誰かがいたのなら、きっと、捜査の過程で怪しい人物が浮かび上がってくる。今のところは接点らしい接点はわかっていないが、これから新しい情報が入ってくるのを期待するしかない。

しかし、もしも本当に、彼らの間には大した接点がなかったとしたら――吸血種による、吸血種に対する無差別殺人などということが、ありえるのだろうか。

人間が人間を無差別に殺す事件があるのだから、吸血種が吸血種を意味もなく殺す事件も理論上は起こりうるが、にわかには想像できない。

吸血種が、吸血種を憎む――それも、誰でもいいと思うほど、吸血種という存在すべてを憎むとしたら、どういう理由だろう。

たとえば、と考える。

（たとえば――吸血種になることを望んでいない人間が、意思に反して吸血種化させられた、とか）

あってはならないことだが、現実にあることだ、と聞いている。

最初に浮かんだのは、もう何年も会っていない、親友の顔だった。

玄関のドアを開ける前から、異変には気づいていた。

匂いがしたのだ。

今はもう、血の匂いを間違えるようなことはない。けれどそのときのリオウには、それが何の匂いかわからなかった。

半開きになったドアが目に入り、不審に思いながら中へ入った。ただいま、と声をかけて。

いつもなら、おかえりと返ってくる養父の声が、聞こえない。

不安で、すっと背中が冷えた。

ばたばたとカーテンが窓枠を叩く音が聞こえた。寝室の窓が開けっぱなしになっているようだ。

養父の姿を探してリオウは廊下を進み、廊下まで溢れた血の跡を見た。

廊下の奥にある部屋のドアが開いていて、血はそこから流れ出ている。

養父の寝室兼仕事部屋だった。

匂いは強くなっていた。

心臓が痛いほどに打ち始め、リオウは廊下の壁に沿うようにして部屋に近づく。

真っ赤になった部屋の中が見えた。

壁にも床にも血が飛び散っている。ベッドにも、養父の大事な本棚にも。

窓は開いていて、血しぶきを浴びたカーテンが風に揺れている。

そして部屋の真ん中に、男が一人立っていた。

男は血に汚れていたが、怪我をしている様子はない。

その足元に、血まみれの布の塊と、片方の腕と、割れた眼鏡が落ちていた。眼鏡は養父のものだったが、布の塊は、もはや養父の服かどうかもわからないほど血に濡れていた。

リオウは、布の塊が人間の遺体であることに気づいたが、それが養父なのかどうか、確かめる暇はなかった。

男がゆるりと顔をあげ、リオウを見て、何かを言った。

その後、リオウの意識はない。

2

新宿は、最後に訪れた五年前から、何も変わらないように見えた。

もちろん店は入れ替わっているのだろうが、雰囲気が同じだ。

そして、ＶＯＩＤも変わらず、同じ場所にあった。

看板はなく、壁に直接、読みにくい文字で店名が書き込まれているだけなので、常連客以外には不親切な店だが、ほとんど常連のみ――吸血種と契約者とその関係者たちだけのために営業している店なので、支障はないのだろう。

階段を下りて、外の光が中に差し込まないように作られたドアをくぐる。

店内は薄暗い。平日の、まだ早い時間にもかかわらず、若者たちでカウンター席やテーブルの半分ほどが埋まっていた。見たところ今は喫煙している客はいないが、残り香なのか、かすかに煙草のにおいがする。

深く落ち着いた色の、いかにも年季の入った木製のカウンター。その中にいるマスターは懐かしい顔だ。吸血種なので、年もとらない。

数年前に来たきりの遠野たちを一目見て、マスターは「おや」という表情をする。どうやら記憶に残っていたようだ。

「ロウくんいますか?」

名乗らずに用件だけ告げる。

マスターは何も答えなかったが、わずかに顎を引き、スマートフォンを取り出す。棚のある壁際へ下がり、どこかへ連絡をしているようだ。

このバーの客には、未登録の吸血種が多い。対策室の職員がいては、居心地の悪い思いをする者もいるだろう。警戒されれば、話も聞き出しにくくなる。

いずれは知られるだろうが、自分たちの身分は、この場では伏せておいたほうがいいだろう。

短い電話を終えたマスターは、「お待ちください」とだけ言って仕事に戻った。

カウンターにもたれて待っていると、飲み物を取りに来たらしい女性客が隣に立った。

肘が触れたので、「すみません」と言って遠野が腕を引くと、こちらこそ、というようににこっとされる。

とっさに英語が出てしまったことに気づいたが、その女性客は外国人だったので、通じたようだ。小柄で、ベリーショートの髪型がよく似合っている。

彼女は二人分のドリンクを受け取って、壁際のスツールで待っている友人のところへ歩いていった。女性二人で飲みに来ているらしい。連れの女性は仕事帰りらしく、スーツ姿だった。新宿には外国人も多い。吸血種でも同じだろう。

おそらく、彼女たちは未登録の吸血種だ。

対策室の職員を続けていると、なんとなく、雰囲気でわかるようになる。

ＶＯＩＤの客の吸血種たちは、事件をどう受け止めているのだろう。連続殺人事件については報道されているし、被害者が二人とも吸血種だったことも、吸血種の間では広まっていてもおかしくない。気になったが、今声をかけるのはやめておいた。ロウに話を通してからのほうがいい。

五分ほど待つと、入り口のドアが開いて、黒い革のジャケットを着た男が入ってきた。前に会ったときよりも背が伸びていて、一瞬わからなかったが、顔を見て、ロウだと気づく。髪は前より短くなっていたし、背が伸びて、体つきも少したくましくなったようだ。

ロウは、その場では何も言わずに、カウンターの前にいる遠野たちの横を素通りし、店の奥にある「private」と書かれたドアの向こうへ消える。

通り過ぎる前に一瞬目配せをされたので、来いという意味だろうと察した。

彼と会っているのを客に知られて困るわけでもないのだが、ロウのほうには思うところがあるかもしれないと考え、少し時間を置いてから、遠野と朱里も奥の部屋へと向かう。「お邪魔します」のつもりでカウンターの中のマスターに会釈をすると、小さく会釈を返された。

プライベートと書いてあるということは、スタッフの休憩室か、酒の在庫でも置いてある部屋なのだろうと思っていたが、中は思っていた以上に広く、ソファセットのある部屋のさらに奥にまたドアが二つあった。仮眠室か、倉庫だろうか。

ロウはソファに座り、遠野たちにも座るよう勧めてから、朱里と遠野を順番に見て、「変わんねえな」と言った。

「当たり前だけど」

明るいところで見るロウは、二十代半ばの外見だ。

あの頃より大人になってはいるが、七年の時を経たにしては、変わっていない。せいぜい、二、三歳年を重ねたようにしか見えなかった。

「ロウくんは、吸血種になったの？」

吸血種は、同類の気配を感じ取ることができる。遠野はロウから吸血種の気配を感じたが、契約者や、吸血種と長い間近くにいた人間にはその気配がうつるので、断定せずに本人に確認した。

「いや。契約者だ。今は、特定の誰かの、ってわけじゃねえけど」

ロウはそう言って、目を逸らす。

「最近は、多いんだ。フリーの契約者……っていうと言葉の意味がめちゃくちゃだな。フリーの、提供者。誰か一人のパートナーになるんじゃなくて、数人、あるいは不特定多数の吸血種に血を与える。吸血種のほうも、複数の提供者と緩やかな契約関係を結ぶことが増えてるしな」

「ああ……うん。全世界的に、珍しくないね」

欧米では、数年前から、そのような形の契約関係を効率的だと考える吸血種が出てきていた。遠野も聞いたことがあったが、日本の吸血種たちはもう少し保守的だと思っていたので意外だった。

契約者は、吸血種に血を吸われるときにその唾液が血中に混ざることで、一時的に吸血種の力を体内に取り込むことができる。具体的には、身体能力の向上や、若返りの効力があるので、吸血は、吸血種と契約者、双方にメリットがある行為と言える。

そう考えると、お互いに複数の相手とライトな契約関係を結び、自分の都合のいいときに空いている相手を探して吸血できるようにしておくのは、確かに合理的だ。

「もともと、誰かの契約者になったらほかの吸血種には血を吸わせないとか、吸血種のほうも契約者以外の血は飲まないとか、そういうルールがあるわけじゃなかったから、別におかしなことじゃない。けど、数年前までは、血をもらう相手は一人、あげる相手も一人、ってのが一般的だったから、最初はちょっと抵抗があったというか、驚いたな。まあ、今も、一人を選んで契約者になるほうが主流ではあるけど」

ロウはがしがしと頭を掻きながら言った。

同意を示すように、朱里も頷く。彼女は、実の妹を契約者としていて、もう何年も、ほかの人間の血を飲んではいないはずだ。対策室の職員で、周囲には吸血種のことを知る者たちばかりなので、その気になればいくらでも血をくれそうな相手はいるにもかかわらずだ。

他人の血ではだめというわけではないし、たとえば職務上必要が生じれば契約者以外の血を吸うこともあるだろうが、そうでない限り、自分からは契約者以外の血は飲まない。

彼女にとって、吸血行為は深い信頼に基づいて行うものなのだ。

それは恋愛観にもつながるかもしれない、と思ったが、もちろん口には出さないでおいた。

「それだけ、この数年で、吸血種の存在を知るヒトが増えたってこともあるかな。何年か前までは、それこそ家族とか、特別親しい相手にしか伝えないのが普通だったけど、今はそうじゃなくなったってことで」

遠野が言うと、ロウは「ああ」と応えて複雑そうな表情をする。

「吸血種化したことは家族にも言わない、ってことも少なくなかったしな」

「僕も言ってないなあ。もともと一緒に住んでなかったからっていうのもあるけど」

本来は、人目を忍んで生きる吸血種が、吸血種であることを打ち明けられるほど近しい誰かに頼んで定期的に血をもらう、という関係が「吸血種と契約者」だったはずだが、やがて、吸血種の数も、その存在を知る人間の数も増えた。そして、いってみれば副産物である「血を吸われる側のメリット」が注目されるようになり、ビジネスライクな契約関係を結ぶ者たちも少しずつ増えてきた。これも時代の流れだろう。

「いろんなスタイルがあっていいとは思うけど、自分の秘密を知っている人間を増やすのは、リスクが高いってことは間違いない。そういうスタイルを選ぶにしろ、ある程度の慎重さは必要だよね。対策室からも啓蒙したほうがいいかもしれない。自己責任じゃ済まないこともあるし」

「そうですね。複数の相手から血の提供を受けているのは未登録の方々が多いようですから、対策室のできることは限られているかもしれませんが……」

本当に信頼できる相手にだけ吸血種であることを打ち明ける、というのが普通だったのが、そんな風にビジネス感覚でつながる関係が増えていくと、トラブルも比例して増えそうな気がした。

「ロウくんは複数間での契約関係には抵抗があったのに、今は不特定多数の吸血種に血をあげてるんだね。どういう心境の変化？」

「心境が変わったってほどの何かがあったわけじゃない。なんとなく……未登録で、血をくれる相手もいなくて、ってやつは結構いるから、困ってるやつがいたときに、じゃあどうぞって。相談役みたいになってるとこあるから、その一環。全然知らないやつには吸わせねえけど、さすがに」

重ねた年月の割に彼の見た目があまり変わらないのは、定期的に吸血されているからだろう。

かつてユエの契約者だったロウが、ユエが不在の今、この国の未登録吸血種たちを助ける存在であろうとしているのは、彼への義理立てだろうか。

あえて不特定多数の吸血種に血を提供する形を選んだのも、ユエ以外の吸血種の、特定の一人にはならないという決意があってのことかもしれない。

遠野がそう指摘すると、ロウは、「そんな重くねえよ」と苦笑した。

「俺もそのうち、吸血種になるし。これまではタイミングを計ってたんだ」

吸血種になれば、その時点で肉体の成長は止まる。慎重になるのも無理はないが、最善のタイミングを計り続けてなんとなく時期を逃す、というのはありがちだ。

「今回の事件のことですが」

近況を聞くために訪ねたわけではない。一呼吸置いて、朱里が、改めて口を開いた。

「相田さんが吸血種だと、百瀬さんに――対策室に、連絡をくださったんですよね。おかげで、すみやかに、連続した事件だという判断ができました。ありがとうございます」

「迷ったんだけどな。本人が自分の意思で名簿に登録しないことを決めたのに、死んだからって俺が情報を流すのはどうかって……でも、下手すりゃ、また被害者が出る。対策室も警察も、いずれは気づくだろうけど、情報はちょっとでも早いほうがいいだろ」

　はい、助かりました、と朱里はもう一度頭を下げる。

「被害者二人は、同じ凶器で殺害されたようです」

「だろうとは思ってた。通り魔にあった被害者がたまたま二人とも吸血種だった、なんてありえない。……銀の刃物ってことだよな」

　朱里が頷き、ロウは眉根を寄せた。

　吸血種を殺せる凶器と、殺意を持った何者かが、確実に存在しているということだ。おそらくは、都内に。小宮山の遺体発見現場は渋谷区内だが、最寄り駅は新宿から一駅の距離だし、相田の遺体も新宿区内で発見されている。

「被害者のお二人については、今調べています。無差別の犯行でないのなら、犯人との間に、何か接点があったはずなので……ロウさんは、何かご存じないですか」

「相田も小宮山も、俺は知ってるけど、二人に面識があったかどうかはわからない。この店にも来たことがあるけど、どっちも、常連ってほどでもないからな」

ロウはゆっくりと話しながら視線を斜め上へあげ、記憶を呼び起こそうとしているようだ。

「特に相田は、大分前……ユエがいた頃に何度か見かけた程度だな。あんまり社交的なタイプでもなかったと思う」

「お二人と親しかった人から、お話を聞けませんか」

「誰と親しかったかまでは、俺は知らない。人が集まる結果、情報も集まってくるだけで、あんたたちみたいに管理してるわけでもないからな。店の客にも聞いてみてくれ」

話が終わってしまいそうだったので、遠野も口を挟む。

「二人に、契約者はいなかったのかな？」

もしいたのなら、有力な情報源となりうる。しかし、ロウの返事ははっきりしなかった。

「さあ、いたとしても、店に出入りしてる人間だったとは限らないからな……ああ、でも、小宮山には一度血をやったことがある。確か、五年くらい前かな。少なくともその時点では、契約者はいなかったんじゃないか」

何かわかれば知らせる、自分は未登録吸血種たちに何か指示できるような立場にないが、できる限り、捜査には協力するよう伝えておく――と、ロウは約束してくれた。

礼を言ってスタッフルームを出る。

改めて店内を見回すと、たまたまかもしれないが、一人でいる客は多くなかった。相田や小宮山も、ここへ来たときに連れがいたのなら、あるいはここで誰かと落ち合っていたのなら、それを誰かが覚えているかもしれない。

一方で、もし、誰も彼らを覚えていないとしたら――彼らを気に留める者がなかったとしたら、それはそれで、意味のある情報だ。犯人は、周囲とのつながりがあまりない吸血種を選んでターゲットにしたということだろう。

（その場合、足がつきにくい吸血種なら誰でもよかった、つまり、無差別に近いってことになるけど……）

そういうターゲットを選ぶために、犯人はＶＯＩＤに出入りしていた、という可能性もある。だとしたら、犯人のヒントもまた、この店にあるはずだった。

たとえば、一人でいる客を見つけては、声をかけていたような誰かがいて、それをほかの客が覚えていたら、大きく一歩前進できる。

飲み物も持たずに話を聞いて回ったりしたら、情報収集目的なのがあからさますぎて、客に警戒されそうだ。まずはカウンターへ行き、ノンアルコールのカクテルを二杯注文する。

「ロウくんには話をしたんですけど、お店のお客さんにも話を聞いていいですか」

先払いの代金を渡して小声で尋ねると、マスターはどうぞ、と背の高いグラスを取り出しながら頷く。

「マスターにもお訊きしたいんですが……ニュースは御覧になりましたか」

朱里が、ほかの客に気づかれないように、自分の身体の陰にして、そっと被害者二人の写真をカウンターの上に置く。この店で一番情報を持っていそうなのは、間違いなく、このマスターだ。遠野と朱里の顔を覚えていたくらいだから、店に来た客のことはほとんど覚えているのだろう。

「名前は知りませんが、顔はわかります」

マスターは写真を見て答えた。

「ニュースを観て、驚きました。男性のほうは、何年も見かけていませんが、こちらの女性は、先月も来店していました。それこそ、事件の直前にも。当日ではなかったかもしれませんが」

「誰か、連れはいましたか？」

「注目していたわけではないので……ずっと一人で飲んでいたわけではなかったと思いますが、たまたまその場で会った人と一緒のテーブルについただけかもしれません」

小宮山はたまたま先月来店したというだけで、常連客ではないという。よく一緒にいる人がいたとか、誰と仲がいいようだった、というような情報は、マスターも持っていないようだった。

「一人で店に来て、その場で会った人と話をして、気が合えば一緒に飲んで……というようなお客様も少なくないです。その晩の彼女がどうだったかは、覚えていません」

ドアが開く音がしたので振り向くと、金髪の男が入ってきたところだった。外国人客は珍しくないが、背が高いので目立っている。

壁際に座った二人連れの女性客が、ちらちらと彼に目を向けているのが見えた。

ついでに店内を見まわしたが、特に遠野たちが注目されている様子はない。カウンターでマスターと話したがる客は珍しくないだろうから、世間話をしているとでも思われているのだろう。ひとまずは警戒されずに済んでいるようだ。

朱里は相田の写真を少しマスターのほうへ近づけ、「こちらの方については、どうですか」と重ねて訊く。

「何年も見ていない、とのことでしたが、具体的に、いつ頃からかはわかりますか。来店しなくなったきっかけがあったんでしょうか」

未登録吸血種である相田については特に、対策室で持っている情報はかなり限定されている。少しでも手がかりになるような情報が欲しい。

マスターは少し考えるそぶりを見せ、「そういえば」と口を開いた。

「来店しなくなった理由については、私に判断できることではないですが……ユエがいた頃は、何度か、店で見かけました。そのときも連れはいなかったはずですから、ユエを捜しに来ていたのかもしれません。ユエが去ったから彼も来なくなった、とまでは言えませんが」

そこで、注文されていたドリンクのことを思い出したらしい。マスターは砕いた氷を二つ並んだグラスの中に入れた。カウンターの下から冷えたジンジャーエールの瓶を取り出して栓を開ける。

「この店はユエの店というわけではないですし、ここへ来れば会えるというものでもなかったんですが……そういうお客様はほかにもいましたから、あまり気にしていませんでした」

「相田さん、ユエさんに用があったんでしょうか」

「私は、ただのファンだろうと思っていました。深刻な相談事がある場合は、ロウさんを通して話をすることもできたはずですが、そこまではしていなかったようなので。あわよくば会えたらいいな、くらいの気持ちだったんじゃないかと」

芸能人の行きつけの店に通うファンのような心理だろうか。

ユエは未登録の吸血種たちにとってカリスマ的な存在だったから、そういうことは珍しくもなかったのだと、マスターは言った。ユエ本人は、名前が知れ渡ってから、あまり人前に姿を現さなくなったそうだが、それは別にもったいぶってというわけではなく、対策室やハンターを警戒してのことだろう。「イレヴン」であることは知られていなかったとしても、国内での影響力が強くなれば、その分、今度は「ユエ」としても注目されることになる。

「あんまり人前に出なくなって、変にレアリティがあがっちゃったせいで、余計に神格化されちゃったのかな。本人は気にしてなさそうだけど……いやどうかな、おもしろがってたのかな」

「いえ……確かにそういう面もあったかもしれませんが、この方は、ユエに会ったことがあるはずですよ。そんな話をしていたと思います。詳しい内容まで覚えていませんが……ユエも、この店ができたばかりの頃はよく顔を出してくれていましたし、ほかの吸血種と交流もありましたから」

その頃から、彼に憧れる吸血種は多かったですが、と言ってマスターは、グラスにシロップを注ぎ、ライムを搾る。

ユエを追いかけていた客がたくさんいて、相田もその一人だったのなら、ファン同士、話が盛り上がることもあったのではないか。それもユエがいなくなる前——七年以上前のこととなると、当時のことを覚えている客がどれだけいるかは怪しいが、年をとらない吸血種のこと、この店には十年以上の常連も少なくないはずだ。誰か一人くらい、相田と話したことを覚えているかもしれない。

「お客さんにも話を聞いてみよう。常連のお客さんなら、相田さんや小宮山さんが店に来たときに見かけたり、一緒に飲んだりしたことがあるかも」

「そうですね、……あ」

朱里がトレンチコートのポケットからスマートフォンを取り出した。着信を告げる画面が光っていたが、コールは朱里が電話に出る直前に止まってしまったらしい。留守番電話にメッセージがあることを示すアイコンが表示されている。

朱里はスマートフォンを耳に当ててメッセージを聞き、遠野を見た。

「警察の担当者が、最新の情報を共有したいと……捜査本部に来てほしいそうです。報道についても相談したいとのことで、今百瀬さんが先に向かっています」

「じゃあ、朱里さんは行って。僕はここでお客さんたちから話を聞いてから支部に戻るよ」

「すみません。お願いします」

朱里はマスターに会釈をして、完成したカクテルに手をつけることなく、店を出ていった。

残された遠野は、マスターに礼を言って、二つのグラスを受け取る。注ぎたてのジンジャーエールがぱちぱちと小さな音をたてていた。

さて。

振り返ると、先ほど見かけた金髪の男はもういなかった。バーに来て、酒も飲まずに出ていったということは、待ち合わせか何かだったのだろうか。

なんとなく気になったので話を聞いてみたかったのだが、仕方がない。改めて店内を見回し、話を聞けそうな客を探す。

壁際のスツールにいる、二人連れの女性が目に入った。

ロングヘアとピクシーショートの二人連れで、ショートヘアのほうは、ついさっきカウンターで隣に来た女性だ。

二人のテーブルに置かれたグラスは、ほとんど空になっている。

視線に気づいたのか、ショートヘアの女性がこちらを見て、ひらりと手を振った。

遠野はグラスを持ってカウンターを離れ、彼女たちの席へ移動した。

「彼女にふられちゃったの？」

テーブルに肘をついて、ショートヘアの女性が笑って言う。ネイティヴな発音の英語だ。

ノースリーブのニットから伸びた腕が、心配になるほど細い。室内とはいえ、寒そうだ。

「そんなとこ。呼び出されて行っちゃった。……よかったら、飲む？　ノンアルコールだけど」

「ありがと。いただいちゃう」

もう一人の女性も、礼を言って受け取った。感触は悪くない。見た目は日本人に見えたが、彼女のほうもアジア系の外国人のようだった。

このバーは入り口がわかりにくい場所にあるが、会員制ではない。だから客が全員吸血種やその関係者というわけではなく、普通の人間も来店するが、二人からは吸血種の気配がした。二人が吸血種なら、彼女たちも、遠野から同じ気配を感じ取っているはずだ。

「訊いていいかな。この人、知らない？　何度かお店に来たはずなんだけど」

相田と小宮山の写真を取り出して、テーブルの上に置いた。

二人は写真を指先で自分たちのほうへ引き寄せて、しげしげ見た後で互いに交換する。

どちらも、「亡くなった人だよね」とは言わなかった。ニュースを観ていないのかもしれない。殺人事件については報道されているし、写真も出ているはずだが、連続殺人であることまでは公表されていない。

被害者が二人とも吸血種で、どうやら連続殺人らしいとわかれば、吸血種たちの間ではあっというまに噂が広まるだろうが、少なくとも現段階では、皆が知っているわけではないようだ。

「こっちの人は知らないなー。でも、女の人のほうは見たことある。話したこともあるよ」

ショートヘアの女性が、濃いピンク色に塗った爪で小宮山の写真の縁を叩いた。私もある、とロングヘアのほうも同調する。

「本当？　いつ？」

「えーとね、いつかな……先月くらいかなあ。日にちまでは覚えてない」

「彼女、誰かと一緒だった？」

女性たちは二人して首を横に振った。

「一人だったと思うよ。で、いい男いないかなあみたいな話になって」

「そうそう、思い出した」

ロングヘアの女性が、思わずといった様子で声をあげる。それから遠野を見て、

「ユエって知ってる？」

と訊いた。

遠野はしれっと笑顔で答える。

「うん、聞いたことある」

彼女は、そりゃ知ってるよね、というように頷いた。周囲を気にしてか――吸血種のことを知らないヒトの客がいないとも限らない――声のトーンを下げて続ける。

「彼女、ずいぶん前に、ユエに血を吸われたことがあるって言ってた。吸血種じゃなかった頃ね。ユエに血を吸ってもらったことがあるって、自慢なんだよね。数が少ないから。彼が

契約者を作ってからは、その他大勢はお呼びでなくなっちゃったし、そもそもあんまり店にも来なくなっちゃったし」

「ナオミが、私もあるよって張り合うから、そこで話が盛り上がったんだよね」

「お互い、ユエの話ができるのが嬉しかったのよ。最近の子たちは、そもそもユエに会ったことすらないでしょ。ミアだって、いいなーって言ってたじゃない。私も吸われたーい、って」

「だって興味湧くでしょ、レジェンド級の美形だなんて言われたら」

「カリスマだしね。あたしも今は血をもらう側だけど、ユエに吸われたときのことは忘れられないなあ」

　ユエは、契約者以外から血を吸ったときは、相手に自分の記憶が残らないようにしていたようだ。そんな催眠術のような芸当ができる吸血種は限られていて、他人の精神に干渉できるその能力こそが、彼が長い間ハンターや対策室には捕捉されず、吸血種たちに強い影響力を持ち続けていられる所以《ゆえん》だった。

　しかし、ユエは小宮山や、彼女――ナオミから血を吸ったときは、彼女たちの記憶をいじらなかったらしい。彼の気まぐれだったのか、彼女たちがそれを望んだからかはわからない。ナオミの口ぶりだと、当時はユエに契約者はいなかったようだから、自分に心酔する女性たちを、血液の提供者としてキープしておくつもりだったのかもしれない。彼はそのあたりは非常にドライで合理的な男だった。

「ほかに、どんな話をしたの？」

「何話したかなあ……うーん、これといっては……なんだったかな、血液パックは慣れれば平気だけど味はいまいちだよねとか、そういう話はしてたかな」

ナオミは首をひねりながら、思い出そうとしてくれているようだ。しかし、結局何も思い浮かばなかったらしく、「大して中身のある話はしてないかも」と申し訳なさそうに言う。

「長々話してたわけじゃないし。盛り上がったっていえるのは、ユエの話したときくらい」

ミアと呼ばれたショートヘアの女性も、ほかに印象に残っていることはないと答えた。

「ていうか、私はほとんど、二人が盛り上がってるの聞いてただけだし」と、少し拗《す》ねたような口調で付け足す。ナオミは笑って、「ごめんって」とミアの腕を肘でつついた。

「君たちのほかに、彼女と話してた客がいたとか、覚えてないかなあ」

「うーん……ごめん、思い出せないや。そのときくらいしか、まともに話したこともないし、それより前に見かけたこともあったかもしれないけど、覚えてない」

「ううん、ありがとう。参考になったよ」

小宮山と話したことのある客と接触できただけでラッキーだった。しかし得られた情報は、

彼女がユエのファンだったことと、店にいつも一緒に来るような友人はいなかったらしいこ
とくらい――それから、おそらく小宮山には、定期的に血をくれる契約者はいなかったとい
うことか。契約者がいるなら、血液パックを買う必要はない。

遠野は相田と小宮山の写真を上着の内ポケットにしまった。

「ね、何調べてるの？　その人たち、あなたの知り合い？」

「そういうわけじゃないんだけど、ちょっとね。二人がトラブルに巻き込まれてた様子がな
かったか……ロウくんに、店のお客さんなら何か知ってるかもしれないって言われて」

遠野はロウの指示で動いているわけではないが、嘘でもない。

ロウは、言ってみれば、未登録吸血種たちのトラブルシューターだ。その名前を出すと、
ナオミもミアも、ああなるほど、と納得したようだった。

「あなたも飲まない？　おすすめ、教えてあげようか」

仕事中だと答えては、何の？　と警戒されそうだったので、「お酒強くないんだ」と断る。

情報の礼を言って、彼女たちのテーブルを離れた。

その後何人かに写真を見せたが、相田や小宮山を知っているという客は一人もいなかった。

今日はここまでか、とあきらめかけたとき、ちょうど店に入ってきた三人組が目に入る。

最後にするつもりで声をかけたら、そのうちの一人が、小宮山の写真を見て、遠野の話に

興味を示した。事件のニュースを観たという。

「殺人事件って、本当に？　まさか、ハンターにやられたんじゃないよな」

「まだわからないですけど、それも含めて警察が捜査中みたいですよ」

ハンターにやられたのかと訊いたということは、彼は、小宮山が吸血種だと知っているのだ。彼女をご存じなんですか、と遠野が尋ねると、男は首を横に振った。

「直接は知らないけどさ。ちょうど事件のすぐ後だったかな、たまにこの店に来てた客だって、誰かが言ってたのを聞いたんだよ」

男自身は、小宮山とは面識がなかったが、彼女が話題にのぼった後で、ニュースを観て顔を確認したそうだ。

「あ、それ、俺だよ。一回、あいつと一緒にいるのを見たんだ。ほら、あの、ゾンビTのやつ」

男の連れが口を挟む。

「ゾンビT？」

「いつもゾンビのTシャツ着てるんだ。いろんなゾンビ映画とか、ゾンビが出てくるゲームとかのグッズとかコラボとからしいけど、毎回柄が違ってさ。知り合いってほどじゃないけど店で見かける……名前とかは知らないけど、たぶん常連なんじゃないかな」

彼は、遠野がテーブルに置いた小宮山の写真を覗き込み、「やっぱりこの人だ」と呟《つぶや》いた。

「その、ゾンビTを着た人は、この女性と一緒にいたんですか」

「うん。事件の大分前だけど、そいつがこの女の人と一緒に店を出てったことがあったよ。もともと知り合いだったのか、その日初めて話して意気投合したのかは知らないけど」

「大分前というと、どれくらいですか」

「どれくらいだろ……数か月は前だと思う」

遠野は店内を見回したが、ゾンビのTシャツを着た客は見当たらなかった。もっとも、その男性についてはゾンビTシャツ以外の情報がないので、違う服を着ていたらもうわからない。男たちが、「今日は来てないよ」と教えてくれた。

「どんな人なんですか。よくゾンビのTシャツを着ていること以外で」

「どんなっていってもなあ……見た目は二十歳くらいかな。服装以外に特徴はないかなあ。名前も知らないし。顔はわかるけど」

「今度その人を見かけたら、連絡をいただけますか。ぜひお話を聞きたいので」

「いいけど、俺らもそんなしょっちゅう来るわけじゃないからなあ」

協力してくれる気はあるようだったが、あまり期待できそうにない。とりあえず、連絡先だけ渡しておくことにした。

話を聞いた客たちには、「ロウに言われて事件のことを調べている」と言ってあるから、彼らが仲間に話を回してくれ、そこから何か情報が出てくることに期待したい。

帰る前にカウンターに寄り、小宮山に接触したと思われる男性客のことを伝え、来店したら連絡してほしいと頼む。ゾンビのTシャツを着た客、と言うと、マスターにはすぐにわかったようだった。

店を出てから、スマートフォンのメールをチェックしたが、特に新しい情報は届いていない。これから支部のオフィスへ戻ると朱里にメッセージを送り、歩き出した。

思いのほか冷たい風が吹いて、遠野は薄手のコートの前を合わせる。

店の脇、隣の建物との隙間に、男女が二人、かなり近い距離で何かしているのが見えた。女性のほうが男性の指先を吸っているようだ。恋人同士がいちゃついているように見えるが、おそらく、吸血種が契約者に血の提供を受けているのだろう。

二人にも話を聞こうかと思ったが、どう見ても取り込み中なので遠慮する。

最近の若い吸血種は大胆だな、と思いながら通り過ぎた。遠野自身も吸血種になって十年も経たない「若い」吸血種であるのだが。

明日以降も、VOIDでの聞き込みは続けるつもりだった。小宮山と一緒に店を出ていくのを目撃された、ゾンビTシャツの男を見つけて話を聞くのが、当面の目的になる。半年も前のことなら、直接事件と関係ない可能性が高いが、小宮山をよく知る人物を一人見つけることができれば、そこから彼女の人間関係を掘り下げていけるはずだ。

問題は、一人目の被害者の相田だった。彼についての情報は、全くと言っていいほど集まっていない。店に来なくなって何年も経つそうだから、今いる客に知り合いがいないのは仕方がないのだが——十年以上前からの常連たちをあたってみたところで、相田の情報を得られるかというと、かなり怪しい。

どうにか相田の情報を入手できたとしても、内向的な性格であまり出歩かない未登録吸血種の彼が、小宮山と交流を持っていた可能性は低いように思えた。せいぜい、店で顔を合わせたことがある程度なのではないか。

相田と小宮山の両方を、同じだけ——殺したいほど憎んでいた誰かがいたということが、想像できない。書類や人づてに聞いた限りの印象だが、相田のようなタイプは、そもそも、命を狙われる理由ができるほど濃密な人間関係の中に自分を置いたりはしないような気がした。

(殺人の動機は怨恨とは限らないけど……二人と利害関係のある誰かが邪魔者を排除したとか？　でも、どういう場合に利害関係が生じるのかも、想像つかないんだよな)

店を出たときは、タクシーを拾おうか迷っていたのだが、考えながら歩いているうちに駅に着いてしまったので、そのまま改札をくぐった。

相田と小宮山が無関係で、ランダムに選ばれた被害者だとすると、犯人を絞り込むことは難しくなる。できればそうあってほしくないのだが、その可能性も考えなければならないようだった。

このままでは、早急に事件を解決して朱里とバカンスを、という計画の実現が危うい。

(サンプルが足りない。ヒントが少なすぎるんだ。せめて二人の被害者に、もう少し具体的な共通点が見つかれば……)

ホームですれ違った女性が、薄手の黒いロングコートを着ていた。

黒いコートなんてどこでも見かけるものなのに、それを見て、七年会っていない親友を思い出す。

淋しいとか会いたいと思ったことはこの七年一度もなかったが、どうしているかなと思うことはあった。そんな関係だ。なんとなく、いつかまた会えるだろうと思っている。

しかし今は、ノスタルジーや友情からではなく、純然たる必要性から、あいつがいればなあ、と思った。

相田と小宮山の両方と面識があったとわかっている、唯一の吸血種は、もうこの街にはいない。

＊＊＊

ＶＯＩＤでの聞き込みを終えて支部に戻ると、ヴィクターが一人でデスクワークをしていた。もう九時を回っているが、朱里と千夏は、まだ戻っていないようだ。

互いに仕入れた情報を共有しても、それに基づいて動くのは明日になるだろう。もう遅いから、ホテルに帰ることも考えたが、朱里は一度事務所に戻ってくるだろうと思ったので、ヴィクターを手伝いながら待つことにする。

ヴィクターの表情には疲れが見え、目の下の隈も濃くなったようだった。

「遅くまで大変だね」

「いえ、立ち上げたばかりの支部で、まだ色々整っていないところに、あんな事件が起きてしまったので……業務が増えるのは仕方ないです。警察とか外部の機関とのやりとりはチナツに任せているので、こちらは俺が」

大学生の頃は男性が苦手で、人見知り気味だった千夏が、立派になったものだ。当時の彼女を思い出すと感慨深いものがある。日本語がネイティヴでないヴィクターがパートナーでは、千夏が表に出ざるをえないというのもあるだろうが、見たところ千夏も生き生きと仕事をしているようだった。日本支部への転勤は、彼女にいい影響を与えたらしい。

ヴィクターは、名簿に登録している吸血種たちへ向けた、事件に関する注意喚起とともに、情報提供を求める文章を作成していた。

同じ内容の英語版と日本語版があり、日本語版もかなりの完成度だったが、ところどころ表現におかしなところがあったので、微妙なニュアンスの違いを説明して遠野が修正する。ヴィクターは遠野の助言を書きとめ、参考になります、と生真面目に言った。

一段落ついたところで、千夏から、これから戻ると連絡が入る。

休憩にしましょうか、と言って、ヴィクターが、砂糖のかわりにジャムを添えた紅茶を淹《い》れてくれた。

湯気でレンズが曇るからだろう、ヴィクターは眼鏡を外して飲んでいた。彼の眼鏡には細い鎖がついていて、外しているときも首にかけていられるようになっている。

「眼鏡仲間だね」

遠野が言うと、ヴィクターは「はあ」と気のない返事をした。

「でも、トオノさんは吸血種でしょう。眼鏡はいらないのでは」

「うん、度は入ってないんだけど、UVカットのレンズなんだ。あと、子どものときからずっと眼鏡だったから、ないと落ち着かないっていうのもあって。夜とか室内では外してることもあるけどね」

ヴィクターはジャムを紅茶に入れるのではなく、お茶請けに少し食べては紅茶を飲んでいる。遠野も真似してみた。今度、朱里にも同じように紅茶にジャムを添えて出してあげよう。

「手伝っていただいて、ありがとうございました。助かりました。事件の捜査についても、お二人が来てくださることになって、チナツはすごく安心したみたいです。表情もぐんと明るくなりましたよ」

「僕は朱里さんについてきただけだけどね。現場での犯人確保の役には立てそうにないから、せめて後方でサポートするよ」

俺もです、と言って、ヴィクターはカップを傾ける。眼鏡をしていない顔は、若く見えた。落ち着いた雰囲気のせいで気づかなかったが、もしかしたら、千夏と同じくらいかもしれない。

しかし、対策室の職員は吸血種に血を提供する機会が多いから、実年齢より若く見える人間が多く、外見年齢はあまりあてにならない。

「俺は以前、アカリと同じ、対吸血種事件対策班にいたことがあるんです。短期間ですし、俺はずっと内勤でしたけど」

知っていたが、「そうなんだ」と相槌《あいづち》を打った。

「彼女は優秀で、有名人でしたから、仕事ぶりを見せてもらえたのは、いい経験になりました。でも、俺にはとても、同じ仕事はできないなって実感して。上にも適性がないと判断されたのか、すぐ、もっと事務仕事の多い部署に異動になりました」

「特殊な業務だもんね。僕だってそうだよ、ずっと内勤。吸血種だけど、荒事には全然向いてなくって。僕の場合、性格だけじゃなくて、センスがないんだと思う」

遠野が言うと、ヴィクターはフォローするように言う。

「トオノさんは、アカリと同じ部署で働くより、私生活で彼女をサポートできるような部署を選んだと聞きましたよ」

「あれ、僕そんなに有名人だったっけ」

部署を選んだ理由はそのとおりだが、これまで交流のなかったヴィクターにまで知られているとは思わなかった。

「いろんな意味で有名ではありますけど」

ヴィクターは、具体的にどう有名なのかには触れずに続ける。

「トオノさんたちのことは、今回来ていただけることになる前から、チナツに聞かされていたんです。彼女が心から尊敬している、最高にかっこいい三人の先輩たちがいて、トオノさんはその一人だって」

「ええー、嬉しいけど、僕はかっこいいところを見せた記憶は全くないなあ……後の二人はまあともかくとして」

僕のどのへんがかっこよかったんだろ、と遠野が笑って言うと、ヴィクターはカップを置いて答えた。

「恋愛における姿勢がかっこいいって、話していました。理想だって」

「え、ほんとに？　だいたい皆ドン引きしてたんだけど……ああ、でも何人か、応援してくれたというか、味方でいてくれた友達がいてね。百瀬さんもその一人だったよ」

子どもの頃に一度会っただけの女性を九年間想い続けて、いつか会えると信じて似顔絵を描き、周囲の友人に彼女への愛を語り、学生時代の遠野は変人扱いされていた。初恋の彼女の実在すら、周囲の人間たちは疑っていたはずだ。

呆れながらも信じてくれたのが、大学のオカルト研究部のメンバーたちだった。

「トオノさんの恋愛は、彼女の憧れだそうです。二度と会えないかもしれなくても、ずっと一人を想い続けて……それだけでも素敵だったのに、その恋が実ったのが本当に嬉しいと言っていました」

「そんな風に言ってくれてたんだ。百瀬さんは本当にいい子だなあ、こっちにいるうちに何かごちそうしなきゃ」

思わずにこにこしてしまう。遠野につられたように、ヴィクターも目元を和らげた。

「人の幸せを自分のことのように喜べるというのは彼女の性格でしょうけど、それ以上に、彼女にとってそれだけトオノさんたちが大事な存在なんだと思います」

「よく見てるねえ」

感心して言った。本心からの言葉で、からかうつもりはなかったのだが、ヴィクターはぱっと目を逸らしてしまう。

「学校の先生みたいだったよ、何か」

「……彼女の指導担当だったんです、実は。俺も当時はまだ二年目で、大したキャリアの差はなかったんですけど。今は対等な関係の同僚だから、あんまり、後輩扱いみたいなの、よくないとわかってるんですけど」

千夏が入所した直後に指導した記憶があるから、気にかけてしまう、ということらしい。

彼は愛想がいいわけではないが、真面目で面倒見がいい性格なのはよくわかった。

二人だけの支部職員なので、千夏と一緒に働くのが彼でよかった。千夏とタイプが違うからこそ、補い合える部分もありそうだ。

ヴィクターは少し残った紅茶を飲み干してから、カップを膝の上に置いて両手を添える。

「でも、……トオノさんの恋愛にロマンを感じたとしても……何もそこを真似しなくたっていいと、俺は思いますけど」

遠野のことは見ないで、視線を空のカップへ落として言った。

はっきりと口には出さなかったが、何のことを言っているのかはわかった。

千夏自身が恋心を自覚する前に、彼女の前から消えてしまった男のことを、ヴィクターは知っているのだ。

「僕もそう思うよ」

短く答える。

友達としてはともかく、恋愛の対象としては、おすすめできない男だ。

ヴィクターが顔をあげた。

「でも、そういうの、他人が変えられるものじゃないからね」

「……そうですね」

ヴィクターは一度目を伏せた後、カップを持って立ち上がり、紅茶のおかわりをして戻ってくる。遠野も二杯目をもらうことにした。

「そういえば、聞き込みはどうでしたか」

遠野が二杯目を一口飲むのを待って、ヴィクターが訊く。意図して話を変えたのがわかったので、遠野も頭を切り換えて答えた。

「色々話を聞いて、意味がありそうな情報もないことはなかったんだけど、それが犯人特定に結びつくかは微妙かな。小宮山さんは、最近ＶＯＩＤに顔を出したことがあったらしくて、覚えてる人がいたんだけど……相田さんの情報がほとんどなくて。明日もまた行ってみるつもりだけど」

ＶＯＩＤの客から得た情報をヴィクターに報告する。

小宮山に特定の契約者がいなかった可能性が高いこと、血液パックを購入した経験があると思われることを伝えると、彼は興味を引かれたようだった。

「血液パックの購入履歴を調べれば、どれくらいの頻度で直接ヒトから血液の提供を受けていたかはだいたいわかると思います。たまにしかパックを買っていないなら、血液をくれる人間のあてがあったことになりますね」

本部に確認してみます、と言って、ヴィクターはパソコンに向き直り、早速メールを打ち始める。

日本支部でも今後パックの購入をあっせんする予定だが、やっとルートを整備できたところで、開始は来月からなのだそうだ。

日本にいる吸血種にも、本部を経由して通信販売で購入できるシステムはある。海外通販なので、手間や時間や、費用もかかるが、利用者は一定数いるようだ。

支部で購入をあっせんできるようになれば、国内の吸血種にとっては大分便利になるだろう。

「相田さんはあんまりＶＯＩＤにも来ていなかったみたいだし、未登録だったわけだから、対策室を通して血液パックを買うこともできないよね。ってことは、契約者がいたのかな」

「血液パックの取引は、いわゆる闇ルートというか……アンダーグラウンドでも入手できるようですし、相田もそうやって手に入れていたのかもしれません。もしかしたら、そっちで何かトラブルがあった可能性もあります」

「あ、そうだね。血液パックの闇取引か……まだ、彼らがそれを利用していたって決まったわけじゃないけど、そういうの、誰に訊けばわかるんだろう。やっぱりロウくんかなあ」

しかし、対策室の人間に、アンダーグラウンドの血液パックの入手ルートなど、さすがに教えてくれない気がする。国内の未登録吸血種たちと対策室とは決して敵対する関係ではないが、管理されることを嫌って未登録でいる彼らと遠野たちの間には、やはり、相いれないものもある。

遠野は吸血種になった瞬間から対策室とつながりがあったし、今は対策室の職員なので、血液に不自由したことはなかった。しかし、対策室のサポートを受けられない未登録吸血種は、自分で栄養源である血液を調達しなければならない。

日本国内で、ヒトが襲われて血を吸われるという事件が起きていない——少なくとも遠野たちの知る限りでは——以上、相田や小宮山も、どこからか手に入れていたはずだ。

直接血をくれる誰かがいたのなら、その誰かとはある程度密接な関係だったのだろうし、闇の売買ルートを使って購入していたのなら、そこに、殺害の動機となるような利害関係が生じていたかもしれない。

「あの……吸血種って、血を飲まないと、どうなるんですか」

メールを送信した後、改めて紅茶のカップに手を伸ばしながらヴィクターが、少し遠慮がちに訊いた。

遠野はスプーンに残ったジャムを舐《な》めながら答える。

「ゆっくり弱って、年をとるらしいよ。全然血を飲まなくてもヒトより老化の速度はかなり遅いけどね。血を飲まないで老衰で死んだ吸血種はいない、っていうか、知られていないから、そのまま血を断てばいつかは死ぬのか、それとも老いた姿で生き続けるのかっていうのはまだわかってないんだって」

遠野自身、吸血種になって十年も経っていないので、あくまで聞いた話だ。

何年、何十年と血を断って老い始めた身体でも、血を飲むことで若返るので、しばらく血が手に入らないことが続いてもどうということはない。

とはいえ、たいていの吸血種は、ヒトが酒を飲むように、甘いものを食べるように、血を摂取する。だから、命にかかわらなくても、安定して血液の供給を受けられない吸血種は、血液パックを購入しているだろう。

吸血種が老いるには時間がかかり、嗜好品としてではなく、生きるための血液を、どうしても得られないまま死んでしまうという事態はほぼ考えられない。つまり、外見的にわかるほど老いた吸血種は、強い意志をもって血を断っているということになる。

まだ若い吸血種である遠野には、その心境はよくわからない。緩やかな自殺のようなものだと思うが、それにしては回りくどい。

死にたくなったなら、死ぬ方法はある。吸血種は不老に近いが、不死ではないのだ。今回、相田と小宮山が殺されているように。

何百年、あるいはそれ以上の時間がかかるかもしれないのに、いつかは死ねるのかすらわからないのに、血を断つという消極的な方法で、じわじわと自分を弱らせていくという選択肢を選ぶのは、どういう気持ちからなのか。

そう思ったとき、頭に浮かんだ顔があった。

「何年も前に、吸血種になってからずっと……本当に長い間、血を飲まずに生きてきた吸血種に会ったことがあるよ。その人は、普通の老人に見えたよ」

吸血種はほとんどが若いままの姿だから、彼を見たとき、吸血種だとは思いもしなかったのだ。

その人の最期を思うと、今でも少し胸が痛んだ。

「七年前の事件のときですか」

「うん。百瀬さんから聞いてる？」

「いえ……でも、報告書を読みました」

七年前のあの事件が、千夏にとって特別な意味を持つことは、当時から彼女を知る者は皆わかっている。対策室に入るときの面接でも自ら事件の話をしたそうだから、千夏も隠しているわけではないが、事件の概要だけではわからないこともある。

「辻宮《つじみや》朔《さく》は、どんな人だったんですか」

まさに事件の概要だけではわからない部分が、彼は気になっているらしい。

どこまで踏み込んでいいのか探るような目をして、ヴィクターが訊いた。

「あいつ割と有名人だよね。何かコードナンバーとかついてて驚いたもん、対策室に入ってから。十一番目だからイレヴン、だっけ」

長く行方の知れなかったイレヴンが、ユエという名で、日本国内の未登録吸血種たちにカリスマ的な影響力を持っていたことが発覚したのは、彼が再び姿を消した後だった。七年前のあの事件は、謎多きイレヴンについての新たな情報を対策室にもたらすことにはなったが、それでもあれ以降、対策室は彼の所在をつかめていない。

「もちろん、対策室で管理しているデータとしては知っていますけど、『辻宮朔』については、トオノさんやチナツに訊かないとわからないと思って。彼、足取りも全然つかめないんですよね。数年前、ニューヨークで画家のクズミ・アヤメの個展が開かれたときに現れたのが最後だとか……」

「ああ、それ聞いたなあ。あいつ、顔がよすぎて目立つんだよね」

写真等は残っていないが、会場で目撃された男性の外見的特徴が、彼のそれと一致していて、まず間違いないと言われている。

新進気鋭の日本人画家が、マスコミ公開不可の個展の目玉として飾った肖像画の前に、絵と同じ顔をした男が立っていたという目撃談が相次いだのだ。画家本人は何もコメントを出していないが、遠野が朱里や千夏たちと個展を見に行ったとき、彼女は「来てくれたらしい」と笑っていた。どこかで野垂れ死んでいるのではと思っていたが、安心したと。

「複数のハンターに追われているみたいですよ。対策室でも行動を把握できなくて、周到に身を隠している風なのに、昔の知り合いの個展に顔を出すなんて思いませんでした」

「あいつ友達少ないからね」

信者はかなり多いようだが。

遠野としては事実を述べただけなのだが、ヴィクターは困惑した様子でいる。冗談なのか本気なのか、判断がつかないようだ。

「僕にとっての朔は、そんな感じだよ。自分で壁を作っておいて実は結構淋しがりやで、皮肉屋で、まあ、こじらせた若者としては割とよくいるタイプ」

笑って、明るい声で、そう続けた。

「顔がよくてスタイルもよくて女の子たちにモテモテで、いけすかないけど、普通の大学生に見えた。僕たちの前ではそうだった」

いつかヴィクターが彼に対面することがあったとして、対策室の職員としてのヴィクターの前に立つ男が、遠野が言ったとおりの彼だとは限らない。むしろ、ヴィクターは、全く違った印象を受けるはずだ。

自分の知る朔の顔が、本当は、彼の本質にかなり近いだろうと遠野は思っているけれど、その顔を知る者はごく限られているだろうこともわかっていた。

そういえば、そもそも、物理的な意味でも、朔の顔を見たことがある——外見を知っている者は少ないはずだ。

「ちょっと待ってね。これ使っていい?」

プリンター用紙を一枚取って、ペン立てからシャープペンシルを借りる。

朱里と再会してからは絵を描く機会がなくなったので、技術は衰えているだろうが、朔の顔なら覚えていた。

記憶の中の肖像をなぞるように輪郭をとる。顎のライン。鼻筋。目は切れ長で、唇は薄い。

「――と、どこまで話したっけ。ああ、そうだ……朔は人に内面を見せないタイプだったけど、僕とは結構気が合ったんだよね。あいつに友達なんてそうそうできるわけないから、僕なんか貴重なんじゃないかな。どうしてもあいつに会いたかったら、僕を餌にすれば釣れるかもしれないよ」

「最終手段ですね、それ」

「何回も使える手段じゃないからねえ」

手を動かしながら笑った。

さすがにこれは冗談だが、自分や千夏を、朔が今でも気にかけていることは疑っていない。綾女《あやめ》の個展に現れたのも、きっと、懐かしかっただけではなく、自分が無事でいることを知らせるためだ。

それから、ちゃんと覚えていて、見ていることも。

個展で自分の肖像画が飾られているのを見て、嬉しかっただろうな、と思ったら、少し笑えた。自分がそこにいたら、からかってやれたのに。

「七年前の事件のときは、トオノさんやチナツも捜査に協力したんですよね。やっぱり連続殺人で、無差別殺人だったたって」

「まあね、僕たちはただの大学生だったから、どれだけ貢献できたかはわからないけど。色々頑張ったんだけど、犯人の手がかりは得られなくて……結局、囮《おとり》捜査をしたんだ。あ、報告書読んだなら知ってるか」

「いえ、捜査方法の詳細な部分までは……。アカリは、これまでにも何度か囮捜査を成功させているとは聞いていますが」

朱里は吸血種と人間との間に生まれたからか、もともと吸血種としての気配が薄いらしい。意識してある程度気配を抑えることもできるので、人間のふりをして囮になるのは、彼女の得意とする捜査方法だった。しかし、七年前の事件のときに囮役を申し出たのは彼女ではなく、捜査官でもなんでもない大学生だった。

「そのときは、成功したんですか」

「うーん、したような、しなかったような……まあ、結果的には犯人を見つけたというか、事件は解決できたんだけど」

当時のことははっきりと覚えているし、珍しい大事件だったから人に話を聞きたいとせがまれたことも何度もあるが、もう七年も前のことだ。こうして人に話すのは久しぶりだった。

対策室に入ったばかりの頃は、「あの事件がきっかけなんだってね」と話題に出されてばかりだったが、五年も経てば、もう事件の話を聞かれることもほとんどない。

「でも、今回の事件の参考にはならないかな。連続殺人なのは同じだけど、手口も違うし、被害者像も違う……今回は被害者の共通点を探して、動機の線から犯人に近づこうとしているわけだから、捜査方法というか、アプローチからして違うしね」

「吸血種がヒトを襲う動機なんて、考えるまでもないですからね」

「うん。不可解な点もあったけど、犯人は間違いなく吸血種で、目的は血なんだってことはわかってた。でも今回は、被害に遭ってるのは吸血種だ。吸血種を殺せるってことは、犯人も吸血種の可能性が高いけど、だとしたら血が欲しくてってことはないよね。ほかに何か……たぶん個人的な理由があるはずだ。それを見つけないと」

腕のいいハンターの仕業、って可能性もあるけど、と遠野が付け足すと、ヴィクターは困ったように眉を下げる。

「ハンターの犯行だった場合も、まあ、動機はないようなものですよね。ただ単に、吸血種が憎い」

「うん……ハンターは一般的には、吸血種を殺さないで売り飛ばすとか、警察に引き渡して賞金をもらうのが目的らしいんだけど、今回の犯人は、そうしないで殺しっぱなしだ。そこは引っかかるけど、吸血種を殺すことを目的にしているハンターだって、いないとは限らないから、可能性は排除できないと思う」

犯人が吸血種にしろハンターにしろ、動機のない殺人だった場合、捜査の難易度は跳ねあがる。

ただ殺すこと自体が目的なのだとしたら、犯人がハンターか吸血種かを絞ることすらできない。吸血種を無差別に殺したいハンターがいるか、吸血種を無差別に殺したい吸血種がいるかの違いだが、捜査する側にはわからない。

「犯人は、ただ単に、吸血種を憎いと思っているハンターかもしれない。ただ単に、吸血種を憎いと思っている吸血種かもしれない。どちらでもおかしくないし、どちらにしても厄介だよ」

場合によっては、憎んですらいなくてもいい。ただ、理由もなく、吸血種を殺したいという欲求を抱いた誰かがいて、その誰かに、吸血種を殺せるだけの能力があれば。

ヴィクターはなるほど、というように頷いた。

「女性を殺したい、女性なら誰でもいい、という殺人鬼がいるみたいに、吸血種なら誰でもいいから殺したいという衝動を抱いた誰かが存在しているかもしれないということですね。

そうすると……犯人はハンターより、吸血種のほうがしっくりきますけど」

「僕もそうかな。ハンターの可能性ももちろん排除できないけど、感覚としては、吸血種が殺してるほうがしっくりくる」

人間のシリアルキラーは人間を殺す。それと同じように、自分と同じ吸血種を殺すことによって快楽を得られる吸血種のシリアルキラーが、どこかに存在している——そんな想像をして、遠野は眉を寄せる。

プロフェッショナルとしての朱里を信頼しているし、彼女の仕事を尊重したいけれど、それはそれとして、できれば、もう囮捜査はしてほしくなかった。

身を晒《さら》して襲われるのを待つのと、あらかじめ犯人を特定して、万全の態勢で確保するのとでは、捜査員のリスクは全然違う。

「でも、今は、今回の犯人が無差別に吸血種を襲う快楽殺人者ではないという前提で捜査するべきだと思う。誰でもよくて理由もないんじゃ、動機からの捜査はできないからね。いよいよ被害者の共通点が見つからなくて、犯人の動機がわからないとなったら、無差別殺人の可能性も考えなきゃいけないけど」

今回の犯人が、そうでないことを祈るしかない。あらゆる可能性を考えなければならないが、動機から犯人をつきとめることを放棄するには、さすがにまだ早い。

「――できた。こんな感じ」

描き込んだものではないが、朔の似顔絵が完成した。遠野の中での朔のイメージが反映されているのか、若干底意地が悪そうな表情になってしまったが、まずまずの出来だ。

遠野はペンを置いて、プリンター用紙をヴィクターに手渡した。

「朔だよ。こんな顔」

似顔絵を受け取って、ヴィクターは感嘆の声をあげる。

「うまいですね、トオノさん」

「朱里さんのことは、もっとうまく描けるよ。ていうか、朱里さんしかうまく描けないんだけど……」

絵が描けることは仕事に活かせるのではないかと、千夏に言われたことがあるが、記憶に焼きついた顔を紙にうつしとるのと、人から聞いた情報に基づいて想像で似顔絵を作成するのとでは違う。試してみたこともあったが、満足のいくものは描けなかった。本物そっくりに描けるのは、九年間毎日のように描き続けた朱里の顔だけだ。朔の顔は、比較的うまく描けたが、それも、かつては毎日会っていた親友で、記憶が薄れていなかったからだ。

「こんなきれいな人だったんですか」

「まあ顔はね」

何年生きているのか知らないが、中身はただのこじらせた大学生そのものだ。外見が若いままだと周囲が本人を若者として扱うので、なかなか中身も成長しないのかもしれない。もっとも、それは自分にも言えることなので口には出さない。

「対策室には写真がないはずですから、これ、資料になるんじゃないですか」

「あー、でもさすがにちょっと気が咎《とが》めるかな。本人が逃げてるのに、捜査側の資料にするために提供するのは……一応親友だからね」

朔は、遠野たちから自分に関する記憶を消すこともできたのに、そうしなかった。それまであらゆる痕跡を消して、対策室からもハンターからも逃げていたにもかかわらずだ。

センチメンタルだなあと思うが、そういうところは憎めない。いくらなんでも、その気持ちは裏切りたくない。

「それに、素人のらくがきだから。実物とは印象が違って、かえって捜査を混乱させるかもしれないしさ」

とってつけたように言った。

思いついて描いてしまったが、ヴィクターに見せたのは失敗だったかもしれない。

彼は困った顔をして、少しの間考えるように黙っていたが、

「職務上入手したものを、隠しているわけではないですし……似ているのかどうか判断もで

きない似顔絵を、描けるという事実自体を……わざわざ申告する義務までは、その、ないと思うので」

これは見なかったことにします、と言って、似顔絵を遠野へ返してくれる。

遠野は笑顔で受け取った。

堅物そうな見た目だが、杓子定規《しゃくしじょうぎ》なわけではない。思いやりもある好青年だ。

もしもヴィクターが、千夏の思い出の中の朔と張り合うつもりなら、分が悪いかもしれないが、自分くらいは応援してあげよう、と勝手に決め、遠野は空になったカップを持って立ち上がる。

「ごちそうさま、カップ洗うね。今度は僕がお茶を淹れるよ」

「あ、いえ、そんな。洗い場は外ですし、俺が行きます」

「じゃ、一緒に行こう。こっち？」

廊下を出たところにある給湯室に、汚れたカップとジャムの小皿とスプーンを持って向かう。ふきんを持ったヴィクターがついてきた。

フロア全体で共有しているらしい給湯室には、洗剤とスポンジが、プラスチックのかごに入って備えつけられている。

ピンクのラメ入りで星形のスポンジだったので、それが対策室で用意したものだと一目でわかった。

「これ、百瀬さんのチョイスでしょ」

「洗剤はフローラルピーチの香りです」

星形のスポンジを使って遠野が食器を洗い、すすいだものから順にヴィクターに渡していく。

「何か、事件のことばっかり考えてると憂鬱《ゆううつ》になるよね。仕事とはいえ……。一日を心穏やかに終えるために、朱里さんとお茶を飲まなきゃ」

「どうしたんですか急に」

「日々にはうるおいが必要ってことだよ。二人が戻ってきて情報共有が済んだら、帰る前にゆっくり皆でお茶しよう」

ティースプーンを二つ折りにしたスポンジで挟むように洗い、泡を流して、うん、と頷く。シャツの袖をまくりあげた腕を傾けて、腕時計を見た。もうそろそろ、朱里たちが帰ってくる頃だ。

「仕事のことしか考えないでいると、頭が固くなって、見落としが出たり柔軟な思考ができなくなったりするからね。ときにはリラックスが必要なんだ。事件と関係ないことを考える時間をとったりとか」

ヴィクターは、はあ、と応じてスプーンを受け取った。

「具体的にはどういうことを考えるんですか」

「事件を解決したら、朱里さんと、どこに遊びに行こうかな、とか」

京都、神戸、北海道——手持ちの服では寒いだろうか。それなら、金沢とか。横浜もいい。いや、むしろ、「この服じゃ寒いから」という口実で、一緒に服を買いに行くのも楽しそうだ。試着室から出てくる朱里を待つ時間なんて、想像しただけで至福ではないか。実に恋人っぽい。

遠野が思いを巡らせていると、ヴィクターは言いにくそうに「でも」と言った。

「そのためには、やっぱり、早急な事件の解決が必要ですよね」

「そうなんだよねえ」

遠野は大きくため息をついて、水を止める。

ヴィクターが苦笑して、洗い終わったカップにスプーンを入れ、小皿を重ねた。

「チナツたちも、すぐ戻ってくると思います。そうしたら、一緒にお茶は飲めますよ。適度に息を抜いて、それから、捜査を頑張りましょう。トオノさんとアカリのデートのためにも」

「だね。やっぱりまずは、被害者たちの接点を見つけることかな。明日も聞き込みに行ってみるよ。相田さんが吸血種になった時期とかもわかるといいな。ヒトだった頃に接点があった、とか、そういう可能性もゼロじゃないし」

「被害者同士の接点が見つからなかったら、そこで足踏みですからね。俺も、もう一度ファイルを見直して、通勤のルートとかも含めて、重なる部分がないか検討してみます」

警察は、二人の自宅を捜索しただろうから、何かヒントが見つかればいいのだが――そこは、朱里と千夏の報告に期待だ。

まだまだ何もわかっていないが、捜査は始まったばかりなのだから、現段階でそう悲観することもないと思うことにしよう。

洗い物を終えてオフィスへ戻る。

執務室に入って、ドアが閉まりきる前に、エレベーターホールのほうから、エレベーターの到着する音が聞こえた。

ちょうど、朱里と千夏が帰ってきたようだ。

ヴィクターが、洗ったばかりのカップを棚へ戻すかわりに、デスクのすみに並べ、もう二つ、来客用のカップを取り出す。

遠野は新しい紅茶を淹れるべく、電気ポットをとろうとし――その前に、朔の似顔絵がそのままになっているのに気づいて手にとった。

曲がりなりにも親友の顔を描いたものを、ゴミ箱に捨てることははばかられる。残さない、ということを考えればシュレッダーにかけるべきだが、それにも若干抵抗があった。

わずかな逡巡《しゅんじゅん》の末、裏返し、自分の借りているデスクの引き出しにしまう。

この絵を千夏に渡したら彼女はきっと喜ぶだろうが、それが彼女のためにいいことなのかはわからない。

養父の遺体は損傷がひどく、見せてもらえなかった。見ないほうがいいと、ひげを生やした優しそうな警官が、痛ましそうにリオウを見て言った。

警官は、自分にもリオウと同じ年頃の子どもがいると言い、優しくしてくれた。

病院の医者も看護師も、皆リオウに同情的だった。

父親の殺害現場に居合わせた子どもがショックで気絶した、と思われていたようだが、そうではないことをリオウは知っていた。

あの男が、何かしたのだ。

血の海に立っていた男。はっきりと見て目が合ったはずなのに、顔を覚えていないのが、その証拠だった。

男は自分を見て、何か言った。唇が動いたのを見たはずなのに、どんな顔をしていたのか、何を言われたのかも思い出せない。

それでも、部屋の中に知らない男がいた、と警察に証言はした。

リオウの家から黒い服の男が歩き去るのを見たという目撃者もいるらしく、警察はその男を殺人事件の犯人として追うことにしたようだが、なんとなく、あの男はつかまらないだろうという予感があった。顔も思い出せない相手だが、リオウには、直感でそれがわかっていた。

警察などにはつかまえられない。

あれはおそらく、そういうものではない。

血の匂いは覚えていたが、それ以外のことは曖昧《あいまい》で、そのせいか、リオウは事件の後数日間、夢の中にいるようだった。起きたこと、自分の置かれた状況、それらすべてに現実味がなく、怒りも悲しみも恐怖も、はっきりとした形をしていなかった。

事実を受け止めきれていなかったのかもしれない。

養父の遺体を見ていない——それらしきものの一部は見たが、それが間違いなく彼であると確認したわけではなかったので、養父が死んだと聞いても、なかなか実感が湧かなかった。気まぐれに、ふらりと旅に出てしまったのではないかと、そんな気さえしていた。

事件から数日後、まだ行き場所が決まらず病院にいたリオウを、知らない男が訪ねてきた。あまり柄のよくないその男は、妙な小型の機械をリオウの頭上にかざし、それで全身をなぞるようにした後、小さく舌打ちをした。

「やっぱりもう、気配は残ってねえか。すぐ来られたらよかったんだけどな」

「気配？」

「二、三日もすりゃ薄れてくからな。けど、おまえに気配が残ってないってことは、血を吸われてねえってことだ。契約者には、血が入れ替わるまでの間、気配が残るからな。よかったな、きれいな身体で」

何の話をされているのかわからない。

黙ってただ聞いているリオウに、男は、おまえの父親を殺した犯人をつかまえてやる、と言った。

「警察？」

「いいや、俺はハンターだ。おまえ、犯人を見たんだって？　そいつは吸血種っていう、まあ、化け物だ。ヒトの血を吸う。そういう奴らを退治するのがハンターだ」

リオウが入院している間に、家の中は見せてもらった、とハンターは悪びれもせずに言った。

「家の中にも、もう吸血種の気配は残っていなかったが、あれが吸血種の仕業なのは、現場を見りゃわかる。血の海だったからな」

リオウが再び黙ったので、男はおっと、悪い、と口を押さえる仕草をした。その血が誰のものだったかを思い出したようだ。しかし、本気で悪いと思っている様子はなかった。

ハンターが言うには、養父は、吸血種について研究していたらしい。自宅に残っていた文献やノートから、それがわかったそうだ。文化的側面や背景などよりもむしろ生物として、どうすれば吸血種が死ぬのかや、どうすれば人間に戻せるのか、そんなことを主に調べていたという。

一部の吸血種にとっては、その存在が目障りだったのだろう。だから殺されたのだ、とハンターは言い、「災難だったな」と付け足した。

ハンターたちは、悪名高いある吸血種を追っていて、ようやく数日前、その動向をつかんだばかりだったという。仲間の一人が、先に吸血種に接触したが、おそらく返り討ちにあったようだと、ハンターは言った。

「俺にとってもおまえにとっても、あいつは仇《かたき》ってわけだ。助け合おうぜ坊主。おまえが見たものを教えてくれ。おまえの親父が、吸血種の弱点について何か話していたのを覚えていないか？」

リオウには、提供できる情報は何もなかった。

養父は吸血種の研究をしていることをリオウに話していなかったし、事件当日のことも、リオウはほとんど覚えていなかった。

看護師が気づいて、不審な訪問者を追い払った後、リオウは一人で、事件のことと、事件が起きるまでの養父との暮らしのことと、その後のことを考えた。


リオウは孤児院へ行くことになるだろうと看護師は言っていたが、養父が金を残してくれていたのがわかり、リオウは退院すると、養父と暮らした自宅へ戻った。

損壊したものもあったし、持ち去られたものもあったのかもしれないが、それでも、吸血種に関する研究記録が数点見つかった。

養父の残した記録を片っ端から読み込み、頭に叩き込んで、リオウは吸血種について詳しくなった。

病院を訪ねてきたハンターから、「何か思い出したら教えてくれ」と連絡先を渡されていた。

準備ができたら、連絡をするつもりだった。

身体を鍛えて、戦い方を学んで、吸血種を殺せるようにならなければならない。

3

朱里と千夏が警察から持ち帰った情報の中に、被害者二人を結びつけるようなものはなかった。ただ、彼らのパソコンとスマートフォンに何か情報があるかもしれないので、今、解析を進めているという。

支部での夜のお茶会兼報告会は早々に切り上げて全員退勤し、翌朝、朱里と遠野は、警察官一名に同行してもらい、被害者たちの職場と自宅を訪ねることにした。

報告会において共有した情報の中で一番見込みがありそうなのは、遠野の仕入れたゾンビTシャツの客だったが、ＶＯＩＤが開くのは午後六時だから、それまでは時間がある。

まずは、相田の職場と自宅。次に、小宮山の職場と自宅、の順に回ることにした。

よく晴れて、気持ちのいい朝だ。真夏の直射日光は少し厳しいが、この季節なら、ＵＶカットレンズのおかげもあって、朝日も苦にはならない。

「遠野さん、ご実家とか、お知り合いにご挨拶に行かなくていいんですか？　せっかく帰省されたのに……被害者の職場と自宅の検証は、私だけでも」

警察署の前で、同行の警察官が車を回してくれるのを待ちながら、朱里が申し訳なさそうに言う。

一応、朱里は出張、遠野は休暇中という扱いになっているので、それを気にしているようだ。

「二人一組が基本でしょ？　今日は百瀬さんが支部の業務で手が空かないし、一緒に行くよ」

確かに、遠野は普段から仕事とプライベートを分け、休日出勤も残業もしないが、それは朱里と過ごす時間を確保するためだ。「ワークライフバランスが大事だからね」などと常日頃から言っているのも、ワーカホリック気味の朱里が無理をしないように気遣ってのことで、遠野自身は朱里と一緒なら、一日中外の現場を回っても全くかまわない。第一、吸血種なので、肉体的な疲れも感じない。

朱里は、遠野が気を遣ってそう言っているのだと思っているらしく、まだ何か言いたそうにしている。

七年前に捜査を手伝ったときも、こんな感じだったな、と思い出した。

部署が違うとはいえ、今は遠野は対策室の職員で、吸血種で、何より朱里の――恋人、とまでは言えないにしても、それに近い関係ではあるのだから、もう少し頼るなり甘えるなりしてくれてもいいのにと思う。しかし朱里の中ではまだ、遠野は、どちらかというと守るべき対象として認識されているようだ。

物理的には明らかに朱里のほうが強いうえ、遠野が吸血種化した直後から面倒をみてくれた吸血種の先輩なので、仕方のないところもある。

少なくとも彼女に気にかけてもらえていることは間違いないので、それはそれでいいか、と思うことにした。

同僚たちに聞かれたら志が低いと呆れられそうだが、向き不向きというものがある。朱里を物理的に守れるような強い男になることを目指すより、精神的に彼女の支えになるような存在になるほうが現実的だ。

車が到着したので、遠野が助手席に、朱里が後部座席に座る。

ハンドルを握るのは、石村《いしむら》という若い私服警官だった。私服といってもスーツ姿で、体格がいいので、見るからに刑事然としている。尾行や潜入捜査には向かないタイプだ。遠野と朱里はどう頑張っても警察官には見えないので、同行してもらえるのは心強かった。遠野と朱里だけでは、殺人事件の捜査だと言っても関係者たちに信じてもらえないおそれがある。

彼の運転する車で到着した、一人目の被害者・相田の職場は、新宿にある飲食店だった。夜は居酒屋だが、昼は定食を出していて、午前十一時半から開いている。

客のいない仕込み中の時間帯を狙って訪ねた。

出勤しているのは店長と店員が一名のみだ。夜にはもう一名、アルバイトが入るという。素朴な内装の店内には木目を活かしたテーブルが並び、ボックス席の壁に、手書きのメニューが貼られている。

吸血種の気配は、全く感じられなかった。

半ば倉庫と化している従業員用の休憩室へ行き、相田の使っていたロッカーも調べたが、彼の気配すら、時間が経ってすっかり消え去ってしまっている。朱里と遠野の感覚だけでなく、念のため、吸血種の気配を測定する装置も持ち込んで確認したが、結果は同じだった。

日常的に吸血種が出入りしている店なら、かすかな気配くらいは残っているはずだ。相田の職場には相田の契約者も、彼以外の吸血種もいない——少なくともここ数日は出入りしていないということだ。

「相田さんがストーカー被害に悩んでいたとか、トラブルを抱えていたとか、そういうことは聞いていませんか」

「前にも訊かれましたけど、全然でしたよ。愛想のいいほうじゃなかったけど、接客も丁寧で、お客さんとトラブルになることもなかったし」

「相田さんの恋人とか友達が、お店に来たことはありませんでしたか」

「ないですね。彼のプライベートは全然知りません」

店長は、仕込みを邪魔される形になって迷惑そうだったが、質問にはちゃんと答えてくれた。ただ、そのほとんどについて、「前に別の刑事さんにも答えましたよ」と言われてしまった。これでは新しい情報は期待できない。

吸血種の知識がある自分たちにしかわからないような手がかりに気づけなければ、警察がすでに聴取済みの勤務先へわざわざ来た意味がない。

「相田さんは、このお店に勤めて長かったんですか？」

「もう五年ですかね。立ち上げた年からですよ」

「シフト表を見せていただけないでしょうか。できれば、古いものも……」

店長は、何か関係ありますかね、と言いながらも、朱里の求めに応じてシフト表を持ってきてくれる。年度別にしてあるらしく、数か月分がまとめてファイリングされていた。

朱里はそれを遠野にも見えるように広げてゆっくりとめくり、「相田」と書かれた欄を確認する。

「相田さんは、昼も夜も関係なく入っていたんですね」

「そうですね、あまり希望を言うこともなく……若いバイトの子のシフト希望を聞いて、それに合わせて手が足りないところに入る、みたいな感じで」

少なくとも今年に入ってからのシフトを見る限り、相田の働き方に偏りはないようだ。ランチタイムも夜も、平日も休日も関係なく、まんべんなく働いている。

朱里は遠野と同じことを考えたようだ。目が合ったので、頷いて促した。

「五年前に働き始めて以降、相田さんが長く休んだこととか、夜のシフトだけにしてほしいと言われたことはありませんでしたか？」

遠野の目配せを受けて、朱里が店長に尋ねる。

一歩引いたところで黙って聞いていた石村が、ちらりとこちらを見た。警察の事情聴取ではしていない質問だったのかもしれない。

しかし、店長はあっさりと首を横に振った。

「いいえ。昔からずっと、こんな感じのシフトでしたけど」

店の電話が鳴り、しばらくして、店長ー、とカウンターの中から声がかかる。

「八時から予約のミンさん、もう一名追加でって。大丈夫すか？」

「あー、日本語学校のな。……オーケー」

店員は電話に戻り、客の応対を再開した。

それとなく聞いていると、何度か同じことを繰り返している。ゆっくり、言い方を変えたりしながら、かなり平易な言葉で話していた。ところどころ、単語だけ英語が混じる。電話の相手は外国人のようだ。

「そっか、相田さんもういないんだもんなあ。俺も英語勉強しなくちゃな」

ぽつりと店長が呟くのが聞こえ、はっとした。

「相田さんは、英語が話せたんですか？」

「ああ、ペラペラってわけじゃないだろうけど、オーダーとるくらいは不自由ない感じでしたよ。外国人客もけっこういるんで、助かっていたんですけど」

朱里が不思議そうにしている。VOIDで得た情報は彼女にも伝えていたが、現場のディテール——話を聞いた客たちの中に外国人がいたことまでは話していなかった。

遠野は店長から一歩離れて、朱里に耳打ちをする。

「大したことじゃないかもしれないけど、共通点が見つかったよ。小宮山さんも、英語が話せたはずだ」

朱里は小さく頷いて、再び店長に向き直った。

「相田さん、どうして英語が堪能だったんでしょう。英会話教室に通っていたとか留学経験があるとか、何かお聞きになっていませんか」

「いやあ、何も。あんまり自分のこと話す人じゃなかったですし」

これ以上、ここで得られる情報はなさそうだ。

礼を言って、店を後にする。店長は明らかにほっとした様子だった。

「ＶＯＩＤで会った客が、共通の話題で盛り上がったって言ってた。彼女たちは僕と英語で話していたから、小宮山さんは、彼女たちと英語で盛り上がれるくらいの英語力があったってことだ」

店を出てすぐに、朱里に伝える。

その共通点が、彼らが被害者になってしまった理由につながるかどうかはわからない。少数民族の言語ならともかく、英語が話せる日本人はさほど珍しくないから、ただの偶然かもしれない。しかし、吸血種であること以外に似たところが皆無であるかのように思われた二人の、ようやく見つかった共通点だった。

石村に頼んで、都内の英会話教室、特に相田の自宅や職場の近くにある教室に、彼が通っていた記録がないか調べてほしい、と警察に連絡をしてもらった。

朱里は千夏に電話をかけ、現状とこの後の予定を伝えている。彼女の電話が終わるのを待つ間、遠野は店の裏の駐車場で、石村と二人になった。

石村は背が高いだけでなく、肩幅もがっちりしていて、見るからに、柔道か剣道か、何か武道をやっていそうだった。短髪にスーツで、いかにも警察官といった外見の彼が、にこりともしないで立っていると、圧迫感がある。自分でもそれをわかっているのか、遠野たちが店長に話を聞いている間、彼は口を挟まず、ずっと離れたところで見守り役に徹していた。

愛想はよくないが、外見的には年下に見える遠野や朱里に対しても礼儀正しく、足がわりに使われても文句ひとつ言わないので、職務に忠実な警察官なのだろう。

数メートル離れたところで話す朱里の声を、遠野がぼんやり聞いていると、

「あの」

すぐ横、頭半分高い位置から声をかけられた。

見上げると、こちらを見ていた石村と目が合う。

「はい」

「さっきの質問は……」

「シフトのことですか」

彼が頷いたので、質問の趣旨を問われているのだとわかった。

事情聴取中は黙ってこちらに任せてくれていたが、やはり気にしてはいたようだ。

「吸血種って、映画なんかの吸血鬼とは違って、日光を浴びても割と平気なんですけど、ヒトから吸血種に変化したてのときはまだ安定していなくて、日に当たると火傷《やけど》しちゃうんです。変化してから当分の間、日中は外に出られないから……吸血種になった直後は、バイトを休むか、シフトを夜だけにするかしているはずなんです」

同行してくれている以上、彼にも吸血種の存在や、その特性等についてある程度の知識は

あるはずだが、どこまで知っているかわからないので、前提から説明する。

「それまで昼も夜もシフトに入っていたのに、突然夜だけになったことがあったら、相田さんが吸血種になった時期を特定できるかなと思ったんですけど……」

相田は七年以上前にＶＯＩＤに来ていたとのことだったから、おそらく吸血種化したのはそれ以前だろうが、念のためだ。しかし、結果的には空振りに終わった。

やはり、相田はあの店に勤め始めたときにはもう吸血種だったとわかっただけだ。

なるほど、と石村は頷く。

「被害者が吸血種になった時期が、事件に何か関係があるんですか？」

「それはまだわかりません。でも、今、被害者二人に接点や共通点がなかったか、調べているところなので……何でも情報は欲しいと思って」

これにも、石村は納得したようだった。

「何が手がかりになるかわかりませんからね。私たちの普段の捜査でも、同じです」

しきりに頷いている。

現場のほとんどの警察官にとって、対策室の職員というのは、正体不明の存在だ。それが、本来は警察だけの仕事であるはずの捜査に手を出し口を出すのだから、協力関係にあるといっても、いい気はしないだろうと想像はついた。

石村も、最初に挨拶をしたきり必要最低限のことしか話さなかったので、自分たちを疎ましく思っているのかと思っていた。しかし、そういうわけでもないようだ。

「事件のこととか僕たちのことって、どのくらい聞いてます？」

せっかくのチャンスなので訊いてみる。

石村は少し戸惑うような表情になったが、答えてくれた。

「事件については……警察が把握していることについては、全部。被害者が特殊であることも、あなた方が、こういった事件専門の組織から派遣されていることも聞いています」

「びっくりしたでしょう」

はい、正直、と石村は素直に肯定する。

「捜査本部には、志願して入ったんです。そのとき、直属の上司をすっ飛ばして、上司の上司から呼ばれて……色々、教えてもらいました。最初は冗談かと思ったんです。宇宙人だと言われたほうがまだ信じられるって。上司の顔が真剣だったので、笑いはしませんでしたが」

それはそうだろう。見るからに真面目そうな石村の、そのときの心境を思い、遠野はむしろ彼に同情した。

「参考にと過去の事件の記録や、資料を見せられましたが、それも作り物で、ドッキリなんじゃないかと思いながら目を通して……昨日、対策室のお二人が捜査本部にいらしたときも、まだ、いつネタばらしされるのかなって思っていて。今もまだ、完全には信じられていません。すみません。失礼なことを申し上げているとわかっているんですが……」

「いえ、お気になさらず」

当然の反応ですから、と付け加える。表情や声から、彼の困惑が伝わってきた。正直に話してくれているのがわかる。

「でも、捜査に関しては、できることは何でもするつもりです。疑って、真剣に取り組めないとか、そういうことはなく……」

「そこは心配していませんよ。ありがとうございます」

誤解しないでほしい、というように姿勢を正して――もともと姿勢は全く乱れていなかったのに、さらに肩を引き、顔をあげて――弁明する石村に、遠野は慌てて言った。

朝から車を運転して、自分はすでに一度話を聞いた相手への事情聴取に嫌な顔もせずつきあってくれている彼が、真摯《しんし》に事件に取り組んでいることは疑う余地もない。

遠野の言葉を聞いて、石村はほっとしたようだった。外見の印象のとおり、真面目な性格らしい。

一呼吸置いて、まだ朱里の電話が続いているのを見て、それから、確認するように石村は口を開いた。

「本当、なんですよね。吸血種と呼ばれる、ヒトの血を吸う人たちがいて、今回殺害された被害者二人も、そうだったというのは」

真剣な表情の彼に、遠野も真剣に、「はい」と答える。

誰もが、七年前の遠野や千夏のように、吸血種の存在をすぐに受け容れるわけではない。吸血種のことを知らない人たちに、正しく吸血種のことを知ってもらうことも、いつか、対策室の仕事になるはずだった。

世界中の人たちがその存在を知ることになる、そのときは必ず来る。どうすれば誤解されず、正確に情報を伝えることができるのか、それは、対策室が何年もかけ取り組んでいる課題だ。

しかし今は——石村は先に上司から話を聞いていて、はじめから信じようとして質問している。そういう相手には、ただ真摯に答えればきっと伝わると思った。

「吸血種も、吸血種関連問題対策室も、現実に存在します。僕や、今あそこで電話をかけている彼女はボストンにある本部の所属で、昨日、捜査本部にお邪魔したもう一人の女性は、発足したばかりの、日本支部の職員です」

事実だけを告げる。

石村は息をのんで、それからゆっくりとまた頷いた。受け容れた、ということだろう。

何の証拠を見せたわけでもなかったが、彼は少しの間黙って、やがて長い息を吐いた。自分の中の常識と、折り合いをつけようとするかのように。

「あなた方のような組織があるということは、つまり、対策や管理が必要なほど、多くの吸血種が存在するんですね。……すみません、この期《ご》に及んで信じていないわけじゃないんですが、ちょっと、想像がつきません」

「全部理解する必要はないですよ。そういう組織がある、吸血種は存在する、ということを前提に、協力していただけるだけで、十分にありがたいです」

吸血種について完全に理解していなくても、捜査はできる。知識があったほうが手がかりに気づきやすいだろうが、そこは遠野たち対策室の職員の仕事だ。何を探せばいいのかわかったときに、警察の情報網や機動力を頼れることはそれだけで助かる。

「七年前にも、吸血種絡みの事件を捜査したという上司が、吸血種というのは、身体能力が高くて、ヒトの血を栄養源にする、突然変異の人間みたいなものだと思えばいいと……ただ、体質以外はヒトと同じだから、そのつもりで向き合えと」

「ああ、それは正しいですね。偏見がなくて、ニュートラルなとらえ方だと思います」

吸血種全体を危険な存在と決めつけず、一方で、捜査するにあたってその特殊性を念頭に置いておけというのは、初めて吸血種にかかわる警察官に対してはシンプルで的を射た指南だ。

「上司からもそう言われていますし、私は警察官で、事件の解決と犯人逮捕が仕事で……私には吸血種に関する基礎的な知識がないので、あなた方と協力するのが事件解決の近道だと理解しています。専門家としてのご意見を尊重して、警察官としてできることをするつもりです。ですから、その……縄張り意識のようなものはないので、もしそれを懸念されているなら……」

言いにくそうに、石村は言葉を重ねる。

言葉を選んでいるのが伝わってきた。遠野が警察に対して「あまりよく思われていないかも」と思っていたように、彼のほうも、遠野たちにそう思われているかもしれないと感じて気を遣っていたのだ。

朱里と遠野が吸血種であることは知らないかもしれないが、対策室が、吸血種と対立する組織ではないということは聞いているのだろう。

吸血種の中にも、加害者になりうる者もいれば、そうでない者もいると理解し、ひとくくりにしない姿勢には好感を持てた。彼も、彼の上司も。

捜査本部の人間すべてがそうとは限らないが、一緒に捜査をするのが、彼らでよかった。

「ありがとうございます。捜査のプロである警察の方々にそう言っていただけると嬉しいですし、心強いです」

遠野が笑顔でそう言うと、石村の表情も緩んだ。

しかしすぐに、彼は何かを思い出した様子で、迷うように視線をさまよわせる。

まだ何か言いたいことがありそうだ。遠野は彼が話し出すのを待った。

少しの沈黙の後、石村が顔をあげ、ためらいがちに口を開きかけたとき、

「すみません、お待たせしました」

通話を終えた朱里が戻ってくる。

石村は口をつぐみ、朱里に会釈をして一歩退いた。

彼はそのまま、すぐ近くに停めた車のロックを解除し、運転席に乗り込んだので、遠野もわざわざ話の続きを促すことはしない。

朱里と二人で、後部座席に座った。

次は、相田の自宅へ向かうことになっている。条件のいいアルバイトと家賃の安い家をそれぞれ探した結果か、相田の勤務先と自宅とはかなり離れていた。ダウンロードしたばかりのアプリで調べたところ、電車なら一本でいけるので通勤が不便というほどではないが、それでも片道三十分の距離だ。今日は車なので、高速道路を使っても四、五十分はかかりそうだった。

少し早いが、相田宅を捜索する前に昼食をとることにする。相田宅へ向かう途中で見つけた、駐車場のある蕎麦屋に入り、三人でテーブルを囲んだ。

席についてから、石村は、朱里を見て、何か言いたげな顔をする。

朱里が「何でしょう」と首を傾げると、石村は口ごもった。

「いえ、その……何も確かめずに蕎麦屋に入ってしまいましたが……アウトーリさんは、箸で麺類を食べるのに慣れていないのではと」

ああ、と朱里は微笑《ほほえ》む。

「大丈夫です。お箸、使えます。お気遣いありがとうございます」

ボストンでも、中華料理のテイクアウトを利用するときや、遠野が和食を作ったときは箸で食べている。石村は、そうですか、と言葉少なに返し、目を逸らした。

適当に選んだ店だったが、久しぶりに食べた蕎麦は、感動するほどおいしく感じた。やはり自分が日本人だから、日本の食べ物が口に合うのだろうか。

朱里も食が進んでいるようだ。目が合ったので、「おいしいね」と声をかけると、「はい、おいしいです」と嬉しそうな返事が返ってきた。

ボストンではめったに食べることがないが、蕎麦は健康にもいいはずだ。遠野は、事件が解決したら買って帰るもののリストに、蕎麦と蕎麦つゆを追加する。

石村は、ときどき朱里に視線を向けていた。箸で食べにくそうにしていないか、気にしているのかと思ったが、どうも、それだけでないように感じる。何か訊きたいことがあって、遠慮しているのかもしれない。

とはいえ、客が少なく静かな店内で、事件の話をするわけにもいかない。同様に、吸血種の話もできないので、遠野から「いつも、仕事中は食事はどうしているんですか」などと当たり障りのない話題を振ってみたが、あまり盛り上がらずに終わってしまった。

石村は、カツとじと蕎麦のセットを食べている。刑事は体力が必要な仕事だから、たくさん食べるのだろうなと思っていたが、想像どおりだった。一口が大きく、見ていて気持ちがいい。遠野や朱里の倍の量を食べているのに、米も蕎麦もどんどん減っていく。

ほとんど会話のない食卓だったが、先に食べ終わりそうになると、石村は少し食べるペースを落とし、遠野たちが箸を置くのにタイミングを合わせてくれた。


昼食を終え、さらに十分ほど車を走らせて到着した相田の住居は、単身者用らしい、二階建てのアパートだった。

もうすっかり吸血種の気配も消えてしまった彼の部屋に、靴を脱いであがる。

キッチンつきのワンルームで、入って正面に窓があった。カーテンは開いている。作り付けのクローゼットのほかは、家具は素っ気ないローテーブルとベッドと、引き出し式の棚が一つだけだ。

石村はあくまでつきそいという姿勢を崩さず、部屋の入り口に立って、手袋をはめた遠野たちが中のものに触って調べるのを眺めていた。

パソコンや、相田が発見されたとき身に着けていたものは、すでに警察が押収している。この部屋に残されているのは、警察が必要ないと判断したものばかりだ。

二人の部屋を捜索したときの写真付きの報告書はコピーをもらっていたし、写真のデータも受け取っていたが、吸血種としての視点で直接見れば、何か気づくことがあるかもしれない。

バイト先の店のロゴ入りカレンダーが部屋に残されていたが、そこにも特に気になる記載はない。契約者に会う予定の日があったら、印くらいついているのではないかと思ったのだが、それもなかった。日付と曜日を確認するためだけに置いていたカレンダーのようだ。

手帳は押収されていたが、朱里は昨日警察でその中身を見ている。特に手がかりになりそうな記載はなかった、と言っていた。相田は、予定を細かくメモに残すタイプではなかったらしい。

「携帯電話のメモ機能も、ほとんど使っていなかったようです。仕事のシフト表はありましたが、本当にシフトしか書いてありませんでした」

「仕事以外で、メモをとる必要があるような特別な予定は、あんまりなかったのかもしれないね」

相田の住んでいた部屋には物が少なく、よく言えばシンプルということになるのだろうが、どこか寂しげな印象を受ける。

少し意外だった。

永遠に若いまま生きていたいと願った人間が吸血種になるのだとしたら、その人間には、生への執着があるはずだ。もちろん、事故で吸血種になってしまった場合や、朱里のように吸血種の親から生まれた場合など例外はあるが、一般的には、そういう傾向にあると言える。特に、吸血種化してそれほど年月が経っていない若い吸血種なら、もっと人生を謳歌していてもよさそうなものだが、相田の部屋からは浮ついた雰囲気が感じられない。

相田は何故、どんなきっかけで、吸血種になろうと思ったのだろう。

「変化した時期は不明だけど、吸血種である以上、誰か別の吸血種から血をもらったはずだから……少なくとも一人は、血をくれるくらい親しい吸血種がいたはずだよね。見つけて話を聞けたらいいんだけど……友達にしろ恋人にしろ、そういう親しい関係の誰かの影は、全然ないね」

「吸血種は、一つ所にとどまらず、色々な地域や国を転々とすることも多いですから。もう近くにはいないのかもしれません」

吸血種は何年、何十年経っても外見が変わらないので、同じ場所に住み続けると周囲に怪しまれてしまう。痕跡を残さずに移動することにも慣れている相手だと、足どりを追うのは難しそうだ。

「メールとか手紙のやりとりもないのかな。離れて時間が経ってるなら、今回の事件には関係ないかもしれないけど……」

収納が少ないので、探すのにも時間がかからない。

引き出しやテーブルの上を調べたが、手紙の類は見つからなかった。まあ、そんなものがあったとしたら、警察が見落とすとも思えない。

収穫なしかな、と思いながらクローゼットを開ける。中には似たような服ばかり掛かっていた。色は黒で、シンプルな型のものが多い。ファッションにはあまりこだわりがなかったのか、反対に、こだわりがあるからこそ黒ばかりを着続けていたのか。

クローゼットの棚の上に置かれた香水の瓶が目に留まり、何気なく手にとってみて、あれ、と何かが引っ掛かった。

知っている香りだったのだ。

どこで嗅いだんだっけ、と記憶をたぐり、すぐに思い出した。

その記憶は、黒一色のワードローブとも結びつく。

手招きして朱里を呼ぶと、カーペットに測定器をかざして調べていた——たとえば相田の血痕でも残っていれば、微弱な吸血種の気配を感知できるかもしれないので——彼女が近くへ寄ってくる。

「何かありましたか」

「うん、事件とは関係ないと思ってスルーしてたけど……やっぱり、調べてみたほうがいいかも」

手に持った香水瓶を見せた。

「相田修作と小宮山里穂の共通点、二人ともユエのファンだってこと。相田さんは、思っていた以上にディープなファンだったっぽい。というか、個人的につきあいがあったかも……。この香水、たぶん、あいつが使ってたやつだ」

使っている香水を特定できるほど近づいたことがある、あるいは、愛用の香水の名前を訊き出せる程度には接触があったということだ。ただ漠然と憧れているだけのファンではなく、服装や香水を真似るほどユエを崇拝していて、かつ、直接会ったことがあるとなると、それなりに限られてくるはずだ。

「相田さんはユエに会ったことがあるはずだと、ＶＯＩＤのマスターが言っていましたね」

「うん。小宮山さんも、ユエに血を提供したことがあることを自慢にしてた。……これは、意味のある共通点かも」

ユエの契約者であったロウが、二人とユエの関係について何も話していなかったので、大したかかわりはなかったのだろうと思っていた。しかし、ロウも、自分がユエの契約者になる前のことは知らないだろう。相田と小宮山は、ユエがロウと会う前に、ユエと個人的なかかわりがあったのかもしれない。

「辻宮さんの携帯電話の番号、まだわかりますか？」

「うん。もうつながらないけど」

一応残してはある。

遠野はスマートフォンを取り出し、電話帳のリストから朔の電話番号を呼び出して朱里宛に送った。朱里は受信を確認し、「ありがとうございます」と言ってスマートフォンをしまう。

「ほかにもきっと、使っていた番号があったはずです。どれも今はつながらないでしょうけど、その番号のどれかが、相田さんや小宮山さんの携帯電話に登録されているかもしれません。ロウさんに訊いてみます。小宮山さんの携帯電話の解析も、もう終わるはずなので、共通した番号が登録されていないかはわかるはずですし」

部屋の入り口で、壁際に立ったままだった石村が、「確認してみます」と言って携帯電話を取り出した。

電話はすぐにつながったようだ。石村は遠野にはわからない略語を交えて、電話の相手に何事か告げる。それから、相手が話すのを聞いているらしい沈黙の後、二言三言言葉を交わすと、

「小宮山里穂の携帯電話の解析は、終わったそうです」

電話を切らずに、マイク部分を掌《てのひら》で押さえて、朱里と遠野を見た。

「履歴や連絡先リストを、相田の携帯電話のものと照合するんですね？　担当者と、直接話されますか？」

「あ、私、うかがいます。防犯カメラのこともお聞きしたかったので、この後……ええと」

朱里が腕時計を確認する。午後一時半。ここから小宮山の職場へは一時間ちょっとの距離だが、職場には三時からでアポイントメントをとっているので、早く着いてもそれまでは話を聞けないかもしれない。三時から事情聴取をして、その後小宮山の自宅へ――と予定通りの捜査を済ませてから解析結果を聞きに行くとなると、解析担当者の終業時間である五時を過ぎてしまうおそれがあった。

「そっちのほうが、優先順位が高そうだね」

遠野の言葉に、朱里も頷いた。

小宮山の職場と自宅へ行くのは日を改めてもよかったが、職場のほうにはアポイントメントをとっているので、できれば今日のうちに訪ねておきたい。

朱里と遠野で、手分けすることにした。

朱里は解析結果を聞きにいき、相田と小宮山にユエとの個人的なかかわりがあったかどうかと、その裏づけを探す。遺体発見現場付近の店舗や路上の防犯カメラの映像も現在解析中のはずなので、そちらの進捗も確認する。遠野は予定通り、小宮山の職場と自宅を回る。

それぞれ用が済んだら、ＶＯＩＤで落ち合うことになった。

「今から行く」と石村から担当者に伝えてもらい、朱里は急いで出ていく。

石村は、予定通り遠野のほうについてきてくれるというので、遠野も彼の車で小宮山の職場へ向かうことにした。

相田の部屋からは、これ以上得るものはなさそうだ。

小宮山の職場であるネイルサロンでは、新たな情報は得られなかった。

そこに吸血種の気配はなく、小宮山のプライベートを知る人間もいなかった。職場でトラブルはなく、長期間休んだこともないという。

ただ、小宮山が英語を話せたかどうかを彼女の同僚に聞いたとき、彼女は大学生の頃に留学したことがあったそうで、英語が堪能だったと答えてくれた。

相田と小宮山の共通点はユエかもしれないという線を調べ始めたばかりだが、二人とも英語が話せるという共通点もまだ捨てられない。たとえば、互いに留学中に出会っていた、というようなことだって可能性としてはありえる。あるいは、同じ英会話教室に通っていたかもしれない。相田や小宮山の自宅や職場付近の英会話教室の、過去数年分の名簿を照会するには、どれくらい時間がかかるだろう。小宮山が留学していた時期を確認して、相田に留学経験がないかも調べてみなくては。

藁《わら》にもすがる思いで見つけた共通点ではあるが、二人とも英語が話せる、というだけではあまりにも弱い。調べないわけにはいかないが、正直、そこから犯人にたどりつくことには期待できなかった。

ユエとのつながりのほうで犯人の手がかりを得られることを祈るしかない。

もう本当に、どうにかしてあいつを呼び出そうかな、と、小宮山の職場から彼女の自宅へと向かいながら、遠野は半ば本気で考える。

たとえば、遠野が、「結婚式をするから参列してほしい」とインターネットで広告でも出したら、ひょっこり顔を出すのではないだろうか。しかし、同じ手は二度と使えないし、各方面から狙われているらしい親友を、嘘で呼び出すことにはさすがに抵抗がある。

いっそ本当に結婚してしまえばいいのでは、という考えが浮かんで、事件解決のためだと言ったら朱里は流されそうな気がするなとか、むしろそんな機会でもなければ結婚できないかもしれないからちょうどいいかもしれないとか、ウエディングドレスはどんなのがいいかな、などと考え始めると、次第に気分が浮き立ってきた。

知らないうちに笑顔になっていたようで、石村に怪訝な顔をされてしまった。

思考の方向が当初の目的からずれてきたのを自覚して、遠野は目の前の作業に集中するべく、頭を切り換える。

小宮山の住居へ到着してすぐに靴を脱いで部屋の中へ入り、手袋をはめた。

外観は古びたマンションだったが、ここ数年のうちにリフォームされたらしく、中は新築のようにきれいだ。1DKの間取りで、窓際に観葉植物があったが、葉はしおれて元気がなかった。

相田の部屋より広く、収納も多い。調べる場所はそれなりにありそうだったが、女性の部屋なので、男だけで調べものをするのはなんとなく抵抗がある。

こちらも相田の部屋と同じで、すでに警察による捜索は済んでいるはずなので、測定器で吸血種の気配を探ることを中心に、簡単に調べることにした。

小宮山が亡くなり、この部屋に戻らなくなって数日が経過している。もう、居住者であった彼女の気配は、少なくとも遠野が感じられるほどには残っていなかった。

測定器も、有意の反応を示さない。

早々にあきらめて測定器をしまい、次に彼女の私物をチェックする。英会話教室の資料や、過去のアルバム類がないかを重点的に調べたが、意味のありそうなものは、結局何も見つからなかった。

「だめですね。せっかくおつきあいいただいたのに、すみません」

もともと大して期待していなかったので失望はしていないが、石村に対しては申し訳ない。

遠野が謝罪すると、石村は首を横に振った。

「いえ、相田の部屋では、被害者二人をつなぐ手がかりを見つけたんでしょう。それだけでも収穫です。私たちだけでは、それが手がかりだとも気づけなかったわけですから……発見を無駄にしないよう、警察としても全力を尽くします」

「本当に手がかりになるかどうかは、まだわかりませんが、よろしくお願いします。僕たちも、生前の被害者と交流のあった人を見つけられそうなので、話を聞いてみて、何かわかればご報告します」

今日一日で、弱いとはいえ、被害者二人をつなぐ、英語とユエという共通点に気づくことができたし、携帯電話や防犯カメラから何か出てくるかもしれない。ここから捜査が進展するといいのだが。

遠野はスマートフォンを操作して、小宮山の職場や自宅を調べたが特に気になることはなかった、と朱里に報告のメッセージを送る。ＶＯＩＤで落ち合う予定だったが、思ったよりも早く終わったので、時間が空いていた。

自分も警察へ行こうかと思っていたのだが、朱里から返ってきたメールには、予定通りＶＯＩＤで合流しましょうと書いてあった。

『せっかく里帰りされているんですから、遠野さんは、それまで少しでもゆっくりしてください』

メールの最後にそうあって、思わず苦笑する。

朱里は、遠野を休暇中に捜査につきあわせている――遠野自身は、つきあわされている、とは思っていないが――ことを、やはり気にしているようだ。

そんなことを気にしなくてもいい、と伝えるために、これから警察に行ってもよかったが、そうすれば朱里は余計に気にするだろうし、時間も中途半端だ。彼女の言うとおり、どこかで時間をつぶし、彼女とは予定通りＶＯＩＤで合流することにして、遠野はスマートフォンをしまった。

「僕は、彼女とは、新宿で合流することになりました。あちらに行っても、特に手伝えることもなさそうなので」

「そうですか」

石村はこれから捜査本部へ戻るのだろう。

ここで別れるつもりで、「今日はありがとうございました」と頭を下げると、石村は、せめて駅までは送っていくと申し出てくれた。

小宮山の部屋は二階なので、エレベーターを使うまでもない。階段を下りたすぐ目の前が駐車場だった。

電子キーでドアを開け、石村は運転席に乗り込む。遠野は助手席に座った。

車のドアを閉めた後、石村は、何故かすぐにはエンジンをかけず、少しの間考えるように視線を落として黙っていたが、

「……先ほどお話しした、私の上司なのですが」

やがて、助手席の遠野を見ないまま口を開く。

そういえば彼はさっき、何か話したそうにしていた、と思い出し、遠野は石村のほうを向いて、「はい」と応えた。

「彼はベテランの刑事で、堅物で、ヒトの血を吸う不老の特異体質者なんて聞いたら真っ先

に笑い飛ばしそうなタイプなんです。でも、吸血種の存在については完全に、現実のものとして受け容れていました。受け容れざるをえないような何かがあったんだろうと思っています。上司が真剣だから、私も、信じる気になったというのもあって」

「……はい」

何の話か予想がつかず、内心戸惑いながら相槌を打つ。

石村はまた、少しの間黙った。思い出したようにシートベルトを締め、エンジンをかける前に手を止めて、再び話し出す。

やはり遠野のことは見ず、前を向いたままの顔には、迷いと緊張が見てとれた。

「彼は七年前にも対策室と協力して捜査に当たったんですが、そのとき、初めてアウトーリさんにお会いしたそうです。今回も、捜査本部にいらっしゃったときに顔を合わせて……驚いていました」

ああ、と思った。

石村が何を言おうとしているのか、予想ができてしまう。

「七年前と――外見が、全く変わっておられないと」

捜査中、吸血種の話題に触れるとき、石村からは気遣いを感じていた。その理由がわかった。

遠野たちとしては隠しているつもりはなかったが、プライベートなことだからと、石村は訊かずにいたのだろう。けれど気にしていたのだ。

職務上信じないわけにはいかないが、およそ信じがたい吸血種という存在について、彼は確信を持とうとしている。

未知のものに対する好奇心とおそれは誰にでもあるものだ。それを咎めることはできないし、彼ができる限り礼を失しないよう努力していることは伝わったから、不快にはならなかった。

けれど、朱里のことを、彼女の許可なく、遠野が他人に話すわけにはいかない。

「ええ、そうなんです」

だから、ただ、にっこり笑って言った。

「彼女は、昔からずっときれいなんですよ」

石村は察したのか、それ以上何も訊かなかった。

＊＊＊

遠野は石村と別れて、新宿駅の南側をぶらぶらと歩いた。

せっかく里帰りをしているのだから、と朱里は言ったが、遠野の両親は十年以上前から日本に住んでいないし、親しい友人も、今はほぼ海外にいる。日本の街並み自体は懐かしかったが、特に行きたい場所があるわけでもない。

あたりはすでに薄暗く、夜のみ営業する店も看板を出し始めている。それらを眺めながらのんびり歩いて、気がついたら、VOIDのすぐ近くまで来ていた。

結局、朱里との待ち合わせよりも一時間ほど早く着いてしまいそうだ。

もう少しあたりをうろうろしてこようか、と思いながら何気なく店のほうに目を向けると、地下へ降りていく階段の横に、金髪の男が立っていた。

かなり背が高く、レンズに薄く色のついた眼鏡をかけていて、近づきがたい雰囲気だ。店にも入らず、何をしているのだろう、と思ってよく見ると、昨日ＶＯＩＤの店内でちらっと見かけた男だ、と気がついた。あのときは話を聞けなかったからちょうどいい。

遠野は予定を変更して、男に近づいた。

「こんばんは」

日本語で話しかけてみると、男は遠野を見て、どうも、というように軽く会釈をした。レンズごしに、探るような目がこちらを見ている。

男からは吸血種の気配がした。同じ吸血種なら、彼のほうも、遠野から気配を感じ取っているだろう。

「店に入らないんですか？」

「連れ、待ってるんで。まだ中にいる」

素っ気ない話し方だが、日本語自体は流暢だ。外見年齢は、遠野と同じか、少し上くらい。金髪と色つきのレンズで一見わかりにくいが、顔立ちからすると、日本人——かどうかはわからないにしても、アジア系のようだった。金髪も、毛先が傷んでいて、よく見ると根元に少し茶色い部分がある。染めているようだ。

「中で待てばいいのに」

「煙草のにおい……好きじゃねえ」

どこかばつが悪そうに目を逸らして答える。

「ああ、ヘビースモーカーの客がいた？　この店、禁煙じゃないからね。僕も煙草苦手」

言葉を崩して遠野が言うと、男は小さく頷いた。近くで見ると若い。二十代だろう。吸血種の実年齢は外見からではわからないが、変化して間がない吸血種なら、もしかしたら年下かもしれない。

柄はよくないが、品がないわけではない。どこか不器用そうな話し方は、日本語がネイティヴでないからかもしれないが、不良少年がそのまま身体だけ大人になったかのような印象を受けた。

「僕も待ち合わせなんだけど……ちょっと話を聞いてもいいかな。この近くであった事件のこと」

男は、少し困ったように眉を寄せた。

「このへんには詳しくねえ。この店に来たのも二回目だ」

「そうなんだ。吸血種？」

遠野の問いに、いや、と首を横に振る。

「吸血種の集まる店なんだろ。情報収集と、待ち合わせに使ってるだけだ」

ということは、契約者か。店にいる連れというのは、契約相手の吸血種なのかもしれない。

「じゃあ、知らないかな。この人、会ったことない？」

相田と小宮山の写真を取り出して見せる。

彼は一目見て、「会ったことはない」と言った。

「顔は知ってる。二人とも、殺人事件の被害者だろ」

「あ、ニュースで観た？　そうなんだ。また誰か狙われるかもしれないから、知り合いの吸血種には一人歩きのとき気をつけるように言ってあげて。特に、未登録の吸血種には」

名簿に登録済の吸血種たちには、今日付けのメールでニュースレターが届くはずだ。ロウやＶＯＩＤのマスターからも注意喚起をしてもらう予定だが、すべての未登録吸血種がＶＯＩＤに来るわけでもない。

遠野が言うと、男は頭一つ分高いところからじっとこちらを見て、

「あんた……」

何か言いかけた。対策室の人間か、と訊こうとしたのかもしれない。

訊かれれば肯定するつもりだったが、そのとき、彼の後ろから歩いてくる男が目に入り、遠野の意識はそちらへ移った。

遠野が来たのとは反対側から歩いてきたその男の、長袖の上着の下に着た黒いＴシャツの胸には、大きくゾンビのイラストが描かれ、遠野も観たことのある、三十年以上前のゾンビ映画のタイトルロゴが入っていた。

ＶＯＩＤの客から聞いた外見年齢も一致している。まさに、捜していた相手だ。

常連だと聞いてはいたが、昨日の今日で、こんなにすぐ会えるとは思っていなかった。

「あー待って待って！　ちょっと待って。そこのお兄さん！　捜してたんだ」

彼がＶＯＩＤの階段を下りていこうとしたところで呼びとめる。

突然声をかけられた男はびくっと肩を揺らして遠野を見た。

その目が落ち着かない様子で泳ぐ。痩せていて猫背気味なのとあいまって、臆病そうな印

象を受けた。今話ができなかったら、警戒して、当分この店には来なくなるかもしれない。ここで取り逃がすわけにはいかない。

「怪しい者じゃないから！　ちょっと話を聞かせてください、大事なことなんだ」

話の途中だった金髪の男に「ごめんね」と目配せをして、ゾンビTシャツの男に近寄る。プライベートな人間関係について訊くことになるかもしれないので、店に入る前につかまえられたのはちょうどよかった。

早速話しかけようとして、あれ、と思う。

吸血種の気配はする。が、薄い。吸血種にしても契約者にしても薄すぎた。定期的に吸血されている契約者なら、吸血種とほとんど変わらないくらい濃く、吸血種の気配がするはずだった。

小宮山とつきあいがあったのなら、吸血種か、そうでなくても契約者だろうと思っていたのだが、まさか何も知らない人間の客、ということはありえるだろうか。

「な、なんですか」

勢い込んで話しかけてきた遠野が急にトーンダウンして無言になったからか、男は怪訝そうな表情でこちらを見ている。

「えっと、ちょっと調べていることがあって。話を聞かせてほしいんですけど」

遠野は急いで笑顔を作り、取り繕った。

万が一、彼が吸血種とは無関係の——吸血種の存在を知らない——ただの客だったときのことを考えて、対策室の身分証を示すのはやめておく。

「この人のこと、覚えてますか？」

知っていますかとは訊かない。接触したことがあるのはわかっている、と言外に滲《にじ》ませて、小宮山の写真を男に示した。

男は写真を手にとり、よく見て、

「たぶん……ちょっと前に、この店で会った人だと思います、けど」

自信がなさそうな様子で言った。

主張の強い服装の割には、気弱そうな話し方だ。写真を見たときの反応からは、やましいところはなさそうだったが、演技かもしれないので、注意して表情を観察する。

「親密だったわけではなく？」

「いえ、ちゃんと話したのは一度だけで。その前にも、店で見かけたことくらいはあったけど……声かけられて、お互いニーズが合致してるってわかったから……」

「ニーズ？　というと」

男は少し迷うそぶりをみせた。

警戒するように辺りを見回し、遠野を観察する目で見て、そっと尋ねる。

「あの……吸血種、ですよね？」

彼のほうも、遠野が吸血種と無関係の人間だったら、と懸念していたようだ。

遠野が頷くと、ほっとした様子で表情を緩めた。

「提供者になったんです。彼女は吸血種で、俺は人間で、お互い、決まった相手がいるわけじゃなかったから。パックの血は好きじゃないとか、提供者を探しにこの店に来たとかいう話が出たから、じゃあ……ってなって」

小宮山に契約者がいたという情報が出てこないので、どこかから血液を調達しているはずだとは思っていたが、こうしてＶＯＩＤで相手を見つけていたらしい。

店の中から女性客が出てきたので、男は階段の前を空けて彼女に道を譲った。

遠野も一緒にずれて、店を出入りする客の邪魔にならない位置へ移動する。

「最近は、決まったパートナーを作らないケースも増えてるって聞きますね。ええと……僕は、こういう者なんですけど」

対策室の身分証を取り出して見せた。男は吸血種ではないものの、対策室の存在は聞いたことがあったようで、ああ、というように頷く。

「名前を聞いてもいいですか」

男は、千葉《ちば》と名乗った。律儀に、財布から免許証を出して見せてくれる。

そこに記された実年齢は、彼の見た目より大分上に見えた。決まった相手がいるわけではないと言っていたが、定期的に吸血種に血を提供して、若さを保っているのだろう。

「彼女に血を提供したのは、いつ頃の話ですか？」

「二か月くらい前かな……もっと前か。三か月近く前かもしれません」

それなら血液が代謝で入れ替わり、千葉の身体から吸血種の気配は消えていてもおかしくない。彼のまとう吸血種の気配が薄いことにも納得できた。

「千葉さんは、よく誰かに血を提供するんですか？」

「割と。店にはよく来るんで……毎回相手が見つかるわけじゃないですけど。今回は、あの女の人に血を吸われてから、かなり空いちゃいましたけど、月一で相手が見つかることもあります」

視界の端で、先ほどの金髪の男が、店から出てきた女性と話しているのが見えた。

もともと知り合いだったのか、それとも、彼らもまた、血をやりとりする相手を探しに店に来て、互いを見つけたのかもしれない。

「血を提供した相手と、連絡先を交換したりは？」

「一度会っただけだったら、しないですね。店で会った相手なら、また店に来れば会えることもあるし、必要ないので。仲良くなったら、連絡先を渡すこともあるのかもしれないけど……契約者とは違うから、お互いあんまり干渉しないようにしてる感じです」

互いを縛らず、ニーズが合致したときだけ吸血行為を行う、ギブアンドテイクの関係だ。

プライベートについて話をすることもなかったので、小宮山の交友関係については何も知らないという。

契約者がいたら、店で会った千葉に声をかけたりはしないだろうから、小宮山には契約者はいなかったと考えてよさそうだ。他人と深くつきあわないタイプだったのかもしれない。

「俺も、誰か一人の契約者になろうとか思ったことはないんですけど」

千葉が、Tシャツのすそを引っ張って、皺を伸ばしながら言った。

「彼女も、特定の相手がいなくても、困ってなかったんじゃないですかね。女性の吸血種は特に、相手を見つけやすいみたいですし」

「ああ、まあ、警戒されないっていう意味ではそうかもしれませんね」

今日も、提供者を探しているフリーの吸血種を見つけに店へ来たのだという彼を、あまり引きとめて、邪魔をしても悪い。

何か思い出したら連絡が欲しいと、名刺を渡し、彼の連絡先を訊いた。

これで解放するつもりで、「ありがとうございました」と遠野は頭を下げたが、千葉は何故かその場に立ったままでいる。

　何か、と遠野が顔をあげると、

「あの……今さらなんですけど」

　千葉は遠慮がちに訊いた。

「対策室って、吸血種関係の役所って感じのあれですよね。彼女、どうかしたんですか」

「ご存じなかったんですか」

　協力的だったので、てっきり、事件のことを知って話してくれているものと思っていた。

「彼女、先日、亡くなったんです。事件性があると思われるので、調べています」

「えっ」

　遠野が告げると、千葉は絶句する。

「だって……吸血種なのに？　事件性って、殺されたってこと、ですよね」

「と、思われます。彼女を恨んでいるような人物がいなかったか、交友関係を調べているところです」

　迷ったが、連続殺人であり、さらに無差別である可能性もある、とは言わないでおいた。

　千葉は吸血種ではないから、標的にはならないはずだ。いたずらに危機感をあおっても、混乱させるだけだ。

「吸血種になったら……年取らないし、怪我しても治るし、もう怖いこととかなくなるのかなって思ってました。ヒトとして生きてて感じるような恐怖はもう、感じなくなるって」

千葉はうつむいて言った。

遠野に話しているというより、独白に近い。

自分の血を提供した小宮山が殺されたこともショックだろうが、それ以上に、吸血種も、突然命を奪われることがありえると知って動揺しているようだった。

もしかしたら彼自身も、いつか吸血種になろうと考えていたのだろうか。

契約者だったヒトが、そのまま契約相手の血をもらって吸血種になるのは、比較的よくあることだ。なんとなく、千葉のように特定の相手を作らない提供者は、吸血種のパートナーがいる契約者と比べると、そういう意識は薄いのかと思っていたが——フリーの提供者こそ、密な関係を作らない分、吸血種に対して、ある種の憧れを抱くものなのかもしれなかった。

千葉は小さく会釈して、店の階段を下りていく。

ショックを受けた様子は演技には見えなかったが、小宮山と接触したことがはっきりしている数少ない関係者だ。後で朱里に報告し、念のため身元を確認しておこう。

彼以外の客にも話を聞かなければならないが、千葉と一緒に店に入るのはなんとなく気まずい。しばらく時間を置くことにした。

先ほどの金髪の男は、もういなくなっている。もう少し話を聞きたかったが、待っていた相手が来て、行ってしまったのだろう。

しばらくここで時間を潰すか、とスマートフォンを取り出したとき、タイミングよく着信があった。

支部の電話番号だ。

出てみると、今日も留守番をしているはずのヴィクターからで、ボストンの対策室本部から、小宮山里穂の血液パック購入歴について確認がとれたという報告だった。

『九年前に二か月連続で購入して、その半年後に一度、それきり購入はしていないようです。正規ルートでの購入しかわかりませんが』

「最近は買ってないんだね」

九年前に初めて購入、ということは……その頃、彼女は吸血種化したのかもしれない。パックの血液は口に合わなかったと話していたそうだから、比較的早いうちから、VOIDで血を提供してくれる相手を見つけることを覚え、それ以降はパックを購入しなくなったのだろう。

九年前というと、まだ朔が日本にいた頃だ。

電話を切って、スマートフォンの画面を見る。朱里との待ち合わせまでは、まだ四十分ほどあったが、あてもなく歩きまわって無為に時間を使うより、今いる客に話を聞くほうが有意義だ。

遠野はスマートフォンをしまい、一人で階段を下りてVOIDに足を踏み入れた。

「あら」

入り口のすぐ近くの席に、昨日会ったミアが一人で座っている。

すぐに遠野に気づいたようで、彼女のほうから声をかけてきた。

「よく会うね」

「そうですね。こんばんは」

「さっきまでナオミもいたのよ。イケメンにナンパされて行っちゃったけど」

小宮山と千葉のように、店内で吸血のパートナーを見つけて二人で出ていくというのは、ここではよくあることのようだ。置いていかれたらしいミアは、特に淋しがる様子もなく、ゆったりと濃いピンク色のドリンクを飲んでいる。

手招きされて近寄りながら店内を見回すと、千葉がカウンター席の女性に声をかけているところだった。どうやらふられたようで、一人でテーブル席へ移り、ドリンクを飲み始める。気落ちした様子もなく、次に声をかける相手を探しているようだ。

その視線が、ミアと遠野のいるテーブルの上を通り過ぎた。

どうやら、一人で来ている客を狙って声をかけているらしい。

「僕は邪魔かな」

「彼のことなら気にしなくていいわよ。どうせ私には用がないはずだから」

遠野の呟きを拾って、ミアが言う。

「血を吸ってくれる相手を探してるのよ。私は吸血種じゃないから、お呼びじゃないの」

店内を見回していた遠野は、振り向いて彼女を見た。

店内には吸血種の気配が溢れているが、それでもわかるほど、ミアからは、はっきりと吸血種の気配がしている。

「契約者？」

「そう」

にこりと笑って、ミアはカラカラと氷をグラスの中で回した。

「決まった相手はいないから、提供者って言ったほうがいいかな。あのゾンビTシャツの彼と同じね。契約関係にも憧れるけど、まだこっちに来て日が浅くて」

今相手を探してるとこ、と言ってから、猫のような目で遠野を見る。

「あなたはどっち？　吸血種？」

「吸血種だよ。新米だけどね」

「契約者はいる？」

「いないよ。栄養補給は、もっぱら血液パック」

大多数の吸血種には不評みたいだけど、便利だからね。そう遠野が続けると、ミアは小さなテーブルに両腕をのせて身体を乗り出すようにした。

「じゃあ、私を契約者にしない？　お試しで、何度か吸ってみてからでもいいよ」

フリーの提供者に声をかけられるのは初めての経験だった。なるほど、こういう感じなのか、と新鮮に感じる。

毎回違う相手と吸血行為を行うのではなく、フリーの者同士で何度か吸血行為を行って、その後、契約関係になるというケースも当然あるのだ。

もともと親密な相手に吸血種であることを告白し、契約関係になって血をもらうのではなく、血を提供する・される関係が先にあって、そこからお互いに気に入ったら契約関係になるというわけだ。これはこれで、気楽でいいかもしれない。

しかし、遠野はそういう相手を求めていない。

苦笑して、首を横に振った。

「アメリカに住居があって、今は一時帰国してるだけなんだ。仕事が終わったらすぐ帰ることになる」

「日本にいる間だけでもいいけど」

「ありがとう。でも、ごめんね」

恥をかかせるつもりはない。彼女に問題があるわけではない、単に自分のポリシーの問題なのだとわかるように、笑顔で告げる。

「浮気はしないんだ」

ミアは気を悪くした様子はなかったが、ぱちぱちと重そうなまつげを瞬《しばたた》かせた。

「契約者はいないんでしょ？」

「うん。でも、どんな意味でも、特別な関係を結ぶ相手は一人だけがいいかなって思ってるから」

そのたった一人は遠野と同じ吸血種だから、彼女と契約関係になることはできないし、第一、彼女には遠野と出会う前から、決まった契約者がいるのだが。

「昨日のあの子？」

女性の勘だろうか、ミアは目をきらりとさせて言い当てる。

「それで、血液パックばっかり？　彼女に悪いから？」

「まあだいたいはね。誰かに血をもらうことも全くないわけじゃないけど、女の人からはもらわないって決めてる」

朱里にそうしてくれと言われたわけではない。もしかしたら、朱里は吸血行為を栄養補給のためと割り切って、全く気にしないかもしれない。しかし、遠野は、できれば、朱里が自分以外の男性の血を吸うところは見たくないと思っている。心が一番近いところにいられるなら、肉体的には手をつなぐのがやっとの関係でも、今は充分だと思っているけれど、彼女が自分以外の誰かとの接触やつながりを持つとなると別の話だ。

幸い朱里には碧生という契約者がいるし、朱里自身が男性との接触を避けているのもあって、そんなことにはそうそうならないだろうが、想像しただけでも胸が焼け焦げそうだった。

単純に、自分がされて嫌なことは、好きな人にもしたくない。

「へー、すごいね、一途」

「重いってよく言われるけどね」

「そんなことないよ。ふーん、そっかあ、なんかいいな」

ミアはテーブルに肘をつき、目をキラキラさせている。

「初めて私の血を吸った人は、特定の契約者を作らないで、いろんな人から血をもらってるって言っててね。だから私も、そういうものなのかなって思ってたんだけど、契約者を作る吸血種もいる、っていうか、そっちのほうが主流だって後から知って……それもちょっとよさそうって、最近思い始めたとこだったの。便利そうだと思ったからだけど、考えてみれば吸血種と契約者って、ちょっとロマンティックかも」

入り口のドアが開いた。

朱里かと期待してそちらを見たが、入ってきたのは年季の入った革のジャケットを着て、薄い金髪をオールバックにした鷲鼻の男だった。

店の入り口で話した男とは違い、染めていない金髪だ。外国人だった。

まとう空気がほかの客とは違うのが、一目でわかる。

七年前に見たきりだが、一瞬で記憶がよみがえった。さすがに年は取っていたが、酷薄そうな顔つきはそのままだ。

そういえば、入国したと報告を受けていた。

遠野はミアに断って、店内を見回している男に近づき、声をかける。

「ジェイク・ブラッドリー。外で話さない？」

ごく近い距離で、ほかの客に気づかれないように名前を呼び、身分証を示した。

ブラッドリーはちらっと身分証と遠野の顔を見比べると、億劫《おっくう》そうに店内に背を向け、入ってきたばかりの入り口から外に出ていく。

遠野も後ろについて階段を上った。

「どこかで見た顔だな。俺を知ってるってことは……」

外へ出たブラッドリーは、しげしげと遠野を見て、わずかに訛りのある英語で言いながら、小型の機械を取り出した。遠野も所持している、吸血種の気配を感知する測定器だ。

遠野へ近づけた測定器の数値を確認して、ブラッドリーは眉をあげた。

「ああ、思い出した。誰かと思えば、あのときのガキか。なんだおまえ、吸血種になったのか。しかも対策室の職員？」

愉快そうに言う。

そっちこそ、七年も経つのに、まだハンターなんかやってるんだね、と言おうとしてやめた。煽《あお》り合いは不毛だ。

遠野が無言でいると、ブラッドリーは拍子抜けした様子だったが、やがて息を吐き、大げさな身振りで肩をすくめる。

「邪魔するなよ。俺が何かしたか？　別に、普通の人間は立ち入り禁止ってわけじゃないだろう。そんなこと、どこにも書いてない」

両手を広げ、ＶＯＩＤの入り口を示して訴えた。芝居じみた表情と口調だ。本気で抗議するつもりはなく、パフォーマンスだとわかる。

彼は彼で、遠野から情報を引き出そうとしているのだろう。

ハンターの彼がこの時期に入国したのが、偶然であるわけがない。ブラッドリーは、連続殺人事件の犯人を狩るために来たのだ。

「出てきてもらったのは、僕がゆっくり話を聞きたかったからで、店に何か言われたわけじゃないけど……マナーとして、遠慮したほうがいいんじゃないかな。あんな場所にハンターがいたら、ほかの客が萎縮するからね。営業妨害になりかねない。たまたま客の中に血気盛んな誰かがいて、ハンターだってばれたら、反対に、あなたの身が危ないかもしれないし」

「おいおい、それこそ偏見だろ。俺は連れを捜しに来ただけで、誰彼かまわず狩ってやろうなんて思ってねえよ。吸血種の連続殺人が起きたんだろ。俺は殺人鬼……いや殺吸血種鬼、か？　そいつを狩って、善良な吸血種の皆さんを安心させてやろうって、わざわざ日本まで来たんだぜ」

まあ、見た感じ店の中にはいないみたいだったから、もういいけどな、とブラッドリーはうそぶいた。

「あなたのほかにもハンターが入国してる？」

「おまえらが把握してないハンターなんかいくらでもいるよ。俺は有名人だから、バレちまってるけどな」

店内に、ハンターの仲間らしき客がいただろうか。特に違和感は覚えなかったが、ミアを含め、外国人の客は何人かいたはずだ。今は見当たらなかった、というのが本当なら、これから現れるかもしれない。

ハンターたちよりも先に犯人を見つけて確保するためにも、急いで捜査を進めなければ。

「なあ、おまえ、前の事件のとき、あいつとつるんでただろ。イレヴンとかユエとか呼ばれてる、あいつだよ」

ブラッドリーが探りを入れてくる。

ハンターは、こちらが思っている以上に、この件に関する情報をつかんでいるのだろうか。

ここで、その名前が出てくるとは思わなかった。

「信じたくないのか、わかっててかばってるのか、知らねえけどな。一番疑わしいのは誰か、考えてみろよ。訓練も受けていないただの人間に、吸血種を殺せるわけねえよな？」

彼が何を言いたいのかはわかったが、表情には出さずにブラッドリーを見返す。

「ハンターは、訓練を受けていないただの人間とは言えないのでは？　あなたは武器を持っているし、吸血種を殺せるはずだ」

「そりゃあ、プロだからな。けど、俺が入国したのは一昨日だ。新人ハンターには、一撃で吸血種を仕留めるなんて芸当、期待できねえ。まあ、中には凄腕のルーキーもいるから、ありえないとも言えねえが」

俺の知る限り、今日本にいるハンターは二人だけだし、入国したのは事件の後だ。

そう言って、ブラッドリーは遠野をねめつける。

「吸血種にしたって、簡単には吸血種を殺せない。被害者の遺体に、激しい戦闘の痕跡でもあったか？　なかっただろ？　一撃で吸血種を殺せるとしたら、もともと知り合いで油断してるところを襲ったか、圧倒的な力の差がある相手かだ。あいつはそのどっちもクリアしてる。この辺りの吸血種の中じゃ、知らない奴はいないくらいの有名人なんだろ」

被害者とユエに接点があったことを、ブラッドリーは知っているのだろうか。

遠野たちがそれに気づいたのは今日になってからで、どこかから漏れたにしては早すぎる。おそらく、鎌をかけているだけだ。そう判断して、遠野は無言を貫いた。

「なあ、とぼけんなよ。帰ってきてるんだろ。まさかおまえらが隠してんのか？」

「何のことかわからないな」

遠野の返事を聞いたブラッドリーは、舌打ちを一つして距離を詰める。

「あいつには借りがあるからな、あいつが犯人なら、俺にとってはラッキーだ。大手を振って狩れる。かくまうつもりなら気をつけろよ、あいつを恨んでるのは、俺だけじゃねえぜ」

詰め寄られても恐怖は感じなかった。ハンターの立場からも、対策室と事を構えたくはないはずだとわかっている。

最後の一言が気になったが、その意味を問いただす前に、後ろから近づいてくる気配と足音に気がついた。誰のものかは、見なくてもわかる。

遠野が振り返るのと同時に、ブラッドリーはこちらに背を向け歩き出した。結局、店には入らずに去っていく。

「遠野さん」

遠野は、駆け寄ってきた朱里を、笑顔で迎えた。

「朱里さん、お疲れ様」

「大丈夫ですか。今、ブラッドリーが……」

「大丈夫。入国したって聞いたから、どこかで顔を合わせるとは思ってたよ。仲間もいるみたいだ。ここに捜しに来たってことは、いつも一緒に行動してるわけじゃないんだろうけど」

そうですか、と朱里は息を吐く。

遠野が絡まれていると思ったのか、急いで来てくれたようだ。心配してくれたのは嬉しいが、いくらハンターでも、吸血種だというだけで対策室の職員に危害を加えたりはしないだろう。

遠野がそう言うと、朱里は「油断はできません」と首を振った。

「ブラッドリーは、ハンターの中でも過激派ですから。さすがに人目のある場所で理由なく攻撃してくることはないでしょうが、状況によっては……遠野さんも気をつけてください」

「そういえば、七年前も、えげつないトラップしかけてたっけ」

「はい。危険なハンターです。都内の吸血種たちにも、注意を促しておかないと」

走ってきたせいで少し乱れた髪が可愛い、と思ったが、朱里は恥ずかしがりやなので、手を伸ばすのはやめておいた。朱里はすぐに気づいて、自分で、乱れた髪を手櫛で整える。

ブラッドリーの背中は、駅のほうへと続くカーブを曲がって見えなくなった。

「ブラッドリーは、朔が犯人だって思ってるみたいだった。根拠があって言ってるのかわからないけど……そういう発想になるってことは、何か知ってるのかも。朔が帰国してるっていう情報を、どこかでつかんだとか」

「そうかもしれません。ハンターにはハンターの情報網があるのだと思いますし」

朱里は頷いて同意したが、その後で口元に手をあて、思案するように、ブラッドリーの去っていった方向へ目を向けた。

「本部と警察を通して確認して、今のところ、辻宮さんが入国した記録はないということでしたが……」

「まあでも、そのへんは、あいつなら何とでもできそうだよね。記録がないからって油断はできない」

店に入る前に、情報交換を済ませておくことにする。

小宮山はＶＯＩＤで吸血行為の相手を探し、血の提供を受けていたらしいこと、小宮山と接触のあった「ゾンビＴシャツの男」こと千葉はその相手で、まだ店内にいることを朱里に伝えた。千葉が小宮山に血を提供したのは一度きりで、残念ながら彼は小宮山のプライベートについて特に情報を持っていなかったことも。

今のところ、相田と小宮山に共通する吸血種の知り合いで、二人に恨みを持っていそうな人間は浮かんでいない。二人に共通して接点があったとわかっているのは、ユエを除けばＶＯＩＤのマスターや店員くらいだが、彼らが被害者たちを殺す理由は想像もできなかった。

吸血種同士でも、人間同士と同じようにトラブルは発生するだろうが、殺意を持たれるほどのトラブルがＶＯＩＤであったのなら、店員や客の誰かは知っていてもよさそうなものだ。

彼らが誰かの恨みを買って殺されたのだとしたら、その原因は店外で起きた何かと見るべきだろう。

「吸血種同士のトラブルって、それこそ、ユエがいた頃なら、耳に入っただろうけど……ユエの後を引き継いだロウくんは知らないって言ってたから、派手な喧嘩とかそういうんじゃないはずだよね。相田さんも小宮山さんも、そういうタイプじゃなさそうだし」

「そうですね。犯人が被害者たちに恨みを抱いている理由がプライベートなものなら、調べても出てこない可能性もあります」

やはり、相田も小宮山もユエの崇拝者で、直接の接触もあった、というのは、意味のあることのような気がする。今のところ、発覚している数少ない特筆すべき共通点だ。

ユエが犯人というのは飛躍しすぎにしろ、ユエという吸血種自身が、トラブルの種のような存在であることは間違いない。何らかの形で彼が影響しているという意味では、ブラッドリーの言ったことも全く的外れではないかもしれないと、遠野は思っている。

しかし彼は、もう七年も前にこの国を去って行方がわからない。――そのはずだ。

本当にユエが今日本にいるのなら、彼の帰国と事件の発生が重なったことが偶然だとは思えないから、ブラッドリーが疑うのも無理はない。

「相田さんと小宮山さんの携帯電話には、共通する電話番号が登録されていました。もう使われていない番号ですが、それが、以前辻宮さんが使っていた電話番号の一つかもしれません。ロウさんがご存じだといいんですが」

「まあそれが朔の番号だったってわかっても、本人と接触できないんじゃあんまり意味がないよね。連絡をとる方法、ロウくんが実は知ってるとかないかなあ」

「辻宮さんは用心深そうですから、あまり期待できませんね……」

本人に向けてインターネット広告を打つ、という案については心の中にとどめておいた。

冗談のようで、案外効果があるかもしれないが、まだ彼の関与が確実というわけでもない現段階では避けたほうがいい。

朔が本当に来日しているなら、そのうち彼のほうから接触してくるか、そうでなくても、いずれ、ロウにくらいは連絡があるはずだ。

一通りの報告を終えて二人で店内に入ると、先ほどと同じ、入り口の近くの席にいたミアが、朱里と一緒に店に戻ってきた遠野を見て、ウインクをよこす。気を遣っているのか、彼女は話しかけてはこなかったが、目が合ってウインクされるまでをばっちり朱里に見られてしまった。

朱里はぱちりと一度瞬きをして、それから、ほんの一瞬だけ、わずかに、本当にわずかに眉根を寄せた。

（えっ）

いつも彼女を見ている遠野でなければ、気づかないような表情の変化だ。

いたましい事件の話をしたり、記録を読んだりしたときは眉をひそめることがあるが、今回はそれとも違う、彼女にしては珍しい類の表情だ。端的に言うと――むっとした、というような。

「彼女には、さっき話を聞いたんだよ」

もしかして、と思いながら内心の動揺を隠し、そう弁明してみた。朱里は「そうですか」と頷いたが、やはり、どこか複雑そうな様子でいる。

（えっ、やきもち？　やきもち焼いてる？　朱里さんが？）

かっわいい、と声に出さなかった自分を誉めたい。

口に出さなくても顔に出ていたようで、朱里は今度ははっきりと不満げな表情になった。

（あっ可愛い……ちょっとふくれた顔も可愛い……レア。どうしようすごい可愛い）

嫌だった？　ごめんね、と言わなければいけないところなのに、事件の話をしただけで何でもないよ、と誠実さをアピールすべきなのに、それどころではなかった。可愛いすぎて胸が苦しい。

朱里が。自分のことで、ほかの女性に、やきもちを焼いている。

スマートフォンで写真に残したいほどの愛らしさだったが、さすがにそれは我慢した。胸を押さえて高鳴る鼓動を落ち着かせ、深呼吸する。

朱里は先にカウンターへ近づいて、マスターに話しかけている。

スマートフォンを耳にあてたマスターからは、若干の哀れみがこもったような目を向けられたが、幸せをかみしめている遠野には気にならなかった。

遠野が笑顔を向けると、マスターは目を逸らす。

ミアにはもう一杯奢《おご》ってもいい。もちろん、朱里が気分を害さないよう、彼女がいないときに。

いつまでもにやついていては朱里に本当に嫌われてしまうので——かなりの精神力が必要だったが——なんとか自制して頭を切り換えた。緩み切った口元も引き締めて、カウンターの中のマスターに向き直る。

ロウへかけた電話は、つながらなかったようだ。折り返しがあるかもしれませんとマスターが言うので、店内で待つことにする。

吸血行為の相手が見つからなかったらしい千葉が一人で飲んでいたので、もう一度話を聞き、彼が小宮山に血を提供するために使った完全個室制の漫画喫茶の名前と場所を教えてもらった。店には防犯カメラがあるだろうから裏付けがとれるし、小宮山がこれまでにも吸血のために同じ店を使ったとしたら、千葉のほかにも彼女に血を提供した人間が何人かわかるかもしれない。その中に、彼女とつきあいの長い提供者がいて、人間関係について情報を得られれば儲けものだ。

話を聞いてまわっても、ほかの客からは相田や小宮山の情報は得られなかったが、午後十一時を過ぎる頃、ロウと電話がつながった。

まずは、ユエが帰国していないか、居場所について何か知らないかを尋ねる。事件についていては協力姿勢だったロウだが、さすがにユエの情報となると、簡単には話してくれない。何故今ユエの話が出てくるのだと怪訝そうな声になったので、被害者は二人とも、ユエと面識があったようだと説明する。

「事件に関係があるかはわからないけど、今わかってる二人の共通点は、そのほかには、それこそVOIDの客だったことくらいだから……一応調べてみようと思って。ユエと二人に個人的な交流があったとか、聞いたことないかな」

『俺は知らねえけど……俺がユエのメッセンジャーとか代理みたいなことをするようになったのは、契約者になってからだから、その前のことはわからない』

VOIDのマスターは、相田はユエと会ったことがあると話していたが、ロウはそれを知らなかったようだ。

電話越しにも戸惑っている様子が伝わってくる。おそらく嘘はついていない、と感じた。

「ユエが今どこにいるか、知らないかな。ハンターが少なくとも二人入国していて、そのうち一人はジェイク・ブラッドリーっていう、七年前の事件でユエにこてんぱんにされたベテランハンターなんだ。ユエのことを恨んでる。そいつが、ユエが帰国してるんじゃないかって疑ってたから」

『……知ってたとしても、ユエの許可なく伝えるわけにはいかない。けど、現時点では、本当に知らない』

これも、嘘ではないだろう。

ロウが知らないのなら、ユエは日本にいないか、もしくは、彼の意思で隠れているということだ。後者だとしたら、ほぼ間違いなく何かを企んでいるだろうが、その企みがロウから遠野たちに漏れることはないだろう。ユエの意に反することを、ロウがするとは思えなかった。

「被害者二人が実はユエと親しかったとか、何かの際にユエの指示で動いていたとかって事情があって、そのせいで襲われたんだったら、ユエ本人も、ユエと親しかったほかの吸血種も危ないかもしれない。彼らを襲ったのは、ユエへの脅し目的とか……身を隠してるユエを、おびき出そうとしてるのかも」

ロウを説得するためにとっさに言ったことだったが、意外と的を射ているかもしれない。

ユエと交流があったことが、二人の襲われた理由だとしたら、犯人の目的はユエか、ユエに関係する何かということになる。ブラッドリーの言っていたように、ユエには敵が多そうだ。

「もしユエから連絡があったら、話を聞きたいって伝えてほしい。僕にユエの居場所を言えない場合は、ユエに僕の連絡先を伝えるだけでもいいから」

犯人の最終的な狙いがユエである可能性すらあると言ったのが効いたのか、ロウは少し沈黙の後、遠野の頼みを受け容れてくれた。

『わかった。もしユエから俺に連絡があったら、伝えておく』

伝えるだけだけどな、と付け足して電話を切ろうとするロウに、

「あ、待って待って、まだあるんだ。あと一つ」

慌てて相田と小宮山の携帯電話に登録されていた番号を伝える。

ロウは、その電話番号を知らないと言った。使い捨てにしていた電話番号の一つかもしれないから、ロウが知らなかったからといって、それが朔の電話番号でないとはまだ言い切れない。しかし、今は、確かめるすべがない。

被害者たちとユエとの間に、「面識がある」以上の関係があったのかどうか、確実とは言えないままの状態だが、当面はユエに何かしら関係はあるものとして動くしかなさそうだ。

今度こそ電話が切れたので、マスターに礼を言ってスマートフォンを返した。

飲み物を注文して店内でしばらくねばって、客が入れ替わるたびに話を聞いたが、新しい情報は得られなかった。

千葉から聞いた漫画喫茶の防犯カメラについては、店から警察に電話してデータの回収を依頼したし、事件当夜の被害者宅付近のカメラの映像も、まだ確認中だから、これから新し

い手がかりが見つかるかもしれない。今は、そちらに期待するしかない。

朔の足取りがつかめればいいが、おそらく、自分たちが朔の情報を得られるとしたら、それは朔が自分から連絡をしてきたときだろう。これについては、待つしかない。こちらから捜すことをあきらめているわけではないが、現実問題として、朔が隠れる気なら見つけられないだろうとわかっていた。国内のすべての空港の防犯カメラをくまなくチェックするには、時間も人員も足りない。

明日は警察で防犯カメラのチェックを手伝った後、夜また店内で客への聞き込みを続けることにして、遠野と朱里は、日付が変わる頃にＶＯＩＤを出た。


ホテルに帰る前に、二人で夕食をとることにする。せっかく日本に来たのだから、和食を食べたいところだったが、時間が時間なので選択の余地は少ない。結局、帰り道で見つけた、深夜も営業しているバルに入った。

奥の席に案内され、注文を済ませる。照明はかなり暗めで、普通の視力ではメニューを読むのも苦労しそうなくらい――テーブルの上にキャンドルが置いてあり、そのそばでならなんとか読めそうだ――だったが、遠野と朱里の視力は吸血種仕様の特別製なので問題ない。

赤い布製のソファ席にもたれて、遠野は店内を見回した。

ＶＯＩＤとは違って全席禁煙の店内は、時間帯の割に、まずまずの人の入りだった。

「今さらだけど、周りで聞こえる声が全部日本語って、何か不思議な感じがするなあ」

久しぶりの感覚だ。遠野が言うと、朱里は、そうですねと微笑む。

キャンドルの光で見る彼女はやわらかな雰囲気で、また一段と魅力的だ。そうか、キャンドルの炎のせいか。ボストンの家にもキャンドルを導入しよう。そう思っていることは口にも顔にも出さずに、遠野は朱里に笑顔を返した。

朱里は仕事で、遠野もその手伝いのために来ているので仕方ないが、一緒にいられる時間があまりとれないので、こういう時間は貴重だ。

遠野は何時間でもこうしていられるが、無言で見つめ続けていると朱里が落ち着かないだろう。

名残《なごり》惜しい気持ちで彼女から視線を引きはがした。

「ここ、雰囲気いいね。僕が日本にいたのは大学生までだから、あんまり日本でおいしいお店とか知らないんだ。朔たちと一緒に入っても、安い居酒屋とか、ラーメン屋とかだったし」

「ラーメン、そういえば、食べたことがありません」

「あっ、そうなんだ？　じゃあ今回の滞在中に一回行こう。久住《くずみ》先輩がラーメン好きだったから、僕は結構色々行ったな。新宿にもおいしいお店がたくさんあるよ」

千夏も何度か一緒に行ったことがあるが、炒飯ばかり食べていた気がする。そういえば朔は、麺をすするのが下手だった。

学生時代のことを思い出し、思わず目を細める。

朱里は少しの間、黙って遠野を見ていたが、

「さっきの話ですが」

ためらいながら、といった様子で、口を開いた。

「ブラッドリーが、辻宮さんの関与をほのめかしたというのは……大分主観が入っているでしょうから、鵜呑みにはできないと思います」

遠野が気にしているのではないかと、心配してくれたのだろう。

しかし遠野は、ブラッドリーの言うことはさておいても、朔が何らかの形でこの事件に関係している可能性は高いと思っている。

直接かかわっているわけではなくても、たとえば、彼がどこかで誰かの恨みを買ったせいで関係者が襲われているというのは、ありそうな話だった。朔が恨みを買いそうな男だということを遠野は理解していて、それは、遠野が朔の友人であることとは関係がない。

「うん。僕も、あいつが犯人だとは思ってない。でも、被害者が二人ともユエと面識があっ

たって事実は無視できないよね。あいつ、それなりに影響力のある吸血種なわけだし」

友達甲斐《がい》のない奴だと思われたくはないし、朱里の気遣いを無駄にしたくもなかったので、「あいつなら恨まれてもおかしくないし」とまでは言わないでおいた。

「被害者たちはVOIDでユエに会って、英語を勉強してたのも、海外までユエを追いかけるためだったとか……だとしたら、今わかっている彼らの共通点は全部、ユエにつながるってことになる。犯人の目的はわからないけど、ユエが関係してるってことは、仮説の一つとして考えてもいいかも」

「そうかもしれません。だとしても、辻宮さんから犯人の手がかりを得る、というのは難しそうです。そもそも、辻宮さんの居場所がつかめないので……一つ一つ、今ある手がかりから犯人をつきとめるしかありません」

下手をすれば、逃亡生活に年季が入っている分、犯人を捜すよりも朔を捜すほうが難しい。

捜す側に一つアドバンテージがあるとしたら、遠野がいることだが、朱里はそのカードを切るつもりはなさそうだった。

朱里はボストンでもユエに関する情報を探していたが、遠野に協力を要請したことはない。遠野が彼の親友だったことを気にしている――というより、気を遣ってくれているのだろう。

朱里の頼みを聞いても聞かなくても、遠野が負い目を感じることになると、彼女は思っている。

気を遣われるというのは、大事にされるということだ。だから、遠野はそれを淋しく思ったりはしない。頼られていないと悲観することもない。彼女が自分へ向けてくれる思いやりは、すべて愛おしいばかりだった。

けれど、

「この事件にユエが関係していて、あいつに接触することが、捜査のために必要なら……」

朱里の気持ちを汲んで、これまでは遠野からも協力を申し出たことはなかったが、いつでも彼女のために動く用意はある。それを伝えるために言った。

「僕にできることがあったら、遠慮しないで言って。なんでもするとは言えないけど、できるだけのことはするよ」

たとえば、と続けることはしないでおく。

朱里は頷き、ありがとうございますと言ったが、それが表面的なものなのは明らかだった。

やはり朱里は、朔と接触するために、遠野を利用するつもりはなさそうだ。

それくらい、甘えてくれてもかまわないのに、と思うが、彼女にも、自分で決めたラインがあるのだろう。自分に心を許していないから、遠慮しているからではなく。それは、朱里自身のポリシーのようなものだ。そういうところも、遠野はもちろん、好ましく思っている。

「——さっきの、ＶＯＩＤで僕に目配せした人ね。生前の小宮山里穂と話したことがあるって、話を聞かせてもらったんだ。正確には、彼女の友達が、ユエの話題で小宮山さんと盛り上がったらしいんだけど」

話題を変える。

朱里は、飲み物のグラスに伸ばした手を止めた。手を膝の上へ戻し、はい、と慎重な仕草で相槌を打つ。

「彼女は提供者で、僕に血をくれるって言ったんだけど、断った。朱里さんとパートナーだってことを話して、女の人から血をもらわないようにしてるって、ちゃんと説明したよ」

血をくれると申し出られた、と遠野が話したとき、朱里の表情がわずかに緊張した。

断った、と続けると、その表情がほっとしたように緩むのがわかって、また嬉しさが湧きあがる。

「僕が勝手にそう決めただけで、朱里さんは、僕が朱里さんじゃない女の人の血を吸っても、全然気にしないのかもしれないって思ってたけど——」

そうでもなかったようだ。よかった。

また怒らせてしまわないよう——怒った顔も大変可憐だったが——、遠野は口元が緩みそうになるのを抑える。

「僕がそうしたかったからね」

朱里は視線を泳がせ、テーブルの上に置いたままのグラスに両手を添えた。

動揺を隠すように、目を逸らしたままで言う。

「……吸血種ですから、誰の血も吸わないわけには、いきません」

「うん。でも、これからも、女の人から血はもらわない。必要になればアンプルも血液パックもあるし、僕は、誰の血も吸いたいとは思わないから」

朱里がこちらを見ていなくてもかまわず、遠野は朱里を見つめて続ける。

と、朱里がそっと顔をあげ、ようやく目が合った。

「僕は朱里さんに血をあげられないし、もらうこともできないけど、パートナーだって思ってる。ほかの人に目移りするなんてありえない、朱里さんのことしか見てないよ。仕事中は頑張って仕事のことを考えてるけど、ほんとは、いつでも朱里さんのことだけ考えていたいくらいなんだから」

朱里の顔が、薄暗い店内でもわかるくらいに赤くなった。肌が白いのですぐわかる。

彼女はすぐに目を逸らし、顔まで隠すかのようにうつむいてしまった。

「そ、……それは、困ります。お仕事も……その」

頼りにしているので。と、小さな声が聞こえてくる。

朱里と遠野は部署が違って、普段一緒に仕事をしているわけではないし、今回も遠野は休暇中、あくまでつきそいという立場だ。捜査は朱里の専門で、遠野が役に立てていることといえば、聞き込みを手分けしてすることくらいだとわかっている。

それでも、一緒にいるだけでも、彼女にとって意味があるのなら、こんなに嬉しいことはなかった。

それを口に出してくれたことが、朱里の精一杯の甘えだということもわかったから、なおさら嬉しい。

天にも昇る気持ちだったが、ここで舞い上がって大さわぎしては、朱里をますます恥ずかしがらせるだけだ。抱きしめたい衝動をぐっと抑え込み、

「うん、頑張るね」

笑顔でそう返すにとどめる。

まだ手をつけていなかったグラスをとって、朱里のそれに軽くぶつけ、「お疲れ様」と声をかけると、朱里も、グラスを持ちあげて乾杯に応じた。

朱里が目を伏せて飲み物に口をつけたので、遠野はその間じっくり彼女の赤くなった顔を凝視して目に焼き付ける。朱里が気づいていないとき、遠野はたいてい朱里を見ているのだが、いつも見られているとなると彼女も落ち着かないだろうから、彼女がこちらを見る前に

さりげなく視線をずらすよう心掛けていた。

ちょうどいいタイミングで料理が運ばれてくる。

朱里はぎこちなくフォークに手を伸ばし、「食べましょう」と声をかけた。

まだ顔が赤い。

充分堪能したので、「そうだね」と笑顔で応え、遠野も料理のほうを向く。

「おいしそう。盛りつけもおしゃれだね！　家でもこういう風に盛りつけたらいいのか、勉強になるな」

目の前の料理に話題を移すと、朱里はあからさまにほっとした様子だった。

朱里が海老とアボカドのアヒージョを気に入ったようだったので、家でも作ってみようと料理を写真に撮った。材料はどれも、ボストンでも手に入るものばかりだ。あとは、日本の調味料や乾物も買い込んでおきたい。この事件が解決したら。

無事犯人を確保して、帰国する前に国内を観光して――旅行中なのだから、とねだれば、手をつないで歩くくらいのことはできるかもしれない。

その後は、事件とは関係のない話をした。二人で、短い時間だったが、食事を楽しんだ。

翌朝は二人とも、警察からの電話で目を覚ました。

電話は、新しい被害者が出た、という連絡だった。

養父が学費を一括で払い込んでくれていたので、リオウは学校を卒業することができた。

在学中から、リオウの目標は決まっていた。

あの男を捜す。

あの男が養父を殺したのか、だとしたら何故殺したのか、何故自分だけを生かしたのか、それを直接会って尋ねるのだ。

そして、その後、この手で殺してやる。

養父の残してくれた金や資料を使って、どうすればあの男を見つけられるのか、その方法を探した。

病院に会いに来たハンターに連絡をとり、複数のハンターとつながりを得て情報を入手した。吸血種の殺し方も教わった。そのために必要な技術も磨いた。訓練は一日も怠らなかった。

吸血種の情報が一番集まるのは吸血種関連問題対策室だと知り、コネクションを利用して就職した。養父が殺害された事件は、吸血種による未解決の凶悪事件の一つとしてファイリングされていたので、リオウはそのすべてを読むことができた。犯人は不明だが、事件発生と同時期に事件現場となった町で目撃された吸血種が、重要参考人扱いで記載されていた。

彼は対策室内部で警戒すべき存在としてリストアップされた十一番目の吸血種で、イレヴンと呼ばれていた。しかし、彼についての情報を、対策室もほとんど持っていないことがわかった。

対策室に所属している限りは自由に動けないということもあって、リオウは必要な情報を得ると、二年ほどで対策室を退職した。

養父が殺されてから十年近く経っていたが、事件は未解決のままだった。

唯一犯人を目撃したリオウが、証人としてほとんど役に立たなかったせいもあるだろう。

血の海になった部屋の中に立つ男の顔を、リオウが思い出せない理由を、警察はショックのためだろうと言ったが、リオウは、そうではないと知っていた。

あの男の目が自分をとらえて光った気がした。あのとき、彼が何かしたのだ。

その証拠に――通常、時間が経つほど記憶は薄れていくものだが――懸命に記憶を呼び覚まそうとしているうちに、少しずつ思い出した。何年もかかった。男がかけた暗示のようなものの効果が薄れるのに、それだけの時間が必要だったのだ。

対策室を去るとき、リオウは完全に男の顔を思い出していた。

彼は若く――二十歳そこそこに見えた――黒髪で、黒い服を着ていた。そして、まるで人間ではないかのように美しかった。

リオウは思い出したその顔を何度も何度も繰り返し思い浮かべ、決して忘れまいと誓った。


思いがけない形で記憶の中の男に再会したのは、対策室を辞めて二年ほど経った冬のこと、全くの偶然だった。

知人のハンターに手伝いを頼まれ、乗り換えのために立ち寄ったパリで、画廊の前を通りかかった。新人画家の個展をやっているというポスターが目に入り、それが日本人画家だと知って興味が湧いた。

軽い気持ちで覗いてみた展示場の奥に、「S」という肖像画があった。

入り口で受け取ったパンフレットによれば、それは画家が学生時代、日本に住んでいた頃に描いたものだとされている。

その一枚だけが、なぜか、画集に収録されず、インターネットでも公開されていなかった。

若い頃の習作だからだろうと言われているが、画家は理由を明らかにしていない。今回は、この一枚を気に入った主催社側からのオファーで特別に展示されることになったと、パンフレットには書いてあった。

シンプルな額で飾られたカンバスに描かれているのは、一人の若い男だ。クラシックなデザインの椅子に、脚を組んで座っている。

リオウはその絵の前から動けなくなった。

見つけた、と思った。震えがきた。

「S」は、記憶の中の男と同じ顔をしていた。

4

三人目と思われる被害者は、都内に住む女性だった。本人の居住しているマンションの裏で遺体が見つかり、駆けつけた警察官が現場で測定器を使ったところ強い反応があったので、すぐに連絡をくれたそうだ。

遠野と朱里が急いで身支度を整えてホテルを出、現場に着くと、石村が建物の裏から出てきて、迎えてくれた。

互いに、朝からご苦労様です、と挨拶をして、遺体の発見現場へ向かう。

UVカットレンズの度なし眼鏡をかけていても、朝の光は目に痛いくらいだった。

現場へ近づくと、自分たちとは別の、吸血種の気配を感じた。被害者が吸血種ならば当たり前だ。気配とともに、血の匂いも強くなった。

「被害者は外国人女性です。前の二件は日本人だったので、今回は無関係かと思ったんですが……」

マンションの裏には住民用の駐車場があり、事件は、駐車場から建物へ入る裏口付近で発生したようだ。

石村に案内されて進むと、うつ伏せに倒れている女性らしい遺体が見えた。

駐車場に車を停めて、建物に入ろうとしたところを襲われたのか。それにしては、荷物も何も見当たらない。車の鍵も。茶色いストレートのロングヘアが地面に広がっている。

遠野は遺体の傍らに屈《かが》み、その顔を覗き込んで、はっとした。

見たことのある顔だった。

「お借りした測定器がこれだけ強く反応する場合は、吸血種か、契約者だということでしたが……被害者が吸血種か契約者かは、どうすればわかるんですか」

石村が朱里に測定器を見せながら訊いている。

「吸血種ですよ」

そちらを向かずに、遺体のそばに屈んだまま遠野が言うと、朱里が近づいてきた。

遠野は立ち上がり、朱里に被害者の顔が見えるよう、横へ退く。

「一度話したことがあるよ。ＶＯＩＤの客だ」

死んでいたのはナオミだった。

首の後ろを、横一直線に切り裂かれていた。

新たな被害者が出てしまったことについて、捜査をしている側としては悔しく腑甲斐ない思いだったが、皮肉なことに、その結果、捜査は動き出した。

三人目の被害者となったナオミは、アメリカ国籍だったが、日本に来て十年ほど経っていて、国内にも知人友人が多かった。スマートフォンには当日のものを含め、多数の通話履歴が残っていたので、交友関係についても、当日の行動についても、比較的細かく特定できそうだ。当日夜に通話記録が残っていた相手と連絡がついたので、今日、早速事情聴取の予定だと石村は張り切っていた。

何より、ナオミは自宅マンションの敷地内で殺害されていたというのが、小宮山や相田のケースとの大きな違いだ。ナオミの遺体発見現場であるマンションの裏口は人通りがなく、目撃者は期待できなかったが、正面入り口には防犯カメラが設置されている。

遠野と朱里はナオミのマンションから捜査本部のある警察署へと移動し、提出されたデータを再生できる機器とスペースを貸してもらった。

ファイルがぎっしり詰まった棚の並んだ部屋に、作業台代わりのテーブルがあるだけの殺風景な部屋だ。追加のパイプ椅子を持ち込み、石村と三人でテーブルに設置したノート型パソコンの前に座った。防犯カメラの映像を表示させ、高速で逆再生する。遺体が発見された時間からさらに数時間分さかのぼったところで、

「被害者ですね」

画面にナオミが映ったので、石村が一度画像を止めた。彼を挟む形で座った遠野と朱里は、

左右からモニターを覗き込む。

画面の左下に表示された日時によれば、事件当日の、夜十一時過ぎの映像だ。もしかしたら、このカメラの映像が、生きている彼女の最後の姿かもしれない。

自宅マンションへ帰宅した彼女は、一人ではなかった。ナオミのすぐ後ろに、背の高い金髪の男がつきそっている。

「犯人でしょうか」

緊張した声で石村が言った。

「いえ……まだわかりません。この後の映像を見てみないと」

朱里が慎重に答える。

ナオミが一階ロビーのオートロックの扉を解錠し、男に入るよう促す様子も映っていたので、男は勝手についてきたわけではなく、ナオミが連れてきた客人らしいとわかった。

カメラは上からのアングルなので、うつむきがちなその男の顔はなかなかはっきりと映らなかったが、

「あ、この人……」

男が横を向いたとき、顔が見えて、あっと思った。

「多分この人、ＶＯＩＤにいた人だ。正確には、店の前に立ってたんだけど……その前にも

一回、店内で見たことある」

そういえばあの男は、誰かを待っていると言っていた。遠野が千葉と話している間に、どこかへ行ってしまったが、店から出てきた女性と一緒だったようだから、あれがナオミだったのだろう。

ミアが、ナオミはナンパされて店を出た、と言っていたのを思い出す。単純につなげれば、店内で彼がナオミに声をかけ、しばらく店の外で待って、店から出てきた彼女と一緒に被害現場となったマンションへ来た……ということになる。

遠野がそう説明すると、石村は、じゃあやっぱり怪しいじゃないか、という表情になった。

「吸血種なんですか？」

「本人は、違うと言っていました。気配は感じたので、おそらく契約者だと……」

遠野と石村がやりとりをしている横で、朱里はじっとモニターを見つめている。

「すみません、この男性の顔が映ったところで止めて、拡大できますか？」

石村が朱里の言うとおりに、機械を操作する。

斜め上から撮られた男の顔が表示された。

あまりクリアな画像ではなかったが、朱里はそれを見て確信を得たようだ。

「私も、この顔には見覚えがあります。彼は、R・ウォーカー……ハンターです」

「ハンター!?」

石村が目をむいて立ち上がる。無理もない反応だった。ハンターが、文字通り、吸血種を狩ることを目的とする人間たちだということは日本の警察にも伝わっている。

吸血種の自宅をハンターが訪ね、その後で吸血種の遺体が発見されたのだから、「とうとう犯人発見か」と石村が浮足立つのも当然だ。

「ハンターなら、吸血種を襲う動機があるうえ、吸血種を狩る技術があって、しかも、花村さんの話では、この男は、契約者の可能性が高いんですよね。つまり、体力的にも、吸血種と渡り合えるということでしょう？　吸血種を相手にした戦闘の訓練を受けているなら、その分、吸血種より有利なのでは」

「対策室は、彼を、思想的に偏った危険なハンターだとは認識していませんが……一つ一つの事実を見れば、そのとおりです。能力的に犯行は可能だと思います」

あまり主観を交えるべきではないと思っているのだろう、朱里は言葉を選び、事実だけを伝える。

石村は興奮した様子で頷いて、拡大した映像を保存・出力し、映像の一時停止を解除した。

ナオミとウォーカーが建物に入った数分後、マンションの住人らしい女性がコンビニの袋を提げて帰宅する様子が映ったが、建物の中から出る人間はいない。

そのまましばらく待った。動きがないので早送りをしようとしたのか、石村がマウスに手を伸ばしたそのとき、自動ドアが開いてウォーカーが出てきた。彼一人だ。

ウォーカーは来たときより急いでいる様子で、振り向きもせず歩き去る。

画面の数字を見たところ、ナオミと彼がマンションに入ってから約十五分後だ。十五分あれば、殺害することは十分に可能だ。

石村は遠野と朱里に断って、映像を早送りした。その後、夜が明けるまで、マンションの正面玄関を出入りした人間はいなかった。

朝六時頃に発見された遺体は、死後六〜八時間経っているものと思われる、という検死結果が出ている。つまり、前日の夜十時から零時までの間だ。

ナオミがウォーカーとともに帰宅したのが十一時過ぎなので、それまでは間違いなく彼女は生きていた。死亡推定時刻は昨夜の夜十一時過ぎから零時までの間になる。犯人は、その間にこのマンションの敷地内に入って彼女を殺害した。一件目、二件目のときはほとんど何の手がかりもなかったが、これでかなり幅が狭まった。

石村は興奮を隠せない様子で立ち上がる。

「上に報告してきます。犯人でないとしても、おそらく最後に被害者を見たのは彼のはずですから、話を聞かないと。この男の名前を、もう一度教えてください。急いで都内のホテルに手配して……見つからなければ、このマンションの周辺の防犯カメラも当たってみます」

朱里から聞いた名前をメモして、ばたばたと部屋を出ていってしまった。

ナオミが死亡したと推定される時間帯に、正面玄関を出入りしたのがウォーカーだけだとしても、それだけで、彼を犯人と決めつけることはできない。ナオミの遺体が見つかった駐車場側には防犯カメラは設置されていなかった。犯人が裏口から侵入したとしたら、映像には残っていなくて当然だ。犯人ならむしろ、防犯カメラを警戒して、正面玄関ではなく裏口を使いそうなものだった。

それでも、初めて、具体的な容疑者が現れた。これまで顔も名前もわからない犯人を漠然と追っていたことを考えると、石村が興奮するのも無理はない。

朱里は、石村が座っていた椅子に移動して、ウォーカーが映っているところまで映像を戻した。改めて、等速で映像を見始める。

遠野の見る限り、彼女の目からは、石村のような高揚感は感じられなかった。

遠野は朱里の横に座り、並んでモニターの映像を見る。

「ブラッドリーがＶＯＩＤに来たとき、連れを捜しに来たって言ってた。それが多分、彼だよね。入れ違いになってたってことはそれほど密な関係でもないんだろうけど、ブラッドリーと組むってことは、彼と同じようなタイプなのかな」

いいえ、と朱里は首を横に振った。

「石村さんにも言いましたが、ハンターといっても、対策室としては、彼を、危険な存在だとは認識していません。以前、犯罪を犯した吸血種を逮捕した際、ウォーカーさんは犯人を対策室に引き渡してくれました。不必要に相手を傷つけることもしていないはずです。建前通りの活動をしているハンターと言えます」

「そんなハンターいるんだ」

確かに、ブラッドリーとはタイプが違いそうだ。

「朱里さんが知ってるってことは、それなりに有名なハンターなの？」

「ハンターとして有名というか……」

朱里は言葉を濁す。

「彼個人を知っているんです。知り合いの知り合い、のような……私とは、交流はありませんでしたが」

彼女にしては珍しく、何やら話しにくそうにしている。気にはなったが、彼女がウォーカーのことを知った経緯はおそらく事件には関係がないだろうから、追及はしないでおいた。

本当は、事件のことよりよほど、朱里の交友関係のほうが気になるが、仕事中はそれを表に出すのを控えるくらいの理性はある。朱里に好印象を持ってもらうために、これまで真面目に仕事に取り組んできたのだ。彼女にがっかりされないよう、保つべき最低限の節度だった。

ウォーカーはハンターでありながら、おそらく、契約者でもある。特定の相手を作っていない可能性があるから、単に提供者と呼ぶべきかもしれないが、いずれにしろ、吸血種に血を与え、吸血種と同等の身体能力を有している。

とすると、能力的には容疑者にはなりえるが――戦闘力を底上げするために契約者になるというのは、吸血種に対する嫌悪がある人間にはない発想に思えた。

思想とは関係なく、金儲けのためにハンターをしている場合や、吸血種との戦闘を楽しみたいとゲーム感覚でハンターをしている場合なら、そういうこともあるかもしれない。

しかし、少なくとも、ウォーカーは「ハンターによるヘイトクライム」の犯人像には重ならない気がする。

（いや、……特定の吸血種に対してだけ恨みを抱いていて、その関係者を狙った犯罪だとしたら、彼が犯人でもおかしくないのか）

動機から探るにしても、吸血種ならでは、ハンターならではの動機にこだわると、視界が狭まりそうだ。思い込みは捨てなくては。

三件目の事件は、当日の被害者の行動がはっきりしていて、犯行時刻も限定されている。

単純に、物理的に犯行が可能だった人物を絞り込むことができるなら、今は動機を気にせず捜査したほうがいいのかもしれない。

「ウォーカーの入国時期がブラッドリーと前後しているなら、彼は一件目、二件目の事件の犯人じゃないよね」

「主なハンターが入国した場合は、空港から対策室に連絡がいくようにしていたんですが、ウォーカーさんについては、警戒対象にしていなかったので……入国時期を確認してみます。彼が犯人ではないとしたら、捜査に協力を得られるかもしれません」

「あ、そうか、ウォーカーが犯人じゃないなら……彼もハンターとして連続殺人事件の犯人をつかまえようとしていて、そのためにナオミさんに近づいた可能性もある？　何らかの理由で、次は彼女が危険だと気づいて」

「その可能性もあります。一方で、ウォーカーさんが犯人という可能性も、もちろんあります。いずれにしても、彼と話をしたいです」

同じハンターでも、ブラッドリーよりはまともに話ができそうだ、というのは、遠野も同意見だった。

ウォーカーが、三人目の被害者であるナオミと事件の直前まで行動を共にしていたことが、偶然だとは思えない。ナオミが次に狙われると考えて接触したのなら、そう考えた根拠を知りたい。遠野たちの持っていない情報を持っているはずだ。

「ＶＯＩＤで二回見かけたから、店に来たら連絡くれるようにマスターに頼んでおこう。ホテルは警察が調べてくれるけど、偽名を使っているかもしれないし」

ウォーカーは金髪で背が高いのでかなり目立つ。一、二度来店しただけだとしても、マスターは顔を覚えているだろう。

まだ店は開いていない時間だが、電話はつながるかもしれない。転送されるか、留守番電話にでもなってくれれば、と思い、遠野はスマートフォンを取り出した。

ＶＯＩＤの番号を呼び出しかけてみたが、コール音が鳴るばかりだ。留守番電話機能はないらしい。

「ダメみたい。また後でかけてみるよ」

「はい」

話しながら、あれ、と思った。

朱里が、こちらを見ない。

機嫌が悪いとか具合が悪いというわけではなさそうで、相槌を打ちながら話を聞いてくれてはいるのだが、自分と目を合わせづらそうにしている、と感じた。

「――防犯カメラの映像、コピーをいただけるようにお願いしてきます。百瀬さんたちにも見てもらいたいですし、私もじっくり検討したいので。それから、ナオミさんのお友達にもお話が聞けそうとのことでしたから、それが何時頃になりそうかも聞いてきます」

どうかした？　と声をかけようかどうか遠野が考えているうちに、朱里は立ち上がって、石村の後を追うように出ていってしまう。

彼女は部屋を出る前に一度振り向いて顔をこちらへ向けたが、目は合わなかった。

スマートフォンに残った通話履歴によると、ナオミは事件当日、午後十一時半に、どこかに電話をかけていた。遺体や防犯カメラから、犯行は午後十一時過ぎから午前零時の間とされているので、まさに犯行の直前だ。

その通話相手である、被害者の友人から話を聞くので、遠野と朱里にも同席してほしい、と石村は言った。

「すぐに電話がつながって、来てくれることになったのでよかったです。一件目と二件目の事件では、被害者の交友関係もほとんどわからなくて苦労しましたが、今回の被害者は社交的な性格だったようで……」

「昨日の今日で、記憶が新しいうちに話を聞けるのは助かりますね。その方にとってはショックだったでしょうけど」

「はい、ありがたいです」

石村に案内されて、ナオミの友人と面談するための部屋へ向かう。

あの後、遠野のいる部屋へ戻ってきた朱里は、すっかりいつもどおりだった。話しかければ、何事もなかったかのように、目を合わせて話をしてくれる。

気にはなったが、朱里本人がなかったことにしようとしているのに追及するべきではないと判断した。少し様子を見るつもりで、黙っておくことにする。

エレベーターを降りると、石村が先に立って、「こちらです」と廊下の先を示した。

「電話をかけたのが十一時半ということは、ウォーカーがマンションを出た後ですね？」

その時点で、ナオミは生きていたことになる。

石村は渋い顔で頷いた。

「ただ、被害者のスマホから、別人が電話をかけたということも考えられます。間違いなく被害者と通話したのかどうか、電話の相手に確認しないと……」

被害者の友人を待たせているという部屋は、廊下の奥にある小会議室だった。刑事ドラマで見るような取調室ではないのは、容疑者の取り調べではないからだろうか。石村に続いて遠野と朱里も部屋に入る。

楕円形のテーブルの向こうで、所在なげに座っていた女性が立ち上がった。

ＶＯＩＤでナオミと一緒にいた、ミアだ。ＶＯＩＤで会ったときと比べると化粧が薄く、疲れた顔をしていた。

「ミア・キャンベルさんですね」

「はい」

彼女は石村の日本語での確認に頷き、視線を遠野へ移して、あっという表情になる。それから、かすかな笑みを浮かべた。

知っている顔を見て安心する気持ちと、知らず話していた相手が捜査関係者だったことへの驚きと——複雑な感情の入り混じった笑みだ。

「警察の人だったんだ」

「ちょっと違って、対策室のほうの職員なんだ。ＶＯＩＤで話したことは嘘じゃないよ。どうぞ、座って」

何の話？　というようにこちらを見る石村に、以前少しお話をしたことがあるんです、とだけ答えて、遠野はミアの斜め前に座った。石村がミアの向かいに座り、朱里は石村を挟んで遠野の反対側に座る。

ミアは日本語もある程度はわかるそうだが、英語のほうが正確に受け答えできるというので、遠野が通訳を買って出ることになった。

それでは、と石村が聴取を始める。決まりでもあるのか、ドアは開けたままだ。

まずは、被害者の身元確認のため、ミアに遺体の写真を見せた。現場で撮った、傷跡のあらわなものではなく、目を閉じてあおむけに寝かされた状態のものだ。

ミアは机の上に置かれた写真を見て、間違いなく友人のナオミであると言った。

「家族はアメリカにいるはずよ。両親は亡くなっているかも……あまりそういう話はしなかったから、詳しいことは知らないけど」

ナオミは独り暮らしだったので、家族とはまだ連絡がついていないが、親しい友人にすぐ連絡がついたというのは大きい。ナオミの交友関係等、訊きたいことは色々とあったが、まずは事件当日の行動だ。石村に促され、ミアと面識のある遠野が英語で質問をする。

「昨日も、ナオミさんと一緒にＶＯＩＤにいたんだよね？」

ミアはちらりと正面の石村を見てから、視線を遠野に固定させて頷いた。緊張しない相手を見て話すことにしたらしい。

「でも、ナオミさんは先に店を出たんだったよね。ナンパされたって言ってたけど……」

「ナンパ目的かはわからないけど、英語で話しかけられたの。金髪で背の高い男の人。あなたのときもそうだったけど、ネイティヴな発音の英語を聞くと、なんとなく嬉しくなって、初対面なのに盛り上がって……その人はあんまり自分からは話さなかったけど、ナオミは気に入ったみたいだった」

金髪で背の高い男。遠野がミアの答えを石村に伝えると、石村はファイルからもう一枚写真を取り出し、ナオミの写真の横に置いた。

「この男ですか？」

防犯カメラの映像から出力したもので、あまり画質のいい写真ではないが、斜め上からウォーカーの顔が写っている。

ミアは、手にとってよく見てから頷いた。

「そうだと思う。こんな服だったし。……この人が犯人なの？」

「それはまだわからない。当日ナオミさんに接触した人全員について調べてるんだ」

この人が犯人に違いないという先入観を持たれてしまうと、証言に主観が入って信憑性がなくなる。遠野が言うと、ミアは一応納得したようだった。

「この人とは、前から知り合いだったわけじゃないんだよね」

「うん。あ、一度店でちらっと見かけたことがあったんだけど……話したのは昨日が初めて。ナオミもそうだと思う。一人で店に入ってきたから、声かけようかって話してたのに、すぐいなくなっちゃって、残念がってたから。ナオミの好みのタイプだったの」

その相手から、昨日は反対に声をかけられたので、自宅へ招くことになったということらしい。会ったばかりでずいぶん急展開だ、と思ったが、まあ、そういうタイミングは人それぞれだろう。

それよりも、ウォーカーが何故ナオミに声をかけたのか、そのほうが気になる。

ハンターである彼が声をかけた相手が、たまたま連続殺人の次の被害者になっただけ、とは思えない。ウォーカーが犯人なのだとしたら、何故ナオミを選んだのか――犯人でないのなら、何のためにナオミに接触したのかが知りたい。

「彼は、何て声をかけてきたの？」

ハンターであることは隠して近づいたはずだ。あのぶっきらぼうな話し方の男が、どんな風に女性に声をかけたのだろうという興味半分で尋ねると、予想していなかった答えが返ってきた。

「ユエを知っているか、って」

遠野が思わず朱里を見、朱里もこちらを見たので目が合った。

ミアは遠野たちの反応には気づかない様子で続ける。

「私たちが、ユエの話をしてたのが聞こえたんだと思う。近づいてきて、ユエを知ってるのかって訊いてきたから、ナオミが、一緒に飲もうって誘ったのよ」

そういえばナオミは、ユエに血を吸われたことがあると言っていた。

これで、三人の被害者全員が、ユエと面識があったことになる。そのうち二人は、血を吸われたことまであった。もしかしたら、相田も、かつてユエに血を提供したことがあったのかもしれない。

やはりウォーカーも、被害者の共通点に気づいていて、犯人を見つけるためにナオミを連れ出したのか。それとも、別の目的があったのか。

ユエを恨んでいるのは自分だけではないと、ブラッドリーが言っていたのを思い出した。

ウォーカーの目的が犯人逮捕なら協力関係を結べるかもしれないと思っていたが、彼がネガティヴな理由でユエを捜しているのだとしたら、こちらの情報を渡すわけにはいかない。

「あなたもユエに会ったことがあるの？　ってナオミが訊いたら、あの人、『昔』って答えた。彼はユエのファンって感じでもなかったけど、ナオミは喜んで、一緒に飲みましょうよって。話の中で彼がフリーの提供者だってわかったから、ナオミが血をもらうことになって、二人で出ていったの」

「ああ、なるほど。ナンパってそっちか」

それなら、会ったばかりの相手をナオミが自宅へ連れ帰った理由もわかる。中には、物陰に隠れて済ませてしまう者もいるが、一般的には、プライバシーの守られる個室で行うものだ。

「ナオミさんって、よくＶＯＩＤで血の提供者を見つけてたの？　自宅に連れていくことも多かった？」

「よく、ってほどでもないけど、特定の相手と契約してたわけじゃないから、ときどきはあったみたい。毎回家に連れていってたわけじゃないと思うけど、あの人のことは気に入ったみたいだったから。外国から来てるって聞いて、後腐れがないって思ったのかも」

遠野としては、彼女たちがウォーカーと、ユエについてどんな話をしたのか、もう少し詳しいことを訊きたかったが、警察は、もっと直接的なこと、当日の被害者の行動についてのほうが知りたいだろう。石村に、「電話のことを」と小声で促されたので、先にそちらについて確認することにする。

「昨日の夜……ナオミさんが彼と一緒にＶＯＩＤを出た後で、ナオミさんから電話がかかってきたよね」

「うん、十一時過ぎに……ちょっと待ってね」

ミアはピンクのラメのカバーつきスマートフォンを取り出して、通話履歴を見せてくれる。

「NAOMI」「23：32」「着信」「４分」と記録が残っていた。

「間違いなく、ナオミさんの声だった？」

「え？　うん。さすがに間違えないよ。声も話し方も、話の内容も」

これでナオミが死んだのはウォーカーがマンションを出た後だとはっきりした。まだ、ウォーカーが犯人だという可能性が消えたわけではないが、彼だけが特別怪しいとも言えなくなってしまった。

ミアの言葉をそのまま石村に伝えると、彼は「そうですか」と答えただけだったが、その声には失望が滲んでいる。

「電話で、どんな話をしたの？」

「ふられちゃったから、愚痴聞いてくれないかって……男の人に急用ができて、帰られちゃったんだって。ナオミが一方的に話すのを、慰めながら聞いた感じ」

「彼は、ナオミさんに血をあげないで帰っちゃったってこと？」

「そうみたい。味見くらいさせなさいよって怒ってたから」

本当に急用ができた可能性もゼロではないが、ウォーカーの目的は、ナオミに血を吸われることではなかった、ということだろう。ナオミから必要な情報を聞き出したので、長居は無用と判断したのか。

密室で二人きりになったのに、彼女に何もせず建物を出たのだから、ウォーカーは犯人ではないと考えていいだろうか。いや、正面入り口のカメラに気づいていて、わざわざ一度建物を出て裏口から侵入しなおしたという可能性も排除できない。遠野の印象としてはウォーカーは白だったが、まだわからない。

「ナオミさんは、どんな様子だった？」

「どんな？　別に取り乱してるとか泣いてるとかいうことはなくて、いつもどおりだったと思うけど……」

誰かと一緒だったという様子はなかったか、その後どこかに行くとか誰かに会うとは言っていなかったかなど、いくつか質問を重ねたが、ミアは、特に何も聞いていないと答えた。飲みなおさないかと誘われたが、時間も遅いからと断ったそうだ。その後、ナオミが別の誰かをマンションに招いた痕跡は、少なくとも、スマートフォンには残っていない。ウォーカーがマンションを去った後で何があったのかは、今のところ、想像するしかない。

当日のナオミの様子に関するひととおりの質問を終え、ほかに訊きたいことはないか、石村に確認する。

後は任せると言われたので、遠野は改めてミアに向き直った。

「ナオミさんは、以前ユエに会って血を吸われたことがあるって言ってたよね。そのときの、詳しい話を聞いてる？」

ミアは「もちろん」というように、すぐに頷く。

「ナオミの自慢だったから。ナオミがまだ吸血種じゃなかったとき、日本に旅行に来て、会ったんだって。ナオミはその頃からフリーの提供者だったけど、当時はまだ、そういう子は珍しかったみたい。吸血種一人に対して一人の契約者、みたいなのが当たり前だったのね。一人の吸血種が、複数の人間から血をもらうっていうのはあっても……それこそ、ユエとかね」

ユエはヒトの意識に干渉して、相手を気絶させたり、相手を催眠状態にして記憶を混濁させたりすることができた。そんな芸当ができる吸血種は限られているから、普通は、秘密を守れる親しい間柄の人間を契約者にして、定期的に血液の提供を受けるものだが、ユエの場合は、血を吸った後で相手の記憶を消せば、秘密の漏洩を心配する必要はない。だから彼は、吸血する対象を、秘密を守れる相手に限らなくてもよかったのだ。

本人は覚えていなくても、ユエに血を吸われたことのある人間はかなりの数に上るはずだ。

一方で、ナオミや小宮山のように、記憶を消されなかった者もいる。もともと吸血種のことを知っている人間の記憶は消さないのか、別の基準があるのかは、ユエにしかわからない。

「ユエに選んでもらえたのは運がよかったって、ナオミはいつも言ってた。血を吸われて、そしたら何か、すごくよかったんだって。若返るみたいな、体中に力が行き渡るみたいな感じだったって……あ、それ普通だろって思った？　そりゃ、吸血種に血を吸われればそうなるものだけど、ユエの場合はそれが特に強いんだって。契約者になりたいと思うくらいだったって言ってた。でも、ユエは、同じ人からはもらわないようにしてるから、って断ったみたい」

遠野は吸血種に血を吸われたことはないので、共感はできなかったが、ミアの話を促すために相槌を打った。朱里も血を吸われた経験はないはずだが、頷きながら聞いている。

「ナオミはその後しばらくして吸血種になったけど、そのきっかけになったユエの近くにいたいし、対策室もなくて自由だし、暮らしやすそうだって理由で、日本に引っ越してきたって言ってた。その頃には、ユエは、ＶＯＩＤにはあんまり顔を出さなくなっちゃってたみたいだけど」

対策室の名簿に登録すれば、様々な点で援助を受けられるので安心だという声もある一方で、管理されることを嫌う一部の吸血種にとっては、対策室のない国のほうが過ごしやすいというのも確かにあるだろう。そういう考えも理解できる。

ミアは、遠野と朱里が対策室職員であることを思い出したようで、ばつの悪そうな顔をした。

考え方はそれぞれだからね、と遠野が笑うと、安心したように頷く。

「ナオミさんは、ユエに憧れて吸血種になったの？」

「そう言ってた。でも、そういうのは珍しくないっていうか、ナオミだけじゃなかったんじやないかな。ユエはカリスマだもん」

相田や小宮山もそうだろうか。二人ともユエの信奉者だったようだから、その可能性は高い。

ユエに憧れて吸血種になったことが、殺害の理由になるだろうか？

推理の方向性としては間違っていないように思うが、いまいち弱い気もする。

ユエに憧れる吸血種は多い中、彼らの何が特別だったのか——彼らを殺すことで、犯人が得るものは何か。

ユエ個人に恨みがあるのなら、ユエ本人を狙えばよさそうなものだ。ユエがいなくなってしまったから、あるいはユエ本人にはかなわないから、その信奉者を狙った？——気晴らしとしてはリスクが高すぎる。

吸血種内に派閥があって、ユエの反対勢力がユエ派の吸血種を襲ってユエの勢力を削ごうとしている？——そんな話は聞かないし、ユエは何年も前にこの国を去っていて、今さら派閥も何もない。

少しずつ情報は集まってきたが、犯人像を描くには、まだあと少しが足りない印象だった。

「ナオミさんに血をあげた吸血種って、誰かわかる？」

「アメリカにいたときにつきあってた相手だって言ってたけど、詳しいことは聞いてない。

日本に来る前に別れたみたい」

「ユエじゃないんだね」

ないない、とミアは首を横に振った。

「もしそうだったら、ナオミが自慢しないわけないもん。ユエに血をもらった人なんていないんじゃないかな。そんな人がいるなら、本人が隠してない限り噂になるはずだし、ロウだって、何年も契約者だったけど、吸血種にはなってなくて、契約者のままなんでしょ」

朱里が、ちら、とこちらを見たのを感じたが、遠野は「そうだね」とだけ答える。

七年前、日本を去るとき、ユエはロウに血を与えるつもりだったと、遠野は後から朱里に聞いた。しかし、ロウがもらうはずだった血を飲んだのは、遠野だ。

考えてみれば自分も、「ユエに所縁《ゆかり》のある吸血種」の一人なのだと、今さら気がついた。

吸血種に派閥などというものがあるのだとしても、遠野はそこに所属した覚えはないが、ユエの血をもらった吸血種だと知られたら、間違いなく「ユエ派」にカウントされることだろう。

今回の連続殺人事件の犯人が、ユエに近しい吸血種を襲っているのなら、遠野にも被害者になる資格はある。それを逆手にとって、犯人をおびき出せないだろうか。

遠野が吸血種になったいきさつを知る者は少ない。対策室に所属する遠野が、突然、自分はユエの血を受けた吸血種だと言ったところで、その真偽を確かめようがないから、噂を流しても犯人がそれを信じるとは限らないが、少なくとも、真偽を確認するために接触をしてくるとか、何らかの動きは期待できるのではないか。

ナオミのマンション周辺の防犯カメラ等から、犯人へつながる有力な情報が得られなかったら、朱里に相談してみよう。素人同然の遠野に囮捜査の真似事をさせることを彼女は渋るだろうが、これ以上被害者を出すわけにはいかない。

ミアから話を聞き終えると、石村はほかの捜査員たちにその内容を共有しに行ってしまった。

遠野は朱里と二人で、ミアをエレベーターホールまで送っていく。

「私、ナオミに何度か血をあげたことがあるんだ。ステディな契約者ってわけじゃなかったけど、友達だったし、お互い気兼ねもなかったから、すぐ相手が見つからないときとか」

エレベーターが到着するのを待ちながら、ミアが口を開いた。

「私がナオミとちゃんとした契約関係だったら……ナオミはたぶん、あの人を家に呼んだりしなかったよね」

遠野と朱里は、無言で視線を交わした。

ミアはエレベーターホールの床に目を落とし、遠野たちを見ていない。

――さっきまではそんな素振りは見せていなかったが、ナオミの死に責任を感じていたのか。

「彼が犯人だと決まったわけじゃないよ。彼がマンションを出た後で、ナオミさんは君に電話したんだからね」

「そっか。……電話がかかってきたとき、私、行ってあげればよかったな。そしたら、ナオミは死ななかったかもしれないのに」

そうかもしれないが、そうしていたら、ミアも一緒に殺されていたかもしれない。その日は助かっても、別の日にナオミはやはり殺されたかもしれない。

ナオミが死んだのは君のせいじゃない、と遠野が告げる間もなく、エレベーターの扉が開き、ミアはそれに乗り込んだ。

「事件のこと、何かわかったら教えて。私も何か思い出したら教えるから」

ミアは、じゃあね、と言って手を振る。

エレベーターの扉が閉まった。

「彼女、ナオミさんとは仲が良かったんですね」

閉まった扉を見て、朱里が痛ましげに言う。

「七年前の事件のときの百瀬さんのこと、思い出してしまいました。無茶なことをしなければいいんですが」

「……そうだね。その前に、僕たちで犯人を見つけないとね」

七年前、まだ大学生だった千夏は、慕っていた先輩を失い、自分が囮になって犯人をつかまえると言い出したのだ。朱里や遠野が止めても聞かなかった。そして、その後事件は解決し、千夏も無事だったからよかったようなものの、作戦自体は失敗に終わった。

民間人に囮役を任せざるをえなかったことは――朱里自身が囮捜査の専門家であるからこそ――彼女にとって苦い記憶だろう。

囮捜査の話は、今は持ち出さないほうがよさそうだ。

＊＊＊

朱里は、支部に顔を出す前にナオミの検死に立ち会い、現場マンション周辺の防犯カメラについても確認しておきたいと言うので、遠野だけ、マンションの玄関にあったカメラのデータを持って、一足先に支部へ戻ることになった。

国内に住む吸血種からの、事件についての問い合わせが増えてきて、千夏とヴィクターは対応に追われている。これまでは、個人的な相談の電話がちらほらかかってくるくらいだったのだが、事件を知って不安に思う吸血種たちが多いということだろう。無理もなかった。吸血種ばかりが狙われる連続殺人なんて、前代未聞だ。

この時間でもまだ電話がかかってきているようだったら自分も手伝おう、と思いながら、遠野がちょうど支部の入っているビルの前まで来たとき、スマートフォンが震えた。

メールだ。気づかなかったが、その三分前に着信の履歴も残っていた。着信は支部の固定電話から、メールはヴィクターからだ。

『何時頃戻られますか？』

歩きながら画面を見ていると、エレベーターに乗ったところで二通目の短いメールが届く。

『お客様がいらしています』

客？　とエレベーターの箱の中で一人首をひねったが、返事を送るよりも、遠野本人が支部に着くほうが早い。

支部の廊下に面したドアは開いていた。ちょうど客を案内した直後らしく、面談室から出てきたヴィクターが、遠野に気づいて「おかえりなさい」と言った。安堵と困惑と警戒の入り混じった、複雑な表情だ。面談室の中にいる誰かがその理由らしい。

「トオノさん。お客様、というか……話をしたいという方が」

「僕に？」

ここに自分を訪ねてくるような誰かに、心当たりはない。そもそも今、日本に来ていることは、ほとんど誰にも知らせていない。いぶかしく思いながら、いったん執務室にコートを置いて、まだほとんど使われたことがないはずの面談室へ向かう。ヴィクターも、後ろからついてきた。

「新宿で、眼鏡をかけた男性と話をしたと言っていて……」

面談室のドアは開いたままになっている。ヴィクターが補足するのと同時に、入り口のすぐ近くに立つ男の、金色の髪が見えた。

「おお、これは……意外な展開」

ついさっき、警察で行方を捜すことになった本人が、自分から出頭してくるとは。

遠野が思わず呟くと、面談室を見回していたウォーカーは振り向いて遠野を目にとめ、軽く会釈をした。

ふてぶてしいというべきか、落ち着いているというべきか、仮にもハンターであるのに、それも、吸血種連続殺害事件の容疑者である身で対策室に乗り込んできたというのに、気負う風もない。

黒いパンツとシャツにカジュアルなコートという服装はシンプルで、態度も特に攻撃的というわけではないのだが、長身に加え、金髪とサングラスのせいで威圧感があった。

突然訪ねて来られて、ヴィクターはぎょっとしただろう。

「昨日、俺が一緒にいた女が、殺されたって聞いた。俺のこと、捜してるんじゃないかと思って」

彼は端的に用件を述べた後で、思い出したかのように、「急に悪いな」と付け足した。

部屋の外から様子をうかがっていたヴィクターはその様子を見て、なんだか思っていたのと違うぞ、と感じたらしい。「どうします?」というようにこちらを見るので、とりあえず話を聞いてみよう、という思いを込めて彼に頷いてみせ、遠野は椅子を引く。

「それで来てくれたんだ。助かるよ。こういう捜査は、初動が大事だから」

ウォーカーも、警察に行くよりは融通が利くはずだと思ったのだろう。実際、そのとおりだ。吸血種やハンターについて詳細を知っている同士のほうが、明らかに話も早い。

遠野が椅子を勧めると、彼は素直に座った。

ヴィクターが同席の許可を求め、ウォーカーが頷いたので、テーブルを挟み、二対一で向き合って座る。

「ウォーカーさん……だよね。VOIDの前で声をかけたときは知らなかったんだけど、後で同僚から聞いた」

遠野が確認すると、ウォーカーは頷いた。ヴィクターが、驚いた表情で遠野とウォーカーとを見比べる。ウォーカーの顔は知らなくても、名前は知っていたようだ。対吸血種事件対策班にいたときに、ハンターの一人として名前を聞いたことがあったのかもしれない。

「ハンターなんだってね。その割に、吸血種に対する嫌悪感みたいなのはあんまり感じなかったけど……」

「ハンター……ああ、まあ、そういうことになんのか。別に、吸血種を狩りたいって欲求はないけどな。ハンターってことにしておけば、同業者から情報が入ってくるから」

ハンターとして熱心に活動しているわけではなく、ただ手段としてハンターを名乗ってい る、ということのようだ。本人の言なので鵜呑みにはできないが、実際に彼と接して受ける、ある種ドライな印象とは合致する。

「ハンターになったのは、情報のため？　何か、目的があるんだね」

隠すつもりはないらしく、ウォーカーはあっさりと頷いた。

「人を捜してる。あんたたちがイレヴンと呼んでる、……この国じゃユエって呼ばれてた、吸血種だ」

どきりとした。

ユエは名の知れた吸血種なので、ハンターがユエを捜していても何も不思議はない――強力な吸血種と戦って名をあげたいと考えるハンターもいるだろうし、アンダーグラウンドで賞金くらいかかっていてもおかしくない——のだが、ウォーカーは賞金や名声を欲しがっているように見えなかった。かといって、ユエを捜しているという理由が、ポジティヴなものだとも思えない。ブラッドリーの例もある。

何より、ユエの名前を出したとき、ウォーカーの表情が変わった。抑えていてもわかる、強い感情が目に浮かんだ。

「ブラッドリーと、ＶＯＩＤで待ち合わせをしてたのは君？」

「ああ、時間を決めて待ち合わせてたわけじゃねえけど。着いたら店を覗いてみるって話してた。店じゃ会えなかったけどな」

「彼と組んでる？」

「いや……まあ、同業者として情報をもらってるって意味では、協力関係にはあるか」

質問に答えながら、ウォーカーはじっとこちらの様子をうかがっている。

ユエの名前を出されたときの反応を、不審に思われただろうか。表情には出さなかったはずだが、遠野がウォーカーの目の真剣な色を読みとったように、彼のほうも何か感じとったのかもしれない。

「色々訊きたいことはあるんだけど、まずは事件のことから……昨日の夜、ＶＯＩＤでナオミさんと会って、彼女の家に行ったのは間違いない？」

遠野とユエの関係を、彼がどこまで知っているのかはわからないが、ここは、あくまで対策室の一職員として彼に接するしかない。遠野がナオミの写真を見せると、ウォーカーは写真をちらりと見て肯定した。

「店の前で僕と話したときは、彼女を待ってたの？」

「ああ」

煙草の煙が苦手だからと言っていた。ナオミは喫煙者だったようだから、彼女が煙草を吸い終わるまで、外で待っていたのだろう。

「ナオミさんに声をかけたのは偶然？」

「いや。ユエの話をしているのが聞こえたから、声をかけたんだ」

「君は、ユエが、今回の事件に関係してると思ってるのかな。だから、ナオミさんに近づいた？」

ウォーカーが肯定したら、何故そう思うのかを訊くつもりだった。

しかし彼は、首を横に振り、短く答える。

「いや。事件には関係がない。個人的な理由だ」

ヴィクターが、無言で遠野を見た。何か言いたそうだったが、それをこの場で言う気はなさそうだ。

遠野はウォーカーに向き直り、質問を再開する。

「ナオミさんたちに声をかけて、どんな話をしたの？」

「十年以上前に、ナオミがユエに血をやったって話を聞いた。そのときのユエがどんな様子だったかとか、当時は未登録吸血種のリーダーみたいなことをやっていたのが、だんだん人前には出なくなってきたこととか……もうこの街にいないってことも。特に、目新しい情報はなかったな」

「その後、ナオミさんの家に行ったのは？」

「吸血種かと訊かれて、違う、頼まれて血をやることがよくあるから、気配がするだけだろうって答えたら、血をくれないかと言われたんだ。彼女は契約者のいない吸血種で、血の提供者を探していると言っていた」

ミアの証言と一致する。

自宅へ誘ったところを見ると、ただ血の提供を受けるだけでなく、彼と親しくなりたいという思惑が、ナオミにはあったのだろう。ウォーカーがどういうつもりだったのかはわからないし、結局、彼は早々にナオミの家を後にしてしまったわけだが。

「店の前でナオミさんと落ち合って、彼女の家に行ったんだよね」

ウォーカーは頷いた。

「あのあたりの地図、あるか？　裏付けがとれるように、動いたルートを伝えたほうがいいだろ」

ヴィクターがすぐにタブレットを持ってきて、地図アプリを起動させる。ウォーカーはVOIDを出てからナオミの自宅に着くまで、自分とナオミが通った道順を示してくれた。駅や道沿いの防犯カメラをチェックすれば、彼らの姿も映っているだろう。ウォーカーの言っていることが本当かどうか確認できる。

「マンションに着いたのが何時だったか、正確には覚えてねえけど、それはそっちでわかってるだろ？　入り口にカメラがあったよな」

「うん。君たちがマンションに着いたのは、十一時過ぎ。正確には、十一時三分だった。でも、君だけ、十五分くらいでマンションを出ているよね」

ミアの話では、ウォーカーに急用ができて、吸血行為に至る前に彼は出ていったとのことだった。

ウォーカーはこれにも頷き、淡々と答える。

「部屋にあげてもらって、飲み物を用意してもらった。けど、俺に電話がかかってきた。ブラッドリーからで、ユエに関する情報が入ったって連絡だった」

「それで、ナオミさんを置いて部屋を出た？」

彼にとっては、ユエに関する情報のほうが優先される事項だったということだ。

ナオミが愚痴を言いたくなるのもわかる。

「血はあげてないんだね」

「ああ。その前に出ていった。解剖とかしねえの？　俺の血を飲んだかどうかは、ナオミの身体を調べればわかると思う」

確認するには解剖結果を待つしかないが、いずれわかることについて、わざわざ嘘をつくとも思えない。この点は信じてよさそうだ。

ウォーカーにふられたナオミは、ミアに愚痴を言った後、誰か別の提供者を探しに、家を出たのだろうか。車を使うつもりで、駐車場につながる裏口から出たところを襲われた？

しかし、犯人は、ナオミが裏口から出てくることを予測できないはずだ。

駐車場にでも潜んで、ずっと様子をうかがいながらチャンスを待っていたか、そうでなければ、何らかの方法で、ナオミの行動を知ることができたか――。

「俺が部屋を出たとき、彼女は生きていた。殺害現場があのマンションなら、俺が出ていった後に誰か訪ねてきたはずだ。カメラに不審な人物は映っていなかったのか」

ウォーカーに言われ、

「君が出ていってから遺体が発見されるまでの間、正面玄関を誰かが出入りした記録はないんだ」

遠野が答えると、彼は黙り込んだ。

それで、あ、と気がついた。彼は、自分がマンションを出た後に、ナオミがミアに電話をかけたことは知らないのだ。

「だからって、君にしか犯行が不可能だったたってわけじゃない。出入り口は正面玄関だけじゃないからね。カメラのついていない裏口から侵入することも可能だった」

警察も対策室も、彼を犯人だと決めつけているわけではないと示すため、急いで付け足す。

そもそもナオミの遺体は建物の外、裏口を出たあたりで発見されているから、犯人はナオミを待ち伏せするなり呼び出すなりして殺害したのだろうが、彼の疑いが完全に晴れたわけではないから、詳しいことは話せない。ナオミからミアへの電話の件も伏せたが、ウォーカーは少し警戒心を解いたようだった。「そうか」と短く応え、小さく息を吐く。

「犯人に心当たりはある？」

遠野の質問に、彼は「いや」と首を振った。

ブラッドリーは、ユエの関与をほのめかすようなことを言っていたが、ウォーカーは違う考えなのか、それとも、それを遠野たちには隠しているのか。表情からは読み取れない。

「今回日本に来たのはいつ？」

ウォーカーがパスポートを出して見せる。出入国証印の日付は、小宮山の遺体が発見された後だ。

少なくともナオミの前の二件については、彼には犯行が不可能だったことになる。

「ブラッドリーは、今回の連続殺人にユエがかかわっているようなことをほのめかしていたけど、君もそう思う？」

パスポートをしまおうとしていたウォーカーは、その質問に動きを止め、顔をあげて遠野を見てから、

「わからない。関与していると示す根拠はないと思う。俺の知る限りでは」

感情を入れない口調で答える。

ウォーカーにも、ユエに対して思うところはあるようだが、彼はブラッドリーのように、凝り固まった先入観を抱いているわけではないようだ。

「君がナオミさんに声をかけたとき、ユエのことを訊いただろ？　君も事件のことを調べていて、だから、事件に関与している可能性のあるユエについて訊いたのかなって思ってたんだ。ハンターなら、犯罪を犯した吸血種を追いかけるのは当たり前だからね。でも、実際はそれが目的じゃなくて、ほかの理由でユエのことを訊きたかっただけ……ってことでいいのかな」

「事件に全く興味がないのかと言われると、そうとも言えない。ブラッドリーの奴が、連続殺人にはユエが絡んでるかもしれないって言うから、俺は日本に来たんだ。事件について調査することがユエに近づくことにつながるなら、あんたたちや警察、ブラッドリーとでも協力する。けど、俺の目的は事件の解決じゃなく、ユエを見つけることだ」

すべての情報を開示しているわけではないだろうが、少なくとも嘘はついていないようだ。それに、情報を伏せているのは、こちらも同じだ。

「ユエが今回の事件に絡んでいるかもしれないっていうのは、本当なのか？　ブラッドリーの思い込みじゃなく、根拠があることなのか」

今度はウォーカーのほうから質問される。

「どうだろう。その可能性がないとは言えない。わかっている限りでは被害者たちには接点ってほどの接点はなくて、共通点といえばＶＯＩＤの客だとかユエのファンだっていうことくらいなんだ。けど、そんなのは都内に住む吸血種では珍しくないっていうか、当たり前のことだしね」

捜査に関する詳細な情報を尋ねられても答えられないが、これについては正直に答えても問題ない。何しろ、こちらもほとんど何もわかっていないのだ。

遠野は知っているままを答え、「今調べてるところ」と付け加えた。

ウォーカーは何か考えているようだ。被害者たちが三人ともユエのファンだった、というところに反応したように見えたが、あまり表情に出ないのでわからない。

「ブラッドリーは、どうして、ユエが事件に関係しているって思うのかな。何か言ってた？」

「俺も同じ質問をしたけど、具体的な根拠は言わなかった。日本でユエの目撃情報があって、事件が起きたのと同時期だったから、結びつけただけだと思う。あいつはユエに恨みがあるらしいから」

その恨みについては、遠野も微妙にかかわっている。確かにユエはハンターに対して容赦がなかったし、遠野たちが止めなければブラッドリーは殺されていたかもしれない。しかしあれは、ブラッドリーのほうから仕掛けていって、いわば返り討ちに遭ったのであって、こてんぱんにされたからといって恨むのは筋違いな気がした。

ヴィクターがまた何か言いたげな顔をしていたが、結局口を開く気はなさそうなので、遠野が質問を続ける。

「その目撃情報って、いつ頃の話？」

「二件目の事件のすぐ後くらいだな」

その時点で、ユエが入国した記録はなかったはずだが、驚かなかった。ユエには、対面した相手の意識に干渉する能力がある。たとえば、似ても似つかない誰かのパスポートで入国して、入国審査の窓口で、自分がパスポートの写真と同じ顔に見えるように審査官の意識を操作するくらいは朝飯前だろう。記録を残さず入国することはたやすい。

目撃されたのが事件の後でも、いつから入国していたのかはわからない。ブラッドリーの説はただの決めつけで根拠のあるものではないにしろ、可能性の話をすれば、確かに、ユエは一連の事件の犯人でありうる。

「ハンターとしての君に意見を聞きたいんだけど……今回の連続殺人事件の被害者たちは、全員吸血種だ。それを、犯人は一撃で殺害している。手練れのハンターにならできるかな。正体を隠して後ろから一撃で殺す、って可能？」

「……難しいだろうな。吸血種は気配に敏感だ。後ろから誰か近づいてくれば気づく。一撃入れることができたとして、致命傷にはならないんじゃないか。最初に一撃入れて弱ったところに畳みかければ、最終的には殺害できるとしても」

それでは、ああいう遺体にはならない。戦闘の痕跡が残るはずだ。

しかし、ナオミだけでなく、三人とも、抵抗らしい抵抗もせず、後ろから首を切られている。あれは、明らかに不意打ちだ。

相当な実力があるハンターでも、ああいった方法での殺害は難しいとなると、犯人は被害者が油断するような相手——一見、脅威を感じないような相手か、知人の可能性が高い。被害者たちの接点を探すという捜査方針は、間違っていないはずだ。

「参考までに聞かせてほしいんだけど、何らかの事情で君が吸血種を一太刀《ひとたち》で殺さなきゃいけないとしたら、どうやる？　どうすれば可能か、と言い換えてもいい」

ウォーカーは数秒考えるそぶりを見せ、おもむろに答えた。

「相手が抵抗しないか、できない状況にしてから殺すしかないな。たとえば薬なんかで眠らせたり、身動きがとれない状態にしてから、純銀の刃で急所を切るなり刺すなりする」

遺体はいずれも屋外で発見されていて、殺害後に移動されたことを示す根拠は今のところ見つかっていない。可能性はあるが、室内で殺した遺体を、目撃されるリスクを冒してまでわざわざ屋外や車内へ運ぶ理由は思いつかない。被害者たちは、それぞれ、殺害現場に放置された——遺体発見場所が殺害現場と考えるのが一番自然だ。

車内で発見された小宮山はともかく、屋外で見つかった二人は、眠らされていたとは考えにくい。身体の自由を奪うような薬物を盛ったとしても、どこでその効果が出るかわからないことを考えると、屋外で犯行に及ぶにはリスクが大きすぎる。人目につかない場所に来たときを見計らってスタンガンのようなものを使えば、相手の抵抗を封じ込めることは可能かもしれないが、遺体に、スタンガンを使われたような痕は見つかっていないはずだ。

クロロホルム等の即効性のある薬を使ったとしても、身体に痕跡は残る。

「すごーく強いハンターでも、まず相手を無抵抗にしないと無理かな？　被害者との間に、相当実力差があっても？」

「想像がつかないけど、難しいと思う。そんなハンターがいるとは聞いたこともないしな。ハンターに限らず吸血種同士で戦闘力に差があっても、一撃というのは……背を向けている相手に、刃が届くまで近づいて、気づかれる前に致命傷を与えるというのはかなりハードルが高い」

不可能とは言えないまでも、相当難しそうだ。

しかし、ユエならば、相手を催眠状態にできる。そうでなくても、カリスマ的な存在であるユエを前にして舞い上がった被害者たちは、隙だらけで襲いやすい獲物だろう。

なるほど、ブラッドリーがユエを疑うのも、あながち、全く理由がないわけではないようだ。

「俺から提供できる情報はこんなもんだ。俺もまだ容疑者だろうけど、知ってることは話した。後はそっちで裏をとってくれ。もし本当に事件にユエがかかわってるとわかったら教えてくれ、何でも協力する。そうでなくても、まあ、言ってくれればできることは協力する。一応ハンターだからな」

用は済んだとばかりに、ウォーカーはそう言って席を立った。

「待って、もう一つ聞かせて」

慌てて引き止める。

「さっき言ってた、……ナオミさんの家にいたときにかかってきた電話の、ユエに関する情報って、何？」

ウォーカーは動きを止め、遠野を見る。

「悪いが、無償で提供できる情報じゃない。殺人事件には関係ない」

「……まあそうだよね」

被害者三人ともがユエと面識のある吸血種だったことを考えると、関係がないとも言い切れないが、彼にとっては個人的なことだ。

ユエが事件にかかわっていると決まったわけではないから、その動向は捜査上どうしても必要な情報とまでは言えない。

「じゃあ、僕の持ってる情報と交換っていうのはどうかな」

遠野は、わざと明るい声で言った。

「情報？」

ウォーカーが怪訝そうに訊き返し、ヴィクターは、ぎょっとしたように遠野を見ている。

「ユエの居場所に関する情報じゃない。僕だって、彼が今どこにいるかは知らない。でも、たぶん、君が持ってない情報を持ってる。ユエに関する情報なら、何でも欲しいってことなら」

「……聞いてから決めてもいいか」

ウォーカーは一度テーブルの下にしまった椅子をまた引き出して座る。

文字通り、話し合いのテーブルについてくれたようだ。遠野は「もちろん」と答えて、テーブルの上で指を組んだ。

「ユエに血を吸われたことがあるのが、ナオミさんの自慢だったそうだけど、ユエの血をもらって吸血種化した人間のことは知られてないよね」

「……トオノさん」

ヴィクターが、緊張した声で遠野の名前を呼ぶ。情報の流出をたしなめるというより、いいんですか、と言っているようだった。

遠野はあえてヴィクターには何も応えず、ウォーカーの反応を待つ。

これはあくまで遠野の個人情報で、対策室が門外不出としているような秘密ではない。遠野の判断で明かすことに、問題はないはずだ。

それなりにレアな情報だと伝わったのか、ウォーカーは一度ヴィクターを見てから遠野へ視線を戻し、口を開く。

「……ロウって奴か？　何年間か、ユエの契約者だったたって聞いた」

「彼はまだ吸血種化はしていないらしいよ」

「ほかにいるのか」

「あ、知らない？　よかった。じゃあ、君にとっては新情報だ」

わかりきったことをわざわざ口に出して確認する。ウォーカーは遠野の情報に価値を見出したようだ。姿勢を正して遠野を見つめた。

「ユエの血を受けた吸血種がいるのなら、それは重要な情報だ。契約者以上に、強くつながった関係だからな。ユエの連絡先を知っているかもしれないし、ユエがそいつの近くに現れるかもしれない」

「うーん、それはどうかわからないんだけど」

過剰な期待をさせては申し訳ないので、苦笑して首をひねる。

朔とは七年間、連絡をとっていない。向こうから接触してくる可能性はさておき、遠野のほうは、彼が今どこで何をしているのか、知りようもないのだ。

しかしウォーカーは「わかった」と生真面目な表情で言った。

「そいつの名前と引き換えなら、昨日の電話で聞いた内容は共有する。むしろ、俺の持っている情報はそこまで有用じゃないかもしれねえけど、それでもいいか」

「うん、もちろん。どんな情報がどこでどう活きてくるかはわからないしね」

どんな情報でも欲しいのは、お互い様だ。

もったいぶるほどの情報ではないと示すために、意識してさらりと、遠野は話し出した。

「ユエは七年前……まだ日本にいた頃、事件に巻き込まれて瀕死の状態に陥った友人に、自分の血を与えたんだ。その人間は、ユエの血を飲んで吸血種になって、その回復力のおかげで一命をとりとめた」

七年前の事件のことは、ウォーカーは当然知っていたのだろう。どんな事件か、とは言わなかった。

「日本人か。……どこにいる？」

「ここ」

遠野は自分の胸に片手を当てて、正面から、ウォーカーの視線を受けとめる。

「ユエの血をもらって吸血種になった人間は、僕だよ」

自分や対策室の知る限り、ただ一人の、ユエによって吸血種化した人間だ。とはいえ、ユエにしてみれば、目の前で死にかけている親友を放っておけなくて、半ばなりゆきで血を与えることになっただけで、別に遠野がユエによって選ばれた特別な存在というわけではない。

ユエにとって、数少ない友人の一人であるという以上の価値は自分にはないと思っているが、事実として、自分の存在は特別に見えると遠野もわかっていた。

だから、余計なことは語らずに、シンプルに事実だけを告げる。

沈黙の後、ウォーカーは、そうか、と言って一瞬目を伏せ、すぐに頭を切り替えたように顔をあげた。

「名前を教えてくれ」

「花村遠野。ちょっと待ってね、連絡先渡すから」

面談室のテーブルに置いてあるメモ帳を一枚破り、名前と電話番号とメールアドレスを書きつけて手渡した。

「でも、僕はユエと連絡をとってない。とり方もわからない。あいつのことだから、どこかで僕の情報を得てはいるかもしれないけど、僕の近くにいればあいつが現れるなんて保証はないよ」

「それでも、貴重な手がかりだ。プライベートな情報だな。ほかのハンターには漏らさないと約束する」

ウォーカーはメモを確認して、スマートフォンを取り出した。

「……こっちの情報だ。ユエが今、日本にいることが確認できた。何も知らないどこかの誰かが、ＳＮＳに、隠し撮りした写真をあげたんだ」

　スマートフォンの画面を見せてくれる。ＳＮＳの画面をスクリーンショットしたものが表示されていた。

『何かイケメンいる。モデルさんぽい』という一言とともに、隠し撮りしたことが明らかな写真が投稿されている。七年ぶりに見る、親友の横顔が写っていた。当然だが、当時と少しも変わっていない。

「この投稿は、今は削除されてる。ユエが気づいて手を回したんだろうな。撮影された場所を特定して行ってみたが、手がかりは残っていなかった。この画像は、今そっちに送る」

　ウォーカーがスマートフォンを操作すると、たった今彼に伝えたばかりのアドレス宛に、画像が送られてきた。特定したという撮影場所についても記載がある。都内だ。

　周辺のカメラを調べればある程度は足取りを追えるかもしれないが、今は、そのために割ける人手はないだろう。まだユエが事件に直接関係していると決まったわけではない以上、殺害現場周辺のカメラを調べるほうが優先だ。それに彼のことだから、そうそう簡単に痕跡を残すとも思えない。

　現段階では、ただ、国内に、それも都内にいることが確認できただけで収穫とするべきだった。ブラッドリーの思い込みではなく、現実に。

「ユエが事件にかかわっているのかどうか、俺が情報をつかんだら対策室と共有する。そのかわり、ユエについての情報が手に入ったら、可能な限りでいい。そっちも共有してほしい」

遠野の一存ではイエスと答えられないとわかっているのか、返事を待たずにウォーカーは立ち上がった。

じゃあ、と言って今度こそ出ていこうとするウォーカーを見送るため、遠野とヴィクターも廊下を出て、エレベーターホールまでついていく。

最後にもう一つ訊きたいことがあった。

あのさ、と声をかけると、ウォーカーは肩越しに振り返る。

それこそ事件には関係のないプライベートな情報なので、答えてもらえないかもしれないが、訊くだけならいいだろう。

「どうしてユエを捜してるのか、訊いていい?」

ウォーカーは驚いた表情をした。

「知らないのか」

遠野に確認するというより、思わず呟いたという様子でそんなことを言う。

遠野が、あれ、そんな有名な話?　とヴィクターを見ると、彼は眉を下げ、言葉を濁した。

どうやら、ヴィクターのほうは知っているようだ。

ウォーカーにも、それは伝わったらしい。

彼は一言、そうか、と呟いて、遠野に向き直った。

「会って、訊きたいことがある。答えを得られたら、その後どうするかは、そのとき考える」

答えられる限りで誠実に答えてくれたのがわかったが、結局、具体的なことはほとんど何もわからない。

ウォーカーはそれ以上は何も言わず、到着したエレベーターに乗り込んだ。

ドアが閉まる前にひょこりと会釈をした彼に、遠野も会釈を返した。


ウォーカーを乗せたエレベーターの下降していく音を聞きながら、遠野はその場に立って、うーん、と眉根を寄せる。ヴィクターが、どうかしましたか、と声をかけた。

「彼に何か……？」

「いや、目つきが悪くて不愛想だけど、話すと思ってたより感じよかったなと思って」

「それが？」

「もしかしてライバルなのかなと思って、ちょっと警戒してたんだ。でも、たぶん違うかな……あの感じだと。よかった」

「……何のことですか」

ヴィクターは怪訝な表情をしている。

防犯カメラの映像からウォーカーが浮上したときから感じていたが、ウォーカーの話をするとき、朱里が遠野の顔をまっすぐ見ないのが気になっていた。

彼女はもともと感情が表情に出にくいタイプだが、遠野に対してはそうでもない。

遠野も、再会してからずっと朱里を見つめ続けてきたのだから、彼女が動揺すればすぐにわかる。

朱里は、ウォーカーを知っていると言っていた。仕事上で何かあったのなら、その情報を伏せる意味はないはずだ。とするとプライベートで、自分に言いにくいこと……そう考えたとき、まさか、朱里は以前ウォーカーとつきあっていたことがあるのでは、という可能性に思い至った。

しかし、冷静になってみればその可能性は低い。朱里は業務に影響が出るからと異性との接触を避けていたはずだし、ウォーカーとは交流がなかったとも言っていた。朱里はそういうところで嘘はつかない。交際の線はないと考えていいだろう。

どこかで彼を知る機会があって、朱里のほうがひそかに好意を持っていた、という可能性も考えたが、今思えば、彼女の表情は、そんな感じではなかった気がする。

自分に気を遣っているようだ、と感じたから、すぐに恋愛に結びつけて考えてしまったが、何か別の理由があるのかもしれない。

「朱里さん、僕にウォーカーのことを話すとき、何かちょっと話しにくそうにしてたんだよね。個人的に彼を知ってる、みたいなことも言ってたし。だから、もしかして、個人的に交友があったのかなって――あ、別に、朱里さんとウォーカーの間に昔何かあったとかでも、僕は気にしないよ。だって今は僕と一緒にいるんだし、朱里さんが僕に気を遣ったなら、むしろ可愛いなっていうか、それって僕のことが大事だからだよねって嬉しくなるっていうか」

いつもの調子で話し出して、ふと気づくと、ヴィクターは困ったような顔をしていた。

遠野が朱里について語るのを聞くとき、皆が浮かべる、呆れるような苦笑や、うんざりした表情ではない。ウォーカーの話題が出たときの朱里の表情と似ていたが、違うのは、ヴィクターは遠野を見ているということだ。つまり彼は、話しにくいと思いながらも、そのことについて話す気がある。

「あ、何か言いたそうな顔。心当たりがあるんだ」

遠野が指摘すると、ヴィクターは「まあ」と認めた。

「それは、トオノさんが思っているような理由じゃないです。たぶん……トオノさんが、ユエの友達だから」

俺も、本部にいた頃に事件記録を読んだだけなんですが、と前置きしてから話し出す。

「ウォーカーは子どもの頃に、父親を吸血種に殺されているんです。犯人はまだつかまっていませんが、事件現場の近くで目撃された男の外見が、当時ハンターに追われていた吸血種に似ているとされて、その吸血種が重要参考人扱いになりました。一部のハンターが、長い間行方がわからなかったその吸血種を発見し、確保のために動こうとした矢先の事件だったそうです。ハンターも警察も彼を取り逃がし、対策室は後から報告を受ける形になりました。当時十一歳だったウォーカーは、血の海になった自宅へ帰宅して……犯人の男と鉢合わせした、とされています。犯人は彼には何もせず立ち去り、ウォーカーには傷ひとつありませんでしたが、ショックのせいか、犯人の顔を全く覚えていなかったそうです」

父親の殺害された現場を見てしまったのなら、記憶をなくすほどショックを受けたとしても不思議はない。しかし、別の可能性も考えられた。たとえば――その犯人に、他人を催眠状態にしたり、記憶を操作したりできるような能力があったとか。

朱里やヴィクターが話しにくそうにしていた理由にはすぐに思い至ったが、あえてそこには触れず、先に細かい疑問点について確認しておくことにする。

「ウォーカーの父親は、どうして殺されたのかな」

一般的な話をすれば、吸血種であることを知られ、口封じのために相手を殺す必要が生じることもないとは言い切れないが、そんなことは、ヒトがヒトを殺すのと同じくらい、いや、それ以上にレアなケースと言っていい。人目を忍んで生きている身にとって、犯罪を犯して事件の容疑者になるというのは最も避けたい事態のはずだ。

血が欲しいなら――提供者がいない場合でも、酔わせて眠らせた相手の血を吸うとか、もっとリスクの少ない方法はいくらでもある。

まして、犯人が、ウォーカーの記憶を操作できたなら――ユエのように特殊な能力のある吸血種なら、自分の秘密を知った人間だって、相手の記憶をいじれば済む。口封じは、殺さなくてもできるのだ。

「なんでも、ウォーカーの父親は、吸血種の研究をしていたそうです。殺し方や、人間に戻す方法などを……現場に残っていた資料からは、決定的な新情報は発見されなかったようですが。有用なものがあったとしても、犯人が持ち去るか処分するかしたのかもしれません」

「ふーん、それなら、吸血種に狙われる理由はあったのか」

「本人もそれは警戒していたようで、一か所にとどまらずに世界中を転々として、痕跡を残さないように、気をつけていたみたいです。いくつも偽名を使っていて、息子のリオウ・ウォーカー以外の家族の有無や、出身地など、素性ははっきりしていないままです」

ウォーカーとも血縁関係はなく、身寄りのなかった子どもを拾って面倒をみていただけのようです、とヴィクターは付け足した。

「そんな研究をしていたから、覚悟はしていたのかもしれません。ウォーカーの父親は、財産の一部を、息子の名義にしていました。いつか自分の身に何かあったときのためにと思ったんでしょう。そのおかげで、ウォーカーは孤児になってからも、生活に困ることはなかったそうです」

「いいお父さんだったんだね」

「はい。……その父親の殺害現場を、子どもだったウォーカーは見てしまったんですから、ショックだったでしょうね。遺体はばらばらで、ほとんど原形をとどめていなかったそうです。当時の記録では、衣類や身体的特徴から、息子が遺体を確認したとありましたが……」

ウォーカーが確認したのか。それは、子どもにとっては酷なことだっただろう。

かつて、腕のちぎれた親友の遺体を目撃してしまったときのことを思い出し、遠野は眉根を寄せた。

「そんな過去があったにしては、彼は、吸血種に対する態度がニュートラルだね」

「はい。珍しく、建前通りの行動をしている……なんというか、品行方正なハンターです。

犯罪を犯した吸血種をとらえれば、対策室に引き渡してくれますし……それどころか、彼は以前、対策室に所属していたこともあるんですよ。確か、短い間だったはずですけど」

「元対策室職員で現ハンター？　それは……異色の経歴だね」

ウォーカーは、ユエを捜すためにハンターになったと言っていた。対策室に入ったのも、同じ理由だろう。

朱里がウォーカーを知っていると言っていたのは、元同僚として、という意味だったのだ。

「対策室に所属していたときも、特に問題行動があったわけでもなく、勤務態度は真面目だったそうです。登録済の吸血種に対して攻撃的な態度をとることもなかったと」

彼の背景を考えれば、吸血種すべてを殲滅《せんめつ》したいほど憎んでいたとしてもおかしくない。

しかし彼は、対策室に協力的で、それどころか、自ら所属していたことまであるというのだから、すさまじい自制心の強さだった。どういう心境なのか、想像するとぞっとするほどだ。

「むしろ女性に好かれるタイプだったらしくて、吸血種の女性に血を吸わせてほしいと頼まれて、提供することもよくあったようです。血を吸われることにも抵抗はないみたいですね。在籍中、吸血種とのトラブルは一切報告されていません。吸血された後って、急に身体能力があがりますから、それに慣れていない頃に、コントロールができなくて器物損壊とか、それくらいのことはあったみたいですけど」

「あー、それ、吸血種になった直後も同じ。あるあるなんだよね。まあ僕は普段から穏やかに生活してるから、そんなに苦労もしなかったけど」

器物損壊程度で済んだということは、ウォーカーも、日頃からさほど荒んだ生活はしていなかったのだろう。

父親を殺した吸血種は憎くても、それ以外の吸血種一般にまで憎しみの範囲を広げることはなかったようだ。それは正しい姿勢であるはずなのに、純粋に評価して好感情を抱くことができなかった。何かひっかかる。

家族を奪われ、その現場を目撃までして、そんな風に頭を切り替えて感情をコントロールできるものだろうか。子どもの頃ならなおさらだ。

最初は復讐心にとりつかれていたものが、十数年の間に何か気持ちが変わるきっかけのようなことがあったのかもしれない。十年も経てば、どんなに強い感情も、少しずつ薄れていくものだ。

時間が経って、ようやく、仇と吸血種一般を分けて考えられるようになったということも考えられる。だとしたら、そうなるまでは苦労があったはずだ。あるいは、表に出さないだけで、今も心の奥に深い憎しみを秘めているのかもしれなかった。

少なくとも、父親を殺した、一人の吸血種に対する憎しみは、消えていないだろう。

「それで、その、重要参考人扱いの吸血種っていうのが……」

もう答えはわかっているようなものだったが、確認のために訊く。

ヴィクターは神妙な表情で頷いた。

「当時、対策室内ではイレヴンと呼ばれていましたが……この国ではユエと名乗っていた、彼のことです」

「だよねえ、やっぱり」

思わず声に出てしまった。

ヴィクターは、「はい」と再び頷く。

朱里は、遠野を気遣ったのだろう。彼女は七年前の事件の後、ユエのことを調べていた。彼が過去に関係したと思われる事件についても、当然確認したはずだ。ウォーカーが、ユエが容疑者となっている事件の被害者遺族であると知っていたから、遠野の前ではできるだけ、彼の話題に触れようとしなかったのだ。

遠野がユエの友人で、命を救うために血を与えられたと聞いたときのウォーカーの様子を思い出す。わずかに目を見開いたものの、彼はほとんど、表情を変えなかった。少しの間黙ってしまったが、口を開いたとき、その声は落ち着いていた。

遠野にも憎しみの目を向けてもおかしくないのに、つくづくウォーカーは理性的というか、公正な男であるらしい。

「百瀬さんには、連絡した？」

ヴィクターは首を横に振った。

「していません。彼はトオノさんを訪ねてきたので、トオノさんにまず連絡をと思って……アカリは、トオノさんと一緒にいると思ったので。そうしたら、トオノさんがすぐに戻られたので、そのまま」

支部へ訪ねてきた人間について、支部に所属する千夏より先に遠野たちに連絡をしたのは、朱里がこの事件の捜査のために派遣された専門家であるから——というのもあるだろうが、主に、千夏の精神状態を気遣った結果だろう。

彼女が、ウォーカーの父親の事件について、そしてユエが容疑者となっていることについて、知っているかどうかはわからない。しかしもし知っていたとしても、被害者の息子と対面すれば平静でいられないのではないか。ヴィクターはそれを懸念したのだ。

千夏は、少なくとも遠野よりは、彼に対して夢を持っているだろうから、心配になる気持ちはわかる。

「百瀬さんも、実際にこの場にいたら、そこはちゃんと割り切って、冷静に対応したと思うよ。ユエはまだ重要参考人ってだけで、犯人だと決まったわけじゃないし……犯人側にも事情があったのかもしれないし」

「……そうですね。気を回しすぎたかもしれません」

プロフェッショナルである同僚に対して、かえって失礼な気遣いだったと思ったのか、ヴィクターは反省するそぶりを見せたが、

「でも、きっと、表には出さなくても、動揺したと思う。準備する時間が必要だったと思うよ」

遠野が言うと、彼はおずおずと顔をあげた。

「百瀬さんのこと、気にかけてくれてありがとう」

千夏の先輩として、ヴィクターが彼女の仕事仲間でよかったと思っていた。

彼は、「いえ」と応えて目を逸らした。ずれてもいない眼鏡の位置を調整し、執務室へと歩き始める。

その後についていきながら、遠野は、ウォーカーとその父親の事件のことを考えた。

おそらく、今起きている連続殺人とは何の関係もない事件だ。十数年前のことで、今さら遠野に何ができるわけでもない。今は、連続殺人事件のほうに集中すべきだ。

しかし、もしもその事件の犯人がユエなのだとしたら、無視もできない。事件の加害者と被害者遺族とが、どちらも都内にいて、片方はもう一方を捜しているのだ。遭遇してしまっ

た場合、トラブルにならないわけがない。

その対策は対策室の管轄業務と言えるし、放っておけば、新しい死傷事件に発展しかねない。

吸血種に関する、それも、弱点に関するものだったというウォーカーの父親の研究は、それほど脅威となるような内容だったのだろうか。ユエは、その研究をおそれて、吸血種全般のためにウォーカーの父を殺したのだろうか？

そういう行動原理は、彼らしくないような気がした。むしろ、個人的に確執があったというほうが、まだ納得できる。

日本国内では未登録吸血種のカリスマなどと祭り上げられていたが、彼自身は元来個人主義的で、人の上に立って皆を引っ張っていこうなどという気質ではない。

しかし、「彼らしくない」という遠野の感覚だけでは、もちろん、ユエを容疑者から外すことはできない。

ユエ本人に訊く機会があればいいが――その前にウォーカーが彼を見つけてしまわないよう、祈るしかなかった。

ウォーカーの事情を知ってしまった以上、二人を会わせるわけにはいかない。朱里や千夏が支部へ戻ってきたら、対策を相談しなければならないだろう。

「百瀬さんには、僕から話そうか？」

「……いえ、俺から話します。ウォーカーが来たとき、最初に対応したのは俺ですから」

ヴィクターがちらりと時計を見て答える。朱里はともかく、千夏はそろそろ帰ってきてもいい頃だ。

ウォーカー本人がいないところでなら、彼女が多少動揺しても問題はない。下手に気を回さず、ストレートに事実を話すのが一番だろう。

面談室の電気を消し、執務室に戻る。ヴィクターは電気ポットに入っているお湯の残量を確かめてから、沸騰のスイッチを入れた。

遠野も借りているデスクへ行き、スマートフォンを出して朱里にメールを打った。朔が国内にいることは間違いなさそうだと、ウォーカーにもらった画像を添付して送る。

少し考えて、ウォーカーに会って話を聞いた、と追伸メールで報告した。

今回の事件に関してだけでも、朔には聞きたいことがいくつもあるが、それにはまず、ウォーカーより先に彼にたどりつく必要がある。

ウォーカーは冷静に見えたが、仇敵を前にしても落ち着いていられるとは限らない。

ユエに会って訊きたいことがあると言っていたが、それが本心なのか、遠野たちの手前、復讐という言葉を避けただけなのかはわからなかった。

遠野は借り物のデスクの引き出しから、自分の描いた朔の似顔絵を取り出して、それをスマートフォンで撮影した。原本のほうは、二つに折って、段ボール箱に投げ込まれている、シュレッダー行き書類の中に紛れ込ませる。

ヴィクターはその様子を見ていたが、何も言わなかった。

「さっきウォーカーが言ってた……ユエに会って訊きたいことって、何だと思う？」

遠野が尋ねると、ヴィクターは少し考え、

「何故、養父を殺したのか？　ですかね」

シンプルに答える。

まあ、そうか、と遠野は短く返した。

家族を殺された遺族が、加害者に対して向ける質問としては一番一般的だろう。

トオノさんはどう思うんですか、と問われ、遠野も頭に浮かんだ答えを言った。

「養父を殺したのはおまえなのか？　とか」

「ああ……」

ウォーカーなら、まずそこを確かめそうだと思った。おまえが殺したのか。イエスという答えが返れば、次に何故と問い、復讐はその後だろう。

「ユエの友人として、っていうより……トオノさん、割とウォーカーに対して好意的な見方をしますね」

「うーん、何か、悪い人じゃなさそうだなって思うんだよね。なんなら、ユエより断然善人の空気を感じる。子どもの頃から何年もユエを捜してるっていうのも、なんていうか、いつか朱里さんと会えるって信じてた自分に重なって応援したくなるっていうか」

「いや、それ一緒にしちゃだめでしょう」

ヴィクターに呆れた顔をされたが、本音だった。遠野の場合とはむしろ正反対の感情だろうが、会えるという保証はない、手がかりもほとんどない相手を何年もの間追い続けるというのは、並大抵のことではない。それだけで、遠野としては親近感を抱いてしまう。

しかし、ウォーカーのほうに正義があるとしても、復讐を遂げさせてやるわけにはいかない。遠野は対策室の職員で、そういったトラブルを防ぐのが仕事だし、一応朔は親友だ。

親友なのにあいつがそんなことをするわけない、とは断言できないのがつらいところだった。

ウォーカーの父親がどんな人間だったかは知らないが、朔は自分の敵に対しては容赦がない。

「ユエは、今回の事件にかかわっていると思いますか？」

「間接的にはね。ユエの関係者が襲われてるのは、どうやら間違いがなさそうだし。あいつ、いろんなとこで恨み買ってそうだから、それがらみじゃないかと思うんだけど……それにしては、犯人のやり方は迂遠《うえん》な気もするんだよね」

ヴィクターは、ウォーカーが訪ねてくる前に、コーヒーを淹れようとしていたらしい。インスタントコーヒーの粉が、マグカップに入ったままになっている。彼はそれを遠野に見せ、飲みますか、と訊いた。遠野が頷くと、カップをもう一つ出して、コーヒーの粉を入れた。

「これは千夏さんには言えませんが……ユエ本人が犯人という可能性はないでしょうか」

沸かしなおしたお湯をカップに注ぎながら、言いにくそうにヴィクターが言う。

千夏には言えないが遠野には言ってもいい、と判断しているあたり、観察眼がある。

「絶対ないとも言えないけどね。ブラッドリーなんか最初っからそう決めつけてるみたいだし……動機はさておき、確かに、あいつなら被害者を一撃で殺せるだろうし」

立ち上がってカップを受け取り、遠野はコーヒーの香りの湯気を吸い込んだ。

「でもね、あいつ、身内には優しいんだよ。たとえば百瀬さんにとっては、いい先輩だったと思うな。最初から最後まで」

ま、それもあいつの性格が悪くて、友達が少ないからなんだけどね、と付け足して笑った。

ヴィクターは笑わず、そうなんでしょうね、とだけ答えて口をつぐんだ。

彼は口に出さなかったが、何を思っているのか、遠野にはわかった。

辻宮朔は作り物だったかもしれないが、千夏にとってはいい先輩だった。最後までかっこよくていい先輩のままいなくなってしまったから、いつまでも忘れられないのだ。

罪な男だなと、遠野も思っていた。

「ユエには敵も多いけど、熱狂的なファンもたくさんいますよね。それこそ、今回の被害者三人もそうです」

しばらくの間黙っていたヴィクターが、何か思いついたような表情で口を開く。

「たとえば彼らが、ストーカーみたいになっていたという可能性はないですか。ユエにとって、彼らが疎ましい、もしくはそれ以上に、危険な存在だったとしたら」

自分の考えをまとめるように、確かめるように言葉をつなげ、そこまで言った後、顔をあげて遠野を見た。

「それなら、ユエにも動機はあるし、ユエ本人じゃなくて、たとえばユエを守ろうとする誰かが、彼らを殺したということも考えられます」

「今回の事件の犯人がユエの敵とは限らないってことか……確かにね」

何年も前に日本を出ているユエにとって、熱狂的な信奉者の存在が何らかの障害になるとも思えないが――そもそも、ユエなら、そういう存在は利用しようと考えそうだが――ユエ本人が何とも思わなくても、彼らがユエの脅威になりうると考える者はいるかもしれない。

行きすぎた信者を排除することがユエのためだと考えた誰かの犯行、という線はないとは言い切れない。

「でも、ユエの居場所は対策室もハンターもつかめてないわけだから、ストーカーに特定できるとも思えない。彼らがストーカーだったとしても、ユエにとっての脅威にはならないんじゃないかな」

「ああ……そうか。……それならやっぱり、ユエの腹心か、その候補を、ユエに敵対する何者かが排除して、ユエの勢力を削ごうとしたとか。彼らはいずれ日本を出て、ユエと合流する予定だったのかもしれませんし」

「うーん、ナオミさんと話した感じ、そういう雰囲気でもなかったけど……」

まあ、見た目や、少し話しただけではわからないこともある。被害者たちがユエと通じていて、秘密の計画があったのだとしたら、それを吹聴したりはしないだろうし――その割には、VOIDで大声でユエの話をしていたようだが。

「でも、もしそうなら、三人とも一撃で殺されてるのが引っ掛かるんだよね。ユエの腹心が、あっさりやられるかなっていうのはまあ置いておくとしても、ユエに敵対する誰かが、ユエの腹心に近づいたなら、ユエの居場所とか情報を訊き出そうとするんじゃないかな。三人の遺体には拷問の跡も戦闘の跡もなかったわけだから」

ユエ派とアンチユエ派の争いなら、被害者が一撃で——油断しきった状態で殺されているらしいのはおかしいし、被害者となった彼らが、ユエ派の中で重要なポジションにいたという話も聞かない。

「ユエの情報が欲しいとか勢力を削ぎたいとかなら、やっぱりロウくんが無事なのはよくわからないし。吸血種以外は殺さないってポリシーがあるのかもしれないけど……やっぱり、何かしっくりこないなあ」

ユエと誰かの間に勢力争いがある、あるいはあったという話自体、聞いたこともないのだ。日本を離れたユエはずっと行方知れずだったわけだし、ユエがいなくなった後誰かが国内の吸血種たちのリーダーシップをとったという話もない。

遠野はコーヒーカップを置いて伸びをし、息を吐いて椅子の背にもたれた。

「動機がポイントになりそうな気はするんだよなあ。でも、動機って、考え出すと無限にあるというか、何でも動機にはなりうるから」

そうですね、と認めてヴィクターはコーヒーを飲み、少しの沈黙を挟んで顔をあげる。

「トオノさんが誰かを殺すとしたら、どういう相手だと思いますか」

目先を変えてみよう、という意図なのか、そんなことを訊いた。

遠野は、天井を見上げてしばらく考えてから答える。

「恋敵とか」

「……ああ」

「いや、そこ納得されちゃうと……。冗談だったんだけど。殺さないよ、恋敵だからって」

そんなことをしたら朱里が悲しむ。もちろん極力気づかれないようにするが、万一知られてしまったとき、彼女の信頼を失うことにもなる。そんなリスクは冒せない。

恋敵を排除するなら、もっと穏便で、自分の株が下がらない手段を選ぶつもりだ。

笑って否定したが、ヴィクターは、「この人やりかねないな」というような目でこちらを見ている。しかも、特に引いている様子もなく、「やっぱり」という表情をしているのには苦笑するしかなかった。

「でも……ほとんど勘なんだけど、今回の事件の動機は、案外、僕たちが考えてるより単純なんじゃないかって気がする。犯人や被害者が吸血種だからって、特別な動機とか背景があるとは限らないんじゃないかな」

ユエに敵対する勢力があるとか、被害者たちが犯人やその身内にとって何らかの理由で脅威だったとか、そんな事情があれば、捜査の過程で噂くらいは入ってくるはずだ。

三人も被害者が出て、犯人につながる具体的な情報が出てこないのは、動機が犯人の内面にしかないからではないか。

「難しく考えすぎてたかもしれない。吸血種だって、ヒトと同じで、好きとか嫌いとか嬉しいとかむかつくとかそういう気持ちがあって……だから動機も、案外そういうところにあるかも」

だとしたら、動機から犯人を捜し出すことは難しい。個人的には、動機は一番気になる部分だが、捜査をするうえではそこに固執すべきではないのかもしれない。動機はひとまず置いておいて、物理的に犯行可能な者を絞り込む？　しかし、それができるほどの物的証拠は出ていない。犯行現場付近の防犯カメラの映像から何か出ればいいが、動機からたどることができないとなると、打つ手はかなり限られてくる。

ちょうど遠野がコーヒーを飲み終わったとき、エレベーターが到着する音がかすかに聞こえた。朱里にしては早いから、千夏が戻ってきたのだろう。廊下を近づいてくる足音に、誰かと話している声が重なる。

「面談室があるので、こちらへどうぞ。先輩たちにもすぐ連絡しますから」

最初は電話で話しているのかと思ったが、どうやら連れがいるようだ。

相談希望の吸血種を連れて戻ってきたのだろうか。遠野とヴィクターが立ち上がり、執務室のドアを開けると、客を面談室へ案内しようとしていたらしい千夏が振り向いて、ほっとした顔をした。

「遠野先輩。よかった。朱里さんはまだですよね？」

「うん、まだ帰ってないけど。……誰か一緒？」

よかった、とはどういう意味だろうと思いながら、遠野は彼女の後ろに目を向ける。

千夏の肩ごしに、見覚えのある黒い革のライダースジャケットが見えた。

「……今日は珍しいお客が続くなぁ」

千夏の後ろには、不本意そうな顔をしたロウが立っていた。

5

ＶＯＩＤの表には、珍しく、貸し切りの札がかかっている。

貸し切りとはいっても、これは何も知らない一般客が迷い込まないようにするための措置で、実質的には、吸血種や契約者、提供者は誰でも入れる。もともと、ほとんどの客が吸血種とその関係者ばかりの店だ。入り口で朱里や遠野がチェックをして、吸血種の気配を感じない客は店に入れないことにしていたが、そんな客は一人も来なかった。

「おめでとうございます、ついにって感じですね」

「マジで待ってました。嬉しいっす」

奥のソファ席に陣取ったロウに、常連客たちが次々と挨拶をしに来るのを、遠野は入り口付近に立ったまま観察する。

テーブルもカウンターも席はすべて埋まり、立ったままグラスを持っている客も何人かいた。

今日は、ロウがとうとう吸血種になる前の最後の夜だ。と、いうことになっている。

二日前、対策室の日本支部事務所を訪れたロウは、「吸血種になろうと思う」と言った。

都内の未登録吸血種たちの顔役として、彼らに頼られているロウが、いよいよ吸血種になるということ自体は、驚くようなことではない。むしろ遅かったくらいだが、何故それをわざわざ対策室へ宣言しに来たのかが不思議だった。今や都内の未登録吸血種のリーダーのような立場の彼が、まさか、名簿に登録するつもりもないだろうに。

しかし、ロウが、大々的にＶＯＩＤで最後の夜を祝うつもりだ、と続けたので、遠野は彼の意図を理解した。先にロウから話を聞いていたらしい千夏は、なんともいえない表情をしている。

「これ以上被害者が増えるのを、黙って見てるわけにもいかねえからな」

表情から、遠野が自分の目的に気づいたと察したのだろう。ロウは端的に告げた。

「俺が吸血種になりさえすれば、どう考えても俺が狙われるだろ」

彼は、自分が囮になるから、犯人をつかまえろと言っているのだ。

囮捜査については、遠野も考えなかったわけではない。朱里たちも、選択肢の一つとして考えていただろう。

吸血種なら誰でも被害者になりうる、となると、さすがにターゲットが広すぎて、囮捜査の有効性には疑問があったから、具体的な実行予定はなかったが、被害者が三人になり、ユエに恨みを持つ、あるいはユエを捜している犯人が、その関係者ばかりを狙っている可能性が浮上してきた。

　となると、囮捜査は俄然意味のあるものになってくる。

　国内にいる、ユエに関係の深い者として、皆が真っ先に思い浮かべる存在が、ロウだ。

　遠野たちの予想通り、犯人がユエの関係者を襲っているのだとしたら、誰もが知るユエの腹心であったロウがこれまで犯人に狙われなかったのは、ひとえに、彼が吸血種ではなかったからに違いない。

　彼が吸血種になったと噂を流せば、犯人が釣れる可能性はかなり高いと言える。

「ロウさんは民間人ですから、朱里さんが許可するわけないって言ったんですけど……」

「いや、百瀬さんがそれ言ってもね？」

　思わず遠野が言うと、千夏は「ですよね」と肩を落とした。

　ロウが囮捜査を思いついたことには、少なからず、過去の彼女の行動の影響があるはずだ。

「別に、あんたたちの許可がなくてもやるってのは変わんねえよ。一応話は通しておこうと思っただけだ。協力してもらえりゃ、成功率はあがるし」

　七年前の事件の際、ただの大学生だった千夏が囮になると言い出したときも、朱里たちは、「目の届かないところで危険なことをされるよりは」という理由で許可をした——許可せざるをえなかったのだった。

ロウなら自分の身は自分で守れるだろうという意味では、千夏のときより不安は少ないが、危険なことに変わりはない。まして今回の犯人は、吸血種の被害者を三人も一撃で殺しているような相手なのだ。

本来なら、千夏の言うとおり、民間人であるロウに命がけの囮役をさせるわけにはいかない。しかし、それしか手がないこともまた、事実だった。

ユエに近しい者ほど狙われるだろうことを考えれば、遠野でもいい、というか、本当なら遠野が最も適した囮なのだが、遠野がユエの血をもらった吸血種であることはほとんど知られていない。プライバシーを犠牲にして公表したとしても、皆が信じるかどうかわからない。噂が広まるまでに時間もかかる。

その点ロウは何年もの間ユエの側近であり、契約者でもあったことを、皆に知られている。もともと知名度の高いロウが吸血種になると噂を流せば、あっというまに広まり、じきに犯人の耳にも入るだろう。

対策室が囮捜査に許可を出さなくても、ロウが個人的に祝いの会を開くというのを止めることはできない。そして、ロウが吸血種になれば、いつ犯人に襲われるとも限らない。

朱里は、千夏からの電話を受けて飛んで帰ってきた。彼女自身が囮捜査の危険性を誰より認識しているからこそだろう、思いとどまるようロウを説得しようとしたが、「ほかにいい案でもあるのかよ」と言われると彼女も何も言えなかった。

このまま、次の被害者が出るのを、手をこまねいて待っているわけにはいかない。それもまた、事実だった。

結局、ロウと連携して、囮捜査に全面協力する以外に、対策室に選択肢はなかった。

ドアの前に立った朱里は複雑そうな表情で、淡々と客のチェックを行っている。

客たちの中には、事件について話を聞いた何人かも含まれていた。彼らは、遠野をロウの配下だと思っているので、特に怪しむ様子もなく、挨拶をしてくれた。

吸血種とヒトのトラブルを防止するのが対策室の仕事なので、対策室がヒトが紛れ込まないよう客をチェックしていてもおかしくはないのだが、犯人が慎重な性格だったら、対策室の職員がこの場にいることに気づき警戒するかもしれない。

千葉には、対策室職員であることを明かしているので、口止めをしなければと思っていたが、彼の姿は見当たらなかった。

「ウォーカーの父親の事件、朱里さんは知ってたんだね」

二人連れの女性客――どちらも吸血種だった――を通した後で、遠野はそっと口を開いた。

はっとした様子の朱里が顔をあげる。

ロウの提案でてんやわんやになっていたから、今まで、このことについて話をする暇がなかった。

「僕のこと、気遣ってくれてありがとう。僕は大丈夫だから……心配かけてごめんね」

朔は親友だが、彼が身内以外に対して冷たいことや、根本的にろくでなしであることは知っている。彼がウォーカーの父親を殺した容疑者だと聞いても、朱里が心配してくれたほどショックは受けなかった。

正直、朱里のこと以外は割と全部、どうでもいい。むしろ彼女が自分を気遣ってくれたことに対する嬉しさのほうが大きいくらいだったが、ここは、けなげな様子を見せたほうが印象がよさそうだ。

遠野が笑顔を向けると、朱里は、遠野が無理をしていると思ったのか、ぎゅっと握った手を胸元にあてて、「いいえ」と首を振った。

「何か、理由があったのかもしれません。理由があっても、許されることではないですが……それに、まだ、犯人だと決まったわけでもないですから」

親友の過去を知って傷ついている——と彼女は思っている——遠野をなんとか励まそうと、言葉を探している様子がいじらしい。それが自分のためだというのがまた嬉しい。遠野は口元が緩みそうになるのを抑えて、それらしい言葉を返す。

「うん、そうだね。過去に何があっても僕にとっては友達だから、その気持ちは変わらないけど、対策室の職員として、仕事に私情は挟まないようにするつもりだよ。なるべくね」

いつものVOIDよりずいぶん人が多いとはいえ、しばらくすると、新しい客の出入りも減ってきた。

挨拶の客が途切れたタイミングを狙って、入り口のチェックを朱里に任せ、遠野はロウのいるソファ席へ近づく。

と、遠野と同じように客がいなくなるのを見計らっていたらしい誰かが、一足先に奥の席へ到着し、ひょいとロウの座ったソファのひじ掛けに腰をかけた。

ミアだ。

「吸血種化、おめでとうございまーす」

手に持ったグラスを掲げ、一方的に乾杯の仕草をする。ロウは軽く頷いただけだったが、ミアはそれを気にする様子もなく話しかけた。

「これまで提供者のままだったのが不思議なくらいだから、吸血種になるのはようやくかって感じだけど。なんでこの時期に？　今、吸血種は危険なんでしょ」

だからだよ、とロウは答えて、テーブルの上の自分のグラスを手にとる。

「いい加減、ほっとけねえだろ」

「もしかして、自分が囮になって犯人をつかまえようって思ってる？」

鋭い。

ミアは、遠野と朱里が対策室の職員だと知っているから、二人が入り口にいたことで察したのだろう。

直球の質問に、ロウはようやくミアへと視線を向けた。

二人に声をかけようか、それともミアの話が終わるまで待とうかと迷っていた遠野も、一メートルほど手前で立ち止まる。

「誰かがやるって言い出しそうだったからな。俺がやるのが一番、成功率が高そうだ」

「囮になるためなら、吸血種になったたって噂だけでいいんじゃない？」

「別に、そのためってわけじゃない。前から考えてたことだ。どうせならっていうか、ちょうどいいきっかけだと思っただけだ」

ふーん、と言った後、ミアはグラスをロウの前のテーブルに置き、

「ね、誰の血をもらうの？」

ロウにすり寄るようにして訊いた。

かなりプライベートなことに踏み込んだ質問だ。皆が気にしているだろうが、遠野の見ていた限りでは、これまで直接ロウに尋ねた者はいなかった。

ロウは答えないかもしれないと思ったが、

「血をもらうなら一人だけって決めてたからな」

グラスに口をつけ、それだけ言う。

その一言で、ミアは顔色を変えた。遠野が周囲を見回すと、二人の会話を聞いたらしい客が何人か、驚いた顔で振り向くのが見えた。

やはり、ユエの名前の影響力は大きいようだ。直接名前を出したわけではなくても。

「えっ、ユエ、今日本にいるの？　ＶＯＩＤに来ないの？」

「これ以上は言えない」

身を乗り出したミアに、ロウはそっけない。

ミアは何よ、と唇を尖《とが》らせたものの、ごねても無駄だと理解しているのか、あっさり引き下がった。

「名実ともにユエの後継者になるわけね。いいなあ」

ナオミがいたら大騒ぎだっただろうな、と小声で付け足す。

ロウがちらりと目をあげたが、ミアは湿っぽい空気を引きずらず、

「じゃあ私、提供者になってあげようか。初めての女、どう？」

次の瞬間にはいつもの調子に戻って、明るい声で言った。

ただの親切な申し出、というには、その目には打算の色が見える。ユエの後継者とも言え

るロウに血を吸われることは、ある種のステータスになると考えているのかもしれない。ユエに血を吸われることがそうだったように。

そう考えるのは、彼女だけではないだろう。すでに数多くの申し出を受けた後なのか、ロウは慣れた様子でミアをあしらっている。

「それこそ、今はあんまり近くに寄らないほうがいいんじゃねえか？　俺と一緒にいると巻き添えをくうかもしれないぞ」

「少なくとも今はまだ平気でしょ。吸血種じゃないうちは」

ミアはその後ドリンクをおかわりして酔っ払い、かなりの時間ロウに絡んでいたが、最終的にはあきらめて帰っていった。

深夜一時を回っていたので、気をつけて、と声をかけたら、

「へーきよ、私、吸血種じゃないもん」

そんな危機感のない言葉が返ってくる。

提供者であり、吸血種たちの出入りするバーに入り浸っている彼女からは、はっきりと吸血種の気配がしていた。

犯人が、ミアは提供者だと知っていればいいが、知らなければ、吸血種と間違われて襲われないとも限らない。心配しつつ彼女を見送り、そういえば、と気がついた。

「今回の事件では、三人被害者が出てるけど——契約者とか提供者が、吸血種と間違われて襲われたことはないね」

気配を頼りに被害者を選ぶとしたら、吸血種と契約者の気配は、区別がつかないはずなのに。

遠野が口に出すと、朱里も、すぐにその意味に気づいたようだ。確かに、と頷く。

「サンプルが少ないので、偶然という可能性もありますが——偶然でないのなら、犯人は、被害者たちが間違いなく吸血種であると、何らかの方法で知っていたことになりますね。三人のうち二人は名簿に未登録だったのに」

吸血種だけを狙った無差別な殺人であるという可能性はほぼ排除していいと思っていたが、やはり、犯人は被害者たちのことをある程度知ったうえで狙っている。

被害者たちの交友関係を調べるという捜査の方向性は間違っていなかったと言える。——残念ながら、成果は出ていないにしても。

「結局、ユエの信奉者ってことのほかには、VOIDに出入りしてたってことくらいしか共通点は見つかってないけど、犯人だって、そこから被害者を選んだかもしれない。VOIDに通って、その中から特別熱心なユエのファンを見つけたのかも」

「今日VOIDに来ていた客の中に、犯人がいたかもしれませんね」

吸血種化してしばらくの間は、日中外を歩けなくなる。ロウに囮として活動してもらうのは、夜の間だけだ。夜の間中、外を出歩いてもらい、スマートフォンのＧＰＳ機能で行動を把握しつつ、遠野と朱里と千夏がローテーションを組み、二人ずつ交代で見張ることになっていた。

朱里が千夏の血を吸って、千夏は一時的に契約者となっている。吸血種二人と契約者一人でのガード態勢だ。石村に頼んで、数名の警察官にも、すぐに出動できるよう待機してもらっている。

ハンターにはハンターの情報網があるようだから、ロウが吸血種化するという情報は、ウォーカーたちの耳にも入るだろう。そうなれば、彼らもおそらく、ロウの行動を注視するようになる。

ハンターたちの目的も犯人の確保なのだから、彼らの存在はロウの身の安全を守るための保険にはなるのかもしれないが、ウォーカーとユエが鉢合わせする事態は避けたいところだった。

ユエが入国しているのは間違いないだろうから、ロウが吸血種になるという噂を聞いて、何らかの接触があるかもしれない。彼のことだから、何の前触れもなく、急に現れることも考えられた。

ロウには、警備の関係上、しばらくの間、遠野たちと同じホテルに宿をとってもらうことになっている。

ＶＯＩＤを出た後、一緒にホテルまで移動して、宿泊するフロアのエレベーターホールで部屋のカードキーを渡した。

「さっき、ユエの血をもらう、みたいなことを言ってたけど……」

ああ、というようにロウは頷く。

「別にこれから会うわけじゃない。随分前に、血はもらってるんだ。もらってるっていうか、預かってるっていうか……好きなときに飲めばいいし、飲まなくてもいいって言われてた」

七年前、ユエはロウに渡すはずだった血を遠野に使ってしまったが、後でロウにも改めて渡していたらしい。それをロウは、これまで使わずに持っていたようだ。

「もらったときは、まだガキだったし、もっと背が伸びて身体ができてからって思って、すぐには飲まなかった。その後はまあ、タイミングを計ってるうちに時間が経っちまったけど……」

「じっくり考えて、今、ってときに飲むはずだったんだよね。いいの？」

「ああ。こういう機会でもなけりゃ、踏ん切りがつかなかったかもしれないし……ユエともう一度会えたらそのときにって思ってたけど、それがいつになるかもわからないしな」

ちょうどいいきっかけだよ、とロウは言ったが、囮捜査のために、こんな大事なことのタイミングを決めさせてしまっていいものだろうか。事件とも対策室とも無関係な彼に、危険な囮役をさせるだけでも申し訳ないのに——朱里も気にしていたが、遠野だって、何も思わないわけではない。ロウに何かあったら、朔に顔向けできない。

エレベーターが着いて、ドアが開く。朱里かと思って振り向いたが、別の客だった。スーツ姿の男だ。吸血種の気配は感じない。関係のない、ただの客のようだ。

そのとき、ふと頭に浮かんだ考えがあった。

男がキャリーバッグを引いて廊下を歩いていくのを見送ってから、遠野は口を開く。

「……あのさ、こういうのはどうかな」

＊＊＊

「結局、犯人は何がしたいのかな」

遠野が言うと、運転席の千夏がこちらを見た。

囮役を務めるロウの護衛を始めて三日目。ロウには夜間はなるべく外を出歩いてもらい、一、二時間に一度は一人になるように——実際には遠野たちが近くにいるのだが、犯人からは一人に見えるように――行動してもらっているが、今のところ、犯人らしき人物からの接触はない。常時、何かあればすぐに駆けつけられる距離に二人が待機しているが、犯人に遠野たちが見張っていることを知られては意味がないので、ある程度の距離は取る必要がある。

ロウは今VOIDにいる。遠野たちは入り口の見えるところに車を停め、彼が出てくるのを待っていた。犯人が店内か、近くにいて、ロウがVOIDにいることを認識しているなら、ロウが店を出て一人になったところを狙うはずだ。

「犯人が、ユエを信奉する吸血種を狙ってる、っていうのはもう間違いないとして……ユエの信奉者を襲って、どうしたいんだろう。ユエが憎くてその関係者を皆殺しにしたいとか、ユエを怒らせておびき出したいとか、ユエに近しい存在からユエの情報を引き出したいとか、色々考えたんだけど」

「関係者を皆殺しにして恨みを晴らすとか本人をおびき出すとかが目的なら、一番関係の深かったロウくんがこれまで無事だった理由がわからないですもんね。吸血種じゃないってだけで」

ハンドルに手首をかけた姿勢の千夏に頷きを返す。

動機などわからなくても、囮捜査で犯人をつかまえることができるのならそれでいい。動機は、つかまえた後で本人に訊けばいい。しかし、こうして時間を与えられると、考えずにはいられなかった。

そもそも、三人も被害者が出て、囮捜査に頼らなければならないほど犯人像が曖昧というのは、由々しき事態なのだ。

「犯人には、人間を襲えない……吸血種しか襲えない理由があるんでしょうか。犯人の目的が何だったとしても、ロウさんだけがこれまで無事だったことを考えると、そうとしか思えなくて」

動機について考えていたのは、千夏も同じだったようだ。そして、同じところが引っかかっている。

「ユエの情報が欲しかったんだとしても、別に襲う相手は吸血種じゃなくてもよかったと思うんだよね。それこそロウくんなんか、吸血種ではなかったけど、殺された三人よりよっぽどユエの情報を持ってる。犯人だってわかってたはずだ。でも、ロウくんはこれまで無事だった。……ロウくん個人を襲えないとか襲いたくないとかいう理由があったなら、これから後もロウくんは安全ってことになるけど……」

もしこれからロウが襲われたとしたら、やはり、吸血種かどうかが、被害者の条件ということになる。ユエと関係が深く、かつ、吸血種であること――被害者はなぜ吸血種でなければならないのか、その理由がわからない。

「単純に、ヒトを殺すことに抵抗があるとかですか？」

「うーん、その割に吸血種のことは躊躇なく殺してるけど……契約者や提供者であっても、吸血種以外は殺さない、ってポリシーがあるのかな。ユエの情報を欲しているとか、ユエに対して恨みがあるなら、吸血種じゃなくたって、ロウくんは外せないはずだ。それなのに、ロウくんを見逃してたっていうのが……」

「目的のために必要であっても、ヒトを殺せない理由がある……？」

「まだ、そうと決まったわけじゃないけど……」

たまたま、ロウの周りにはいつも人がいたので、手を出しづらかったのかもしれないし、ユエの関係者であっても吸血種以外は殺す必要がない、何らかの理由があるのかもしれない。犯人が何かに縛られていたと決めつけるべきではないが、可能性の一つとしては、考えていた。

「朱里さんが、異性に接触するのを避けてるみたいに、犯人にとっては、ヒトを殺すことが禁忌なのかなって思ってたんだ。もしかしたらだけどね」

吸血種の中には、禁忌を持つ者がいる。朱里が、異性と接触すると集中力が乱れて能力が低下するように、犯人にとってヒトを殺すことがそれにあたるなら、ヒトを殺すことを避けるのは理解できる。

「え、朱里さん、男の人ダメなんですか？　じゃあ遠野先輩」

「あ、その話はプライベートなうえに色々複雑だからまた今度、勤務時間外にね」

意図したのとは別のところに反応されてしまい、思わず苦笑した。

千夏は、すみません、と素直に応じて話を戻す。

「禁忌って、私はあまりピンとこないんですけど……だとしたら、吸血種じゃなければ殺される心配はないってことですか？　それなら、警察の人にもっと応援を頼んだほうがよかったんじゃ」

「いや、そこまで絶対的なものじゃないんだ。物理的に殺せないわけじゃない……自分ルールみたいなものでね。それを破ってしまうと落ち着かない、集中力が落ちる、だからなるべく避けたい、みたいな感じ。多少吸血種としての能力が落ちたって、危険は危険だから、吸血種に対して抵抗する力のないヒトはやっぱり、なるべく巻き込まないほうがいいと思う」

千夏はいったん納得したようだったが、「あ、でも」と顔をあげた。遠野に向き直り、

「だとしても、吸血種より、ヒトのほうが安全なのは変わらないですよね。何かあったら、私が前に出ますから、先輩は下がってください」

両目に使命感を湛えて宣言する。

「いや、でも百瀬さんは今、契約者だから」

千夏も、朱里からうつった吸血種の気配をまとっている。危険なのは遠野たちと変わらないだろう。

「契約者だから、力は強いし、犯人はヒトを殺すことに躊躇するなら、やっぱり契約者が前に出るのが合理的じゃないですか」

「吸血種か契約者かの違いなんて、気配じゃわからないから、犯人が躊躇してくれるとは限らないよ。犯人は、百瀬さんのことも、吸血種だと思うかも……あ、でもそうか」

契約者でも、吸血種と間違われるかもしれない以上油断できない、ということは……裏返せば、吸血種でも、契約者かもしれない可能性が残る限りは、犯人はおいそれと手が出せないということではないのか。

「犯人が吸血種以外殺せない、殺さないとしたら……それ自体が仮定だけど、もしそうだとしたら、犯人は、相手が確実に吸血種だってわかってなきゃ殺さないってことだ。三人の被害者は、吸血種だってことを確かめた後で殺したのかも。だとしたら、僕や朱里さんが吸血種なのか契約者なのか、犯人は知らないはずだから、僕たちのことも殺せない？……うーん、でも、仮定の話を前提に油断するのはよくないね」

都合のいい結論に飛びつきそうになって、我に返った。

仮説に基づいて行動するのは危険だ。それどころか自分は今、仮説をベースに新たな仮説を立てている。

　これから犯人と対峙するのに、思い込みから来る油断は、命取りになる。

　千夏もはっとしたように、「そうですね」と同意した。視線を前へ向け、ロウがまだ店から出てこないのを確認すると、彼女は気合を入れなおすかのように、エンジンのかかっていない車のハンドルを握る。

「今は、ロウさんの護衛に集中しないと。今の先輩の話だと、ロウさんも命の危険があるってことですもんね」

　遠野は頷いた。

「吸血種の禁忌は、いわば精神的な抑制にすぎないんだ。犯人にとってヒト殺しが禁忌だとしたら、ヒトだと思っている相手に対してはなんとなく精神的に抵抗を感じて動きが鈍る、殺せない、って意識が働くかもしれないけど、相手を吸血種だと思い込んでいれば襲ってくる。だから、囮役のロウくんも、まだ吸血種化してないからって、安全なわけじゃない。犯人は、ロウくんは吸血種になったと思ってるんだからね」

　吸血種だと思っている相手を殺すことを、犯人は躊躇しないはずだ。殺した後で、自分が禁忌を破ったことを知れば、犯人は動揺して能力が低下し、確保しやすくなるかもしれないが、そんな事態は絶対に避けなければならない。

ロウは結局、小瓶に入れて渡されたというユエの血を飲んでいなかった。まだ、吸血種にはなっていない。しかし、そのことを知っているのは、対策室の職員四人だけだ。

遠野が彼の血を吸ったから、ロウは普段以上に強く吸血種の気配をまとっているし、あれだけ大々的にＶＯＩＤで祝ったのもあって、犯人は、ロウはもう吸血種になったものと思っているだろう。

犯人に吸血種と契約者の違いを見抜く特殊能力でもない限り、犯人はロウを、ユエの血を受けた吸血種として扱うはずだ。

「せっかく吸血種になるのを待ってもらいましたけど、犯人が相手を吸血種だと思い込んでいるなら、ロウさんが危険なのは変わらないんですね」

「でも、吸血種じゃないからこそできる対策もあるよ。たとえば、純銀を身に着けられるのは大きい。犯人の精神的な抵抗に頼るより確実だよ」

吸血種が触れれば火傷する純銀に、吸血種ではないロウは触れることができる。ロウには、純銀の粉や武器を携帯してもらい、さらに、純銀製のチョーカーと、腕輪、純銀を仕込んだ防刃《ぼうじん》ベストを身に着けてもらっている。対策室に用意してあったものだ。

首など太い血管のある箇所をガードできているだけで、生存率はかなりあがる。ロウが犯人と遭遇して攻撃されたとしても、一撃目を凌げば、遠野たちが駆けつける時間を稼げるはずだった。

「七年前の事件のときは、まだ日本に対策室がなかったから、百瀬さんの囮捜査はかなりリスクが高かったけど、今回は対吸血種用の装備があったからよかった。犯人は、まさかロウくんが純銀を身に着けてるとは思ってないだろうから不意打ちにもなるし」

もしも犯人にとってヒト殺しが禁忌だとしたら、ロウが純銀を身に着けていると気づいた時点で、彼が吸血種ではないとわかり、動揺することも期待できる。

遠野がそう言いかけたとき、VOIDからロウが出てきた。建物を出た段階で、遠野たちのイヤホンにつながっているマイクのスイッチを入れるようにと言ってあるが、まだマイクは切られたままだ。

一足遅れて出てきた別の客が彼に話しかけるのが見え、遠野は一瞬緊張したが、その客は二言三言話をしただけで、そのまま店内へ戻ってしまった。

ロウがマイクを入れたらしく、ノイズと、衣擦《きぬず》れの音がイヤホンから聞こえてくる。

ロウは遠野たちの車とは反対の方向へ向かって歩き出したので、遠野は千夏に一声かけてから、予定通り車を降りた。

遠野がロウの数メートル後ろを歩き、千夏は車でロウを追い越して、少し先で彼を待ち受ける形で、前後から彼をガードすることになっている。それならばどちらの方向から犯人が来ても対応できるし、犯人がどこかで見ていたとしても、車がロウを追い越した時点で、尾行車ではないと油断するはずだ。

　ロウはゆっくりと歩いている。囮であることがあからさまでは犯人も釣れないだろうから、怪しまれない程度に外をうろついてほしいと伝えてあった。変事がないか見回りしていると いう体《てい》で、未登録吸血種がよく使う店をはしごするつもりだと聞いている。この状況下では、不自然には思われないはずだ。

　見失わない程度の距離を保ち、さりげなく電柱等の陰に隠れて、前方からは見えないよう注意してついていく。

　七年前、千夏が囮になったとき、朱里は屋根の上から見張っていたと聞いた。建物の上を移動してついていけば、犯人に気づかれずに近くから見張ることができ、何かあったときにもすぐ飛び出せるから、それが最善手なのは間違いない。しかし遠野には、朱里ほどの身体能力はない。慣れないことをすると、いざというとき、かえってもたつきそうだった。

『先輩、ロウさん』

　イヤホンから千夏の声がする。

『ロウさんの前方から、女性が近づいています。ロウさんが出てくるのを待ち伏せしていたようです。注意してください。目視できますか？』

十メートルほど前を歩くロウの、さらにその先へ目をこらすと、確かに小柄な女性がこちらへ向かって歩いてくるのが見える。ロウも、それに気づいたようで足を止めた。

ミアだ。

「……確認した。彼女はＶＯＩＤの常連で、提供者だよ。三人目の被害者の友人でもある。ロウくんが吸血種化したら、血を吸ってほしいと言っていたから、待っていたのかも」

ロウが声を出すとミアに聞こえてしまうので、遠野が小声で千夏へ報告する。

『私は出なくていいですか？』

「うん、そのまま待機で。僕が見てるから」

ミアは吸血種ではないから、「犯人は吸血種しか殺さない」という仮説に基づけば、襲われる危険はほとんどない。提供者だから吸血種の気配はするし、ロウと一緒にいることで巻き添えになる可能性はあるが、これまでの被害者は全員、一人でいるところを襲われていることを考えれば、犯人が今襲ってくるリスクは低いだろう。

『吸血種生活はどう？　慣れてきた？』

ロウの身に着けたマイクごしに、ミアの話しかける声が聞こえた。

『俺の近くにいると危ないって言っただろ。あんまり遅くに出歩くんじゃねえよ』

『それを言うならロウのほうが危ないでしょ。これまで襲われてるのは吸血種ばっかりなんだから』

面倒臭そうに応じるロウの声も、はっきりと聞こえる。ミアはつれなくされてもこたえた様子もなく、そんなことを言った。ロウを心配して、待っていたのだろうか。

『ね、吸血種になるってどんな感じ？　血を吸われた後の感じとは違うの？　私もいつか吸血種になるつもりだから、興味あるな』

ミアが、猫のようにロウにすり寄る。

ロウは、自分で体験するのを楽しみにしとけ、などと適当にあしらっていた。

『遠野先輩』

イヤホンから聞こえる、のんきな二人の会話に遠野が耳を澄ましていると、千夏の声が割り込んでくる。

『ブラッドリーを発見しました。ロウさんを監視しているか、これから接触するつもりかもしれません』

邪魔をされるわけにはいかない。ブラッドリーに邪魔をする気がなくても、ハンターが近くにいるのを犯人に気づかれたら、警戒されることは間違いない。

『私、行ってきます。車を出します』

「了解」

短く答えて、辺りを見回した。

ブラッドリーがいるのなら、彼と組んでいるウォーカーも、近くにいる可能性が高い。

千夏が確認できたのがブラッドリーだけということは、ウォーカーは別の場所にいるのだろうか。遠野の目視できる範囲には見当たらないようだ。

「ロウくん、百瀬さんが持ち場を離れるから、しばらく動かないで。ハンターは複数いるかもしれない。犯人に気づかれる前に離れさせる」

ロウから返事はないが、聞こえているはずだ。

イヤホンからは、千夏が車を降りて移動する音が聞こえてくる。

『いったん切ります』

ブラッドリーと揉《も》める音声が邪魔になって、遠野とロウがコンタクトをとりにくくなることを危惧してだろう。その言葉を最後に、千夏側の音声が聞こえなくなった。

遠野の片耳には、ロウとミアのやりとりだけが聞こえている。

『吸血種化したら、すぐ血を吸えるようになるの？　いつから吸えるの？　私、予約だからね』

『考えとくから。もう帰れ』

『しばらくは一人で行動しないようにって、ロウが言ったんじゃない。まあ私は吸血種じゃないから関係ないけど……ロウこそ、一人だと危ないでしょ。私、一緒にいてあげる』

千夏がハンターたちを追い払うために持ち場を離れている間は、ロウを一人にしないほうがいいから、ミアが絡んできたのは、ちょうどいいタイミングだった。しかし、ずっと彼女が一緒にいては、犯人が近づいてこないおそれがある。

少し相手をしたら、ミアには立ち去ってもらわなければ、囮捜査にならない。ロウもそれがわかっているようで、やんわりと彼女を遠ざけようとし始めた。

『この後大事な用があるんだよ。帰るなら、人通りがあるところまで送ってくから』

『大事な用って？』

ミアはかえって興味を持ったようだった。

『もしかして、これからユエに会うとか？　私も会いたい。ロウから頼んでくれない？』

ここまで直球だと腹も立たないのか、ロウは苦笑気味に『ばか』と言った。

『会いたいときに会える人じゃねえよ、ユエは』

そんなに簡単に会えるなら、俺も苦労しねえよ。そう漏らしたのは、彼の本音だろう。

『えー、でも、ロウは血をもらったんでしょ？　あ、もしかしてまだ？　これからもらうとか』

ロウは軽く首を振って答えた。

『いや……もうもらった』

その言葉を聞いて、ミアは一瞬黙る。それから、「そうなんだ」と、先ほどまでより少しだけ落ち着いた声音で言った。

『やっぱり、私の血、吸ってみない？　いいでしょ、もう吸血種なんだから、吸えるって。試してみようよ』

『そういう気分じゃない』

ロウがそう言うのにもかまわず、ミアはするりと腕をロウの首に回す。

彼女が背伸びして、二人は真正面から抱き合う形になった。

ロウはミアの背に手を回したりはしなかったが、無理に引き離そうともしない。

遠目には、いや、おそらく近くで見ても、路上でいちゃつくカップルにしか見えなかった。

ロウはまだ吸血種になっていないので、ミアの血を吸えないが、どこから犯人の耳に入るかわからない以上、それを彼女に言うわけにはいかない。

気まずいが、ここは自分が通りかかったふりをしてロウに助け船を出すしかないか――と、遠野が歩き出そうとしたときだった。

ギン、と耳障りな金属音が響き、ロウが後ろへ飛び退《すさ》る。一瞬、火花が散ったように見えた。

ロウは首元を手で押さえ、よろめいて、アスファルトに膝をつく。指の間から、ぼたぼたと血がこぼれ落ちる。

刃がチョーカーにひっかかったのと、ロウがとっさに身体を引いたのとで、致命傷にはならなかったようだ。それでも、かなりの出血量だった。

遠野は地面を蹴って飛び出し、二人の間に割り込んだ。ロウの身に着けた純銀に触れないよう、両肩をつかんで引っ張り、彼ごとさらに数メートル後退する。

第二撃が来るのを覚悟したが、予想に反し、ミアはその場に立ったままだ。

遠野の姿を認めはしたが、「あら」というように目を眇《すが》めただけだった。

右手に持ったナイフからは、血が滴《したた》っている。

「……君が？」

「バレちゃった」

自分とミアの声が、イヤホンと二重に聞こえる。遠野は中腰になってロウをかばいながらミアに向き直った。

ミアはあっさりと認めると、手にしたナイフを顔の高さまで持ち上げ、刃を上に向けた。ナイフの血は刃から柄を伝って、彼女の手首を流れる。腕に浴びた返り血と、ナイフから伝った血を、彼女は自分の腕に舌を這わせて舐めとった。

（吸血種だったのか？――でも）

ミアはしばらくの間、口の周りが赤く汚れるのにもかまうことなくロウの血を舐めすっていたが、やがて自分の腕から口を離し、怪訝そうな表情になる。

「……何も感じない」

自分の両手を見下ろして、彼女は呆然《ぼうぜん》としたように呟いた。

遠野はその間に、ロウを引きずりそっと下がって、ミアとの距離を広げる。

千夏は、それほど離れてはいなかったはずだから、そろそろ駆けつけてくる頃だろう。

彼女から朱里にも連絡が行っていれば、すぐに三対一になる。なんとかそれまで時間を稼いで――そう思ったとき、ちらりと光るものが、ミアごしに見えた。

足音を忍ばせて近づき、ミアの後ろから現れたのは、千夏ではなく、ブラッドリーだった。

「くらえ化け物！」

振り向いたミアに、塩でも撒くように銀粉を投げつける。

吸血種なら、火傷を負うところだ。目に入れば失明し、吸い込んで肺に入れば呼吸が困難になる。戦闘力は著しく低下する。

もろに粉を被ったミアは、悲鳴をあげて顔を覆い、その場に崩れ落ちる――はずだった。

少なくともブラッドリーは、それを予想していただろう。

　しかしミアは、顔を背けて咳《せ》き込んだものの、膝をつくこともなく、髪や顔の周りの粉を手ではたき落としている。

「何よこれっ」

　砂をかぶった、わずらわしい、ちょっと目に入った――その程度の反応だ。

　それでも怯《ひる》みはしたのだから、その隙に攻撃をすればよかったのだろうが、ブラッドリーはミアが大したダメージを受けなかったことに驚いてか、とっさに動けずにいる。

「何だよ、なんで……」

　キッと顔をあげたミアの目が、ブラッドリーの姿をとらえた。

　彼女はナイフを振り上げ、鉈《なた》でも振り下ろすかのような腹立ちまぎれの一撃をブラッドリーに叩きつける。

　反撃は予想外だっただろうが、そこはベテランハンターとしての経験か、ブラッドリーはとっさに両腕を首の前でクロスさせてガードした。

　おそらく腕に銀板でも仕込んであったのだろう、ガキンと鈍い金属音がする。

　体勢を崩したところに第二撃をくらい、ブラッドリーは吹っ飛ばされて後ろの塀に激突した。

　さすがに不安になるような音がしたが、ブラッドリーを気遣っている暇はない。

ミアがそちらに気をとられている隙に、遠野はロウごと移動してさらにミアから距離をとり、マイクに向かって呼びかけた。

「百瀬さん！　百瀬さん、聞こえる？」

千夏からの返事はない。

ブラッドリーだけが現れたということは――ハンターがヒトを、しかも対策室の人間を殺すことはないだろうが――、千夏は現在、行動不能な状態になっている可能性が高い。救援は期待できない。

マイクはあきらめ、スマートフォンを取り出して、短縮の一番に登録してある、朱里の番号を呼び出した。

（銀粉を浴びても平気だった……ってことは）

ミアは、本人の申告していたとおり、吸血種ではないということだ。

口に入ったらしい銀粉を吐き出しては英語で悪態をついているミアを見て、ついさっきの、まるで恋人にするかのようにロウの首に腕を回した彼女の姿勢を思い出す。

なるほど、ああいう体勢で後ろから首を切れば、一撃だ。首ではなく、手首や指からの吸血だった場合でも、血を吸う側はミアに首の後ろを晒すことになる。まして、吸血行為の最中は、誰でも無防備になるものだ。被害者たちは油断しきっていて、避けられなかっただろう。

『遠野さん？』

期待したとおり、電話はすぐにつながった。

「犯人は吸血種じゃない。契約者だった。ナオミさんの友達のミアだ」

遠野はミアの注意を引かないよう、小声で一息に告げる。

「百瀬さんは、動けない状態かも。ブラッドリーが……」

「ああ、もうっ！　最悪！」

ミアがいまいましげに地面を蹴りつけて声をあげ、遠野はとっさにスマートフォンを身体の後ろに隠した。

ミアは何を思ったか、ロウの血のついたナイフの腹に何度も自分の掌を押し当てては離すことを繰り返している。あれはおそらく、銀のナイフだ。

「変化しないじゃない！」

彼女はかんしゃくを起こした子どものように叫んだ。

吸血種化したロウの血を飲めば、ミアも吸血種になり、純銀に触れることはできなくなるはずだった。しかし、ミアの手は、銀の刃に触れても焼けただれることなく、きれいなままだ。

騙《だま》したわね、と言ってミアは、遠野の傍らでうずくまっているロウをにらみつける。

遠野はさりげなく身体をずらして、ロウの前に出た。

「ロウくんはまだ吸血種じゃないんだ。彼は確かにユエに血をもらったけど、まだ飲んでない」

スマートフォンを後ろ手に隠して、わざとゆっくりとした調子で話す。

通話している余裕はないが、朱里にもこちらの音声は聞こえているはずだ。

「ユエの血を受けた吸血種を、捜してたんだよね？」

ナイフや腕についたロウの血をすするミアを見たとき、彼女の目的がわかった。

「君は、ユエの血が欲しいんだ。でしょ？」

連続殺人はすべて、そのためだった。

ミアは口を閉じて、ロウから遠野へと視線を移す。

三人の被害者たちは全員、熱心なユエの信奉者で、おそらくは相田も含め、ユエに血を吸われたことがあった。それが被害者の要件だというところまでは、遠野たちの推測は正しかった。

しかし、ミアが捜していたのは、ユエに血を吸われた提供者ではなく、ユエの血を受けた吸血種だった。ユエの信奉者で、ユエに血を提供する程度に接点があったなら、そして、現在は吸血種になっているのなら、彼らを吸血種にしたのはユエの血かもしれない。

ユエ本人は行方が知れず、直接会って血をもらうことは不可能に近い。それなら、ユエの血を受けて吸血種化した者の血を飲めばいい。

そう考えて、彼女は、かつてユエに血を提供したことがある吸血種たちに近づいたのだ。

ユエの腹心だったロウが吸血種になったと聞いて、今度こそ間違いなくユエの血が手に入ると思ったのだろう。

「どうして三人を殺したの？　捜していた吸血種じゃないとわかったなら、殺す必要までなかったのに」

戦闘経験はないが、遠野も吸血種だ。身体能力では、ミアに劣りはしない、はずだ。朱里のようにうまく使いこなす自信はないが、護身用にスタンバトンも渡されてはいる。

いざとなったら戦闘も覚悟しなければならないとわかっていたが、できれば避けたい。不得手なことをすると、ろくなことにならないものだ。

可能な限り会話を引き延ばして時間をかせぎ、応援を待つつもりで訊いた。

幸い、ミアは問答無用で襲い掛かってくるというようなことはなく、呼吸を整えてから質問に答えてくれる。

「殺さない理由もないでしょ。ユエの血を持っていないなら不要だし、目障りだもの」

三人を殺害したことも、ユエの血が目的だったことも認めた。

友人だったはずのナオミのことまで目障りと言い捨てた彼女の表情に、罪の意識はかけらも見受けられない。

「嘘をついたのは謝るね。私、ユエに血を吸われたことがあるんだ」

ナイフを持った手を体の横に下ろし、一見力を抜いた姿勢で、ミアは言った。

「ずっと昔よ。すごく気持ちよくて、体中の血が入れ替わったみたいになって、体が軽くて。ユエに、また血を吸って、って言った。ユエには、同じ人からはもらわないって断られたけど、だったら、仲間を紹介してって頼み込んだの。血が吸いたくなったら、この家の女を訪ねるといいって……秘密は守るって。旅の吸血種にとっての、一晩の宿みたいなものね。そういうものになるって言ったの。そうしたらユエは、私の記憶を消さないでいてくれた」

嬉しそうに、誇らしげに、彼女は「特別よ」と胸をそらす。

ユエは基本的に、行きずりで血を吸った相手の記憶を消してしまうから、確かに特別扱いだ。吸血種に理解のある人間や、自分のように特殊な能力を持たない吸血種たちが血を得るための手段は多いほうがいいと判断してのことかもしれないし、あるいは、ただの気まぐれかもしれない。

ユエの真意はどうあれ、彼に特別扱いされたことが、ミアの中で重大な意味を持っていたらしいことはわかった。

とはいえ、吸血の記憶を消されなかったというだけなら、小宮山やナオミたちもそうだ。ミアだけが特別だったわけではない。

彼女が被害者たちを殺した理由を理解できた気がした。

思ったとおり、動機はごく個人的なものだったのだ。

「そのときはすごく嬉しかった。でも――私は何も知らなかったの。吸血種に血を吸われると、一時的に吸血種と同じ力を得られるなんて知らなかった」

ミアは、どこか芝居がかった調子で続ける。

「ユエに血を吸われた、その夜のことだった。恋人に、ユエといたことを見られていて、咎められて……そんなの、いつもの痴話喧嘩だったのに、吸血種の力のせいで、私は恋人を殺してしまった。女の力では殺せないだろうって、私は疑われなかったけど……私のショックがわかる？　全部、ユエに血を吸われたせいよ。私が吸血種を恨むのは当然でしょ？」

同意を求めるように遠野を見た、その目に、言葉のとおりの悲愴《ひそう》感はなかった。

「私はユエを捜した。ユエから私の話を聞いて会いに来た吸血種たちに血をあげて、情報を集めて、怪しまれないように、何年かごとに町を移って……何か月か、何年か、特定の吸血種の契約者だったこともある。そうやって捜し続けて、やっとつかんだのが、ユエが何年間か、日本にとどまっていたって情報だった。それではるばる、こんな小さな国まで来たってわけ。ユエはもういなかったけど、ユエの痕跡は見つかった」

それが恨みを晴らすためだというならあっぱれな執念だが、どうもしっくりこない。

吸血種の力を取り込んだ状態で恋人と喧嘩をし、死なせてしまった――それだけ聞けば、確かに悲劇だ。恋人が死んだのは吸血種のせいだと、恨んだとしてもおかしくはない。

直接の原因となったのはユエだが、ユエ個人だけでなく、吸血種全体も憎い。そういう思考に至ったとしても、理解できなくはない――できなくはないが。

そんな動機で、彼女が動いていたとは思えなかった。

「吸血種を恨んでるようには見えなかったけど。だって君は、吸血種になりたいんでしょ？」

吸血種の力で恋人を死なせてしまったことを後悔し、吸血種を憎んでいるのなら、憎んでいる対象と同じものになろうとするとは思えない。

刺激しないようにとは思っていたが、話が終わってしまっては、朱里が来る前に逃げられてしまうかもしれない。

もっと悪くすれば、彼女の意識がロウへ向いてしまうおそれもある。

彼女の興味を引くため、かつ、怒らせはしないように言葉を選んで、理解者のような顔で言った。

「ちょっと違うか。吸血種になりたいんじゃない。ユエの血が欲しいんだから――ユエの血を受けた吸血種になりたいんだね」

ユエの血が欲しい。ユエの血で吸血種になりたい。けれどユエから直接血をもらうことはできないから、ユエに血をもらった吸血種の血を飲んで吸血種化しよう――そこまでする原動力となった、彼への感情は、恨みではない。

ユエの血を捜す一方で、ユエに血を吸われたことがあるだけとわかった吸血種たちを殺したのも、吸血種全体に対する恨みからなどではないだろう。

自分と同じようにユエに血を吸われ、彼に憧れた者はたくさんいる。

彼らが「目障りだった」のは、自分がその他大勢であることが許せなかったからだ。

ミアは唇の端をつりあげて笑った。

そうよ、正解、と歌うように言って、ナイフを顔の横に掲げてみせる。

「バレちゃってるならいいや。まだ飲んではないけど、血をもらったって言ったよね。どこにあるの？　ユエの血を出しなさい。そしたら、見逃してあげる」

ロウは答えない。傷口を押さえて眉根を寄せているが、そろそろ意識も危ういようだ。

「ユエに血を吸われたせいで恋人をなくしたのに、彼の血が欲しいの？」

　隣に膝をついてロウの肩を支えながら、遠野は彼女を見上げて言った。もう少し、時間を稼ぎたい。

「普通なら、さっき君が言ったとおり、むしろ恨むのが普通な気がするけど」

「最初は恨んだよ。許せないって思った。ユエのせいで私は全部なくしたのに、私の前からいなくなるなんて許せないって。私は忘れられないのに、私の人生は変わったのに、置いていくなんてひどいって」

「ああ――なるほど」

　理解した。

　最初からそうだったのか。

　最初から、彼女がユエを追いかける理由は一つだった。

　恋人を死なせてしまった、人生を狂わされた、そんな理由はすべて後付けだ。

　恋人と喧嘩をしたというのも、もしかしたら、それが原因だったのかもしれない。

「でも、今は、誰のものにもならないのが彼だってわかってる。責任をとれなんて言わないし、そばにいたいとも言わない。ただ、私が自信をもって生きていくために、彼の特別でいたいだけなの。けなげでしょ？」

　ユエの血を飲んで吸血種になることが、ミアにとっては、ユエの特別になることらしい。

遠野がユエの血を受けた吸血種であることを知られたら、間違いなく血を奪われて殺されるだろうが、今はまだ、ミアの意識はロウの持つユエの血へ向いている。

「ユエに会ったのは、血を吸われたとき、一度だけ？」

「そうよ。それで充分でしょう」

「そうだね」

嘘ではなく、遠野は肯定した。

たった一度で世界を変えられてしまう、そんな相手は確かに存在する。

なくしたすべてと引き換えにしても、ただ、ユエの特別になりたい——その執着は、理解できる。

「恋ってそういうものだから。仕方がないね」

遠野が言うと、ミアは「そうなの」と嬉しそうに大きく頷いた。

「恋って本当に、仕方がないものよね」

多くの吸血種たちに血を提供し、若い姿のまま生きてユエを追っていたという彼女の実年齢は、おそらく遠野よりもずっと上だ。しかし、わかってくれて嬉しいな、と笑顔で言う彼女からは、一種のあどけなさすら感じた。

「ユエと会った頃は、私もまだ子どもだったから……何年か前までは会いたい会いたいってそれればっかりだったけど、やっとこの境地にたどりついたの。たとえ二度と会えなくたって、恋は成就しうるんだって」

言いながら、ミアはうっとりと目を細める。

「ユエが私のものにならなくてもいい。私をユエのものにしてほしいだけよ。私はもうとっくにユエのものだけど、その印が欲しいだけ」

「――悪いけど」

夢見るような声音に水を差す、そんな声が聞こえた。

「そういうの重いんだよね」

遠野もミアも、はっとして声のするほうに顔を向ける。そこには、夜に溶け込むような、黒ずくめの男が立っている。

いつ、どこから現れたのかわからなかった。

ミアの目が見開かれたが、彼女は言葉を発する前に――その名前を呼ぶこともできないままに、手にしたナイフを取り落としてその場に崩れ落ちる。

あっけなく。

ナイフがアスファルトの上で跳ねて転がり、乾いた音をたてた。

「拘束しといたほうがいいよ。しばらくは目を覚まさないと思うけど」

自分の信奉者であり、そのために三人も殺した女性を、つまらなそうに見下ろす。

ユエ——と呼ぶのが正しいのかもしれないが、遠野にとっては、七年前と全く変わらない親友の辻宮朔だった。

彼は視線を、膝をついてロウの肩を支えたままの遠野へと移し、「久しぶり」と言った。

「救急車は呼んだ。それつけたままじゃ、俺たちには応急処置もできないから」

純銀のチョーカーをつけた首をぐったりと傾けたロウを目で示し、自分の首筋をとんとんと指で叩いてみせる。

感動の再会など期待していなかったが、それでも、七年も会っていなかったにしては、随分軽い「久しぶり」だ。つられて、遠野も普通に「うん」と返してしまった。

ロウはもう目を閉じていたが、傷からの出血は止まっているようだ。呼吸もある。契約者の体力と回復力なら、大事には至らないはずだ。

「何か、前にもこんなことあったよね。デジャヴかと思ったんだけど。何なの、おまえヒロインなの？」

うんざりした表情で朔が言う。

前回に続いて、危ないところを助けられたのは間違いないので、ここは素直に感謝しておくことにした。考えてみれば、命を助けられてから、礼すら言えていなかったのだ。

「命の恩人だと思ってるって。二回も――ああ、三回か。三回も助けてもらって、感謝してるよ」

「……二回目は、カウントしなくていいよ」

助けたって言えるかどうか、微妙な感じだし――そんな風に言って、朔は目を逸らす。その表情は、どこか不本意そうだった。

「まあ、今回のことは、俺にも責任があるからね。彼女の血を吸った後、記憶を消しておくべきだったのに」

狂信者みたいになるなんて思わなかったんだよね、とため息を吐き、また、ちらりと足元のミアに目を向ける。

「記憶を消さなくても秘密は守るって言うし、その他大勢の吸血種に自分から血を提供してくれる人が一人いたら、ずいぶん助かるだろうなとか、ちょっと考えちゃったんだよね。本人がそんなに言うなら、まあいいかって……ほら、当時は俺もまだ若かったからさ」

彼自身はミアに対して何の思い入れもないとわかる発言だった。

惚れる甲斐のない男だと思ったが、そういえば彼は、こちらは勝手に惚れられただけだと応えるだろう。

ミアに意識があったら修羅場になっていたかもしれないところだが、幸い彼女が目を覚ます気配はない。

「じゃあ。ロウを頼む」

「え、ちょっとちょっと」

あっさりと背を向けようとするので、慌てて呼びとめた。

「いくらなんでも早すぎない？……ロウくんとだって、話くらい」

「色々面倒なのが近くにいるみたいだからね。落ち着いたらまたそのうち、ロウには会いに来るよ。苦労かけたみたいだ」

やはり、何らかの手段でこちらの動きはチェックしていたようだ。

「せわしないなあ。七年ぶりの親友との再会だっていうのに」

「ぐずぐずしてると、おまえの彼女が来ちゃうだろ。俺は追われる身なの」

つれなく言って歩き出しかけた朔に、「ああ、そっか」と遠野は手を打った。

「朱里さんと戦いたくないんだね、僕に嫌われたくないから」

「おまえ全然変わってないね」

朔はまんまと足を止めて振り向き、嫌そうに言う。

遠野は思わずにんまりした。

ああその顔、懐かしいなあ。

「もしかして、ロウくんだけじゃなくて、僕とか百瀬さんのことも見てた？　久住先輩の個展にも行っただろ」

「……まあ、多少はね」

しぶしぶといった風に朔は認める。

「おまえと彼女が隣の部屋に住んでることも、その割には関係が大して進展してないことも知ってるよ。げんなりするから、そんなに四六時中見てたってわけじゃないけど。手をつなぐのも一大イベントみたいな、今時中学生だってもうちょっと進んでるよ」

「ちょっとずつ進むのが楽しいんじゃないか。時間は無限と言っていいんだから、もう数年は今のままでいいね。偶然手が触れたときとか、僕が好きだよって言ったときとかの、朱里さんのあの恥じらう感じがたまらないんだよね。初々しいっていうのはあのことだよ、まさにね」

「さすが九年間妄想だけでテンションを保ち続けただけのことはあるね。普通なら気持ち悪って思うレベルだけど、何かもう逆に尊敬するよ」

朔はずっと、遠野の恋の理解者だった。遠野が長い片想いをしていたときは、呆れながらも応援してくれていたのに、今はただ呆れている様子だ。

「百瀬さんには会っていかないの？」

「会わないほうがいいだろ」

対策室の職員になり、日本支部を任されるようにまでなった千夏の努力は、朔も知っているはずだ。彼女が何のために努力してきたのかも。

それでも会わないほうがいいというのは、彼女に余計な希望を与えないためだろう。

朔には「わかってるくせに」というような目を向けられたが、遠野は何も言えない。

ヴィクターも言っていたとおり、二度と会えるかもわからない相手を想い続けることは、少なくとも一般的には、不毛だ。

九年ごしの再会から初恋を成就させた遠野を見てしまったことが、千夏に影響を与えている可能性は否めない。そういった意味では、遠野にも責任はあるが――だからこそ遠野だけは、彼女に朔のことを忘れろとは言えなかった。

彼女に忘れさせることができるとしたら朔だけだろうが、それができるほど――彼女のためにと完全に突き放すことができるほど、朔も達観してはいないのだ。

地を這うような呻《うめ》き声が聞こえ、朔はブラッドリーに目をやった。相当強く塀に激突したからかなりダメージを受けたはずだが、生きてはいるようだ。何か所か骨折しているだろうから、彼も一緒に救急車に乗ることになるだろう。

「ここが日本じゃなかったら殺してたかもしれないけど、百瀬ちゃんの仕事増やしたらかわいそうだし。見逃してやるよ」

朔は聞こえているかもわからないブラッドリーに向かってそう吐き捨て、思い出したかのように、ミアのナイフを、ミアからもブラッドリーからも届かない距離へと蹴飛ばした。

そのまま歩き去ってしまいそうだったので、その前にと急いで声をかける。

「このタイミングで帰国してたり今も駆けつけてこられたってことは、何か独自の情報網があるんだろ。一方的じゃ不公平だ。僕にも連絡の取り方教えてよ」

「嫌だよ。おまえ、彼女に俺の居場所を教えてって言われたら一瞬で教えるだろ」

「そりゃまあ教えるけど」

優先順位というものがある。朔は親友だが、朱里のほうが大事だ。

正直に言うと、朔は短く息を吐いた。

「まあ、ブレないのはある意味いいところだよ」

「あはは、でしょ」

こういうやりとりも、やはり懐かしい。急に淋しさのようなものが湧いた。

七年間会えなくても平気だったはずなのに、朔はこれからまたどこかへ行ってしまって、次にいつ会えるかもわからないと思ったとたんにだ。

一番大事なものは別にあっても、それ以外が大事でないわけではない。

薄情な男だと思われているかもしれないが、それも本心だったから、ちゃんと言葉にして伝えることにした。

「なるべく漏らさないようにするからさ。居場所は言わなくていいから、連絡方法、教えてよ。僕だって、友達が元気かくらい知りたい」

朔にとっても、自分という親友は貴重な存在であるはずだ。遠野はそれを知っている。

そして彼が、こういう直球には弱いことも。

思ったとおり、朔は虚を衝《つ》かれた表情になり、目を泳がせ、

「……考えとく」

小さくそう言って、今度こそ遠野に背を向けた。

悠々と歩き去る時間的余裕はなくなったのか、地面を蹴って跳び、ブラッドリーの背にした塀を足掛かりに民家の屋根にとびのって、あっというまに姿を消してしまう。

ほぼ入れ違いに、救急車のサイレンと、複数の足音が近づいてきた。

気配を感じて振り返ると、血相を変えた朱里が走ってくるのが見えた。

「遠野さん！」

駆け寄ってきた彼女は、遠野の目の前で止まって屈み込む。

「朱里さん。ロウくんが怪我をしてる。でも、血は止まってるから、このまま救急車に」

「遠野さんは、無事ですか」

真剣な表情でそう言われ、不謹慎かもしれないと思いつつ、遠野は笑顔になった。

「うん。大丈夫」

「よかった……」

朱里はほっと息を吐いた後、ロウの怪我の様子を確認し、意識を失ったミアと、ブラッドリーを見る。

何が起きたのか、詳細に説明している暇はなかったから、「朔が助けてくれたんだ」とだけ伝えた。

朱里は口を開きかけたが、何かに気づいたように口をつぐむ。

朱里に一歩遅れて駆けつけたらしいウォーカーが、数メートル先で立ち止まっていた。

一時的とはいえ協力関係にあったパートナーであるはずなのに、のびているブラッドリーには目もくれず、朔の去っていったほうへ目を向けている。

タイミングを考えると、ウォーカーが去っていく朔の姿を見たとしても一瞬で、顔など判別できない距離だったはずだ。

しかし、じっと一方向を見つめるその横顔は、確信を持っているように見える。

小さく、「見つけた」と呟くのが聞こえた。

＊＊＊

千夏が、よろよろと路地裏から姿を現したのは、救急車が到着した数秒後だった。ブラッドリーに強力なスタンガンを使われてしばらく動けなかったそうだが、自力で歩けるからと、彼女は救急車には乗らず、朱里の運転する車に同乗した。

「昏倒するほどじゃなかったですけど、すごく痛かったんですから！　捜査の邪魔にならないように離れてくださいって言いに行っただけなのに、いきなりですよ。傷害罪ですよね、これ。国内に持ち込めないタイプのやつだったし」

強制送還して、二度と日本に入れないようにしてやるんだから、と千夏は憤慨していたが、当のブラッドリーも、今、同じ病院に向かう救急車の中だ。犯人に吹っ飛ばされて腕とあばらと肩の骨を折る重傷だと聞き、彼女の溜飲も少し下がったようだった。

ロウを乗せ病院へ向かう救急車を追いかける車内で、遠野は、朱里と千夏に経緯を説明する。朔が現れたことについては、どうしようか迷ったが、仕事にかかわることだと思い、包み隠さず話した。

追われているからと言ってすぐに立ち去ったが、ロウや自分たちの近況は知っているようだった、変わっていなかった、と遠野が話すと、千夏は「そうですか」と言って微笑む。

予想に反して、動揺は見せなかった。何故朔が彼女に会わずに立ち去ったのかも、もしかしたらわかっているのかもしれない。

まるで大人のような笑い方だ、と思った。

彼女はいつのまにか——もしかしたら、とっくの昔に——大人になっていたのかもしれなかった。遠野が思っていたよりもずっと。

実年齢よりも若く見えるせいで、自分たちに見せてくれる表情が昔と変わらないせいで、遠野が気づかずにいただけで。

病院に着き、千夏も、一応手当てを受けることになったが、幸いスタンガンの威力は後遺症を残すほどではなかったようだ。千夏が、朱里に血を吸われて契約者になっていたというのも大きいだろう。すぐに診察室から出てきて、遠野と朱里に合流した。

ロウは傷を縫合され、別室で輸血を受けている。

ミアは昏倒していたので、念のため拘束したうえで病院に運んだが、目を覚ました時点で警察が身柄を引き取ることになるだろう。

彼女は吸血種ではないので、処遇については警察と対策室とで議論する必要がある。病院や、事情を知らない警察官には、違法な薬物を摂取して錯乱状態になり、ロウやブラッドリーを襲ったと説明してあった。

夜も遅いため、病院の待合室にもロビーにも、ほかに人はいない。

缶コーヒーを買って、自販機の前に設置してある丸テーブルを三人で囲んだ。

あわただしく走り回っている石村が、そのうち遠野にも話を聞きにくるはずなので、それまでゆっくり待つことにする。支部で待機していたヴィクターも、駆けつけてくれることになっている。

「結局、吸血種ばかりを狙ったっていっても、思想的なあれこれはなくて、すごく個人的な動機だったんだよね。しかも、なんていうか、外からはわからない……本人の中にしかないような理由だったから、動機から犯人を絞り込むっていうのは無理だったと思う。囮捜査を決行しなければ、確保は難しかったと思うよ」

ロウには怪我を負わせることになってしまったが、傷がそれほど深くなかったのは不幸中の幸いだ。新たな被害者を出すことなく犯人を確保できたのだから、囮捜査は、成功と言っていいだろう。

「犯人は、朔先輩に血をもらって吸血種になった可能性のある誰か、を襲っていたわけですよね。実際に先輩に血をもらった吸血種に行き当たったら、その人の血を飲んで自分も吸血種化するつもりだった……憧れの人の子どもにはなれないから、一世代飛ばして孫になろうとした、みたいな感じですね」

「まあそういうことだね」

千夏の比喩が正しいのかどうかはよくわからなかったが、遠野は頷いて缶コーヒーを開ける。

「ヒトだった頃に朔に血を吸われたことのある吸血種は、ほかにもいたかもしれないけど、ミアは日本語が堪能じゃなかったから、ＶＯＩＤの客で英語が話せる吸血種にしか近づけなかったんだと思う。この界隈では朔、っていうかユエは有名人だから、初対面で話題に出しても不自然じゃない。ある程度言葉を交わして、ユエに血をあげたことがある相手を見つけたら、親しくなって、さらに、ユエから血をもらったかどうかを探った。捜している相手じゃないとわかったら、血を吸わせてあげると申し出て二人きりになって、油断しているところを襲った」

「確かに、被害者が屈んで手首や指を吸っている体勢なら、もう片方の手で簡単に首を切れますね。首に牙を立てているときでも、吸われている側は両手が空くから、後ろからざくっと……」

「うん。被害者のほうが長身でも、自分から腰を屈めてくれていれば、身長差は関係ない」

提供者は、行きずりの相手に血を吸われるにあたっては多少警戒心を持つだろうが、吸血種のほうは、提供者に対して警戒などしない。相手は自分と比べれば非力な人間だという意識があるし、太い血管のある部分をさらしている相手に対しては、むしろ、「相手の命を自分が握っている」という気持ちになって慢心する。相手の肌に牙を立てているときに、不意を衝かれるとは想像もしないのだ。

相田も小宮山も、そうやって殺された。血を吸おうとした、あるいは血を吸っている最中に、首の後ろに腕を回されても、危険を察知できないまま。

もともと友人だったナオミを殺すのは、さらに簡単だったはずだ。

ナオミはウォーカーが出ていった後、ミアに電話していた。ふられたことを愚痴る電話、というのもあながち嘘ではなかったかもしれないが、おそらく彼女は、ミアを呼び出したのだ。もしくはミアのほうから、愚痴るナオミに、「これから行く」と申し出たのかもしれない。

ミアは防犯カメラのない裏口から入って――裏口はオートロックで、鍵がなければ開けられないので、ナオミが内側から開けたのだろう――ナオミと一緒に裏口から外へ出たか、駐車場にナオミを呼び出すかして、そこで彼女を殺した。

ナオミはミアを信頼していたから、簡単に背を向けたし、近づいてきても気にもとめなかっただろう。

「いつでも殺せたはずのナオミさんを、最初のターゲットにしなかったのは何故でしょう」

「ほかの吸血種たちとつながるための窓口として置いておきたかったのかな。あと、これは想像だけど、ミアは、ナオミさんがユエに血をもらったのかどうか、つい最近まで知らなかったのかも。ユエに血を吸われたことがあることはナオミさんの自慢だったみたいだけど、ユエの血をもらって吸血種になったのか、っていう質問に対しては、答えをはぐらかしてたとか」

「それで、事件当日、血をもらったことはないって確認できたから殺したんだとしたら……最初から、ナオミさんには目的を持って近づいただけで、完全に割り切っていたんですね」

ミアにとって大事なのは、ユエの血を手に入れることだけだった。ナオミが死んだ後、証人として警察へ来たときのミアは、友人の死を悲しんでいるように見えたのに。

「捜している相手じゃないとわかっても、殺さなくたっていいのに……」

「自分以外の、ユエに血を吸われたことがある誰かが、目障りだったんだってさ」

遠野が言うと、千夏は眉を寄せてカフェオレの缶を握る。何か思うところがありそうだったが、口には出さなかった。

三人の遺体を解剖して、口内や喉《のど》を調べれば、ミアの血液が検出されるかもしれない。

被害者たちが吸血種である以上、血を飲んだ形跡があっても不審には思われなかっただろうが、同一人物の血だとわかれば、捜査の一助にはなったはずだ。

吸血種を殺せるのは同じ吸血種か、特殊な訓練を積んだハンターくらいだという先入観のせいで、ヒトはノーマークだった。契約者や提供者にも、吸血種と渡り合えるくらいの身体能力を持った者はいると知っていたのに。

早いうちに、全員が同じヒトの血を飲んでいたとわかれば、捜査は一気に進展したかもしれなかったが、今さら言っても仕方のないことだった。

誰の血かがわからない以上、検査をしていたとしても、ミアにたどりつけたかどうかもわからない。

「彼女は最初、血を吸われた直後に力をコントロールできなくて恋人を死なせてしまったことで吸血種を恨んでいるとか、血を吸ったユエを最初は恨んだみたいなことを言っていたけど、建前だと思う。きっと最初から、ユエのことが好きだったんだ」

もともとは普通の恋愛感情だったものが、だんだん歪んでしまったのかもしれない。それが、彼女自身をも、歪めてしまったのかもしれない。

自分だけのものにしたくても、絶対に手に入らないとわかっていて、それならせめてと彼女が選んだのが、ユエの特別になること。自分だけが特別になることだ。

ユエに血を捧げ、間接的ではあっても、ユエの血を受けて吸血種になった存在になることが、彼女にとっての恋愛の成就だった。

「結局、あいつがモテてただけってことでしょ。迷惑な話だよねぇ」

遠野が言うと、千夏は「ほんとですね」と笑う。

こうして、彼女と朔の話をするのは久しぶりで、何だか嬉しかった。

しばらくすると、ヴィクターが駆けつけてきてくれた。よほど急いで来たのか、いつもきちんとしている髪がほつれ、額に汗をかいている。

千夏の怪我が大したことがないとわかって安心したようだったが、彼は断固として、千夏は帰って休むべきだと主張し、警察とかけあって、今日はもう帰っていいと許可をもらってきた。

「この後の流れについては、俺が残って警察と話をするから。話した内容はメールしておくから、チナツは今日は帰って、休んで」

「でも……」

「チナツは今回の事件が発生してからずっと、特別業務のために駆け回っていたんだから、今日くらいは休んで。役所との折衝や事務処理は支部の通常業務だ。俺にもできる。日本語も、会話くらいはもう大丈夫だし」

千夏は、日本語がネイティヴでないヴィクターに警察や病院とのやりとりを任せて帰ってしまうことに抵抗があるようだったが、ヴィクターは譲らない。「私も残りますから」と朱里が口添えをし、千夏はようやくヴィクターの呼んだタクシーで帰っていった。

千夏が帰る前に警察に一言挨拶をしていったようで、一段落ついたらしい石村が彼女と入れ違いに顔を出してくれたので、簡単に事情を説明する。

遠野は犯行現場を目撃した重要な証人として、事情を訊かれるだろうと残っていたのだが、石村は「お疲れでしょう」と気遣ってくれ、詳しい話や調書の作成は後日でいいということになった。

帰宅を許されたことで、もう緊急事態ではないのだと実感し、ほっとする。

まだここから数日は事務処理に時間がかかるだろうが、朱里の仕事は残すところ引き継ぐらいで、後は主に千夏たちと、警察の仕事だ。遠野も、現場に居合わせた者としての事情聴取が終わればお役御免となるはずだった。

「せっかく来たんだし、ボストンに帰る前に、ちょっと日本で観光しない？　朱里さんもお休みとれないかな」

だめもとのつもりで提案してみる。朱里は少し考えるそぶりを見せた後、意外にも、「そうですね」と頷いた。

フランス行きがふいになったことについて、気にしていたのかもしれない。

「警察の聴取もありますし、その後数日は、事務処理に時間をとられるでしょうけど……それが終わったら、少しくらいはいいんじゃないでしょうか。休みを申請してみます」

「やった。楽しみだな」

遠野が声を弾ませると、朱里も笑顔になった。

事件が解決し、彼女も緊張が解けたのだろう。ふわりとほどけるような笑みで、遠野も嬉しくなる。

ヴィクターと朱里の用が済むまで遠野も残るつもりだったが、朱里が気を遣うので、遠野だけ先にホテルに帰ることになった。

昨日までロウも泊まっていたホテルだが、一部屋分はチェックアウトの手続きをしておかなければいけない。その手続きは遠野が請け負った。

大通りに出てタクシーを拾えば、ホテルまでは十五分くらいだろう。

「気をつけて帰ってくださいね」

「朱里さんもね。ホテルに帰ってきたら教えて。朝ごはんか、ブランチでも、一緒に食べよう」

手を振って廊下で別れるまでは名残惜しいが、別れてしまえば、今度は、数時間後の再会が楽しみになる。

明日の朝食と数日後の観光に思いを馳せながら遠野がうきうきと病院の建物を出ると、妙なものが目に入った。

玄関前の地面に、パウダーチョークと思われる粉で、文字が書いてある。

緊急車両の誘導のためだろうか、と思ったが、英語の文字だ。

――「花村遠野は預かった」。

「え？」

一行目を読んで、文字の意味を理解したのと同時に、近づいてくる気配を感じた。

リオウが、男の顔を思い出したのは、事件から十年以上経った後だった。

何年もの間、思い出そうと努力し続け、ようやくのことだ。

男は血の海になった部屋の中に、血まみれで立っていた。

黒い髪、すらりとした細身の身体、両目は赤く光っているように見えた。おそらく東洋人の、若い男だ。

その男は立ちすくむリオウを見て、悲しそうな表情をした。殺意や敵意はなく、だから、リオウは、怖いとは思わなかった。

彼は美しかった。

そして、誰かに似ていた。

6

「悪いな。ちょっとつきあってくれ。危害は加えない」

病院前でそう言ったとおり、リオウ・ウォーカーは遠野を丁重に扱った。

ウォーカーは契約者であり、ハンターだ。吸血種とはいえ、戦闘に慣れていない自分に勝ち目はなさそうだと思ったので、遠野は最初から抵抗しなかった。言われるままに、おとなしくついていく。

深夜なので、ほとんど誰とも会わなかったが、仮に誰かに目撃されたとしても、成人男性二人が連れ立って歩いているだけなので、傍目には拉致には見えなかっただろう。

病院と、ミアが逮捕された現場との中間地点にあるビルに着くと、ウォーカーは監視カメラの設置されたエレベーターに堂々と乗り込んで、屋上にあがった。ビルの窓はすべて電気が消えていたが、エレベーターは動いていた。

屋上からは、病院の建物も見える。

今頃、誰かが玄関前のメッセージに気づいて、朱里たちに報告が行っているだろうか。捜査員たちの出入りがなければ、まだ誰も気づいていない可能性もある。

ウォーカーの目的は想像がついた。朱里にあまり心配をかけたくないから、できれば彼女がメッセージに気づく前に解決して帰れたらいいなあ、と思いながら、遠野は屋上からの景色を眺める。

ウォーカーは何かを——何を、かは明らかだったが——待っている様子で、遠野から数歩離れたところから同じように景色を見ている。

その表情は穏やかで、怒りに燃える復讐者には見えない。

ユエに訊きたいことがあると言っていた、その内容が、遠野も気になっていた。

「あのメッセージって、ユエあてだよね。見るかなあ」

チョークの文字は、一行目が「花村遠野は預かった」。二行目が、「イレヴンを待つ」と書いてあった。

遠野が振り向いて言うと、ウォーカーは自信ありげに頷く。

「見る。あいつはあんたを監視してるからな。通信も傍受してるんじゃないか。さっきも、あんたが相棒に電話したから、あんたがどこにいるかわかったんじゃないか」

「あー、ありえるかも……。なんかタイミングよく駆けつけてくれたなと思ったんだよね」

用心深い朔のことだ。自分と接触した吸血種が狙われていると気づいたのなら、遠野やロウの周辺には気を配っていただろう。

納得、と頷いている遠野をちら、と見て、ウォーカーは言いにくそうに口を開いた。

「連続殺人の犯人……つかまってよかったな。被害者は気の毒だったけどよ」

ナオミも、としんみりした声で付け足す。

「親切だったし、感じよかったのに、あのときはすぐ帰っちまって、悪いことしたな」

ハンターをしていても、吸血種全体に対して悪感情があるわけではないと、支部で話したときに言っていたが、それは本当だったようだ。彼はナオミを吸血種としてではなく、個人として見てその死を悼《いた》んでいる。

遠野はスマートフォンを取り出し、アルバムの中から、最新の一枚を選んで表示させた。

自分で描いた朔の似顔絵を、撮影したものだ。

「十数年前に君が見たのは、彼だった？」

写真を見せると、ウォーカーは確認して頷いた。

やはり、ウォーカーの父親の殺害現場に朔がいたこと自体は、間違いないようだ。

遠野はスマートフォンをしまい、

「お父さんのこと……あの後、聞いたんだ」

タイミングを計って切り出す。

話を聞きたいと思っていた。ここまでついてきた理由の一つだ。

センシティヴな話題だが、特に気にする様子もなく「ああ」とウォーカーは頷いた。

「君は、僕に対しても、ナオミさんとかほかの吸血種に対しても、本当に敵意がない。ハンターになったのはあくまで、目的のための手段だと言ってたけど、それが嘘じゃないってわかった。そうまでしてユエを捜していた執念は本物だけど、憎しみに凝り固まってるようには見えなかったし」

「それで、おとなしくついてきたのか。あんたは対策室の職員だし、ユエの友人だっていうから、もっと抵抗されるだろうと思ってた」

それは抵抗しても無駄だろうと思ったからだが、あえて訂正はしないでおく。

「支部で話したとき、ユエに訊きたいことがあるって言ってただろ。ユエに会っても、問答無用で襲い掛かったりはしないって信じるよ。僕だって、何があったのか知りたい。そのための場を設けること自体は、やぶさかじゃない」

深刻になりすぎないよう意識して、笑顔と軽い口調で言った。

「僕自身の身の安全についても、心配しなくてよさそうだしね」

君が理性的な人でよかった、と遠野が付け足すと、ウォーカーは当たり前だろうというように眉をあげる。

「そりゃあ俺だって、養父を殺した相手のことは憎いし、殺してやりたいと思ったけど、そいつが吸血種だからって、無関係なほかの吸血種全体を恨むのはおかしいだろ。フランス人の女にふられたらフランス人とは一切つきあわなくなる、みたいなもので」

「中にはそういう人もいるかもしれないけどね……」

吸血種全般に対して思うところはなくても、彼にとってユエが復讐の対象であることは変わらない。

今は落ち着いているように見えるウォーカーも、ユエ本人を前にしたら冷静でいられなくなるのだろうか。

「ユエに会ったら、どうするの？」

ユエが負けるとは思えなかったが、ウォーカーがユエに返り討ちにされてしまうところも見たくない。そんな気持ちで遠野が尋ねると、ウォーカーは少しの間黙った後、わからない、と答えた。

「訊きたいことがあるって言っただろう。あれは本当だ。話を聞いた結果どうなるかはわからないけど……とにかく、まずは、話をしたい」

遠野ではなく夜の街のほうを向いて、真摯な目で言う。

「間違った相手を憎み続けることはしたくない。俺は本当のことが知りたい」

朔と顔を合わせても、即戦闘にはならない——とわかれば遠野にとっては十分だったが、本当のこと、というのが引っかかった。

「君は……お父さんを殺したのはユエじゃないかもしれないと思ってる、ってこと？」

それとも、ユエの行為に正当性があったということか。だとしても、身内を殺されて、「仕方なかった」と割り切れるものだろうか。仇は仇なのではないか。

遠野の質問に、ウォーカーは言葉を濁す。

「ある意味では……いや、俺もそれを確かめたい。あいつに消された記憶が戻って、あの日自分の見たものを思い出して……その意味について、ずいぶん考えた。大部分は推測だけど、たぶん——まず間違いなく言えることは」

たぶん、と言った後でそう言いなおし、一度言葉を切って続ける。

「俺の養父は、吸血種だった」

風が吹いて、ウォーカーの薄いコートがばたばたとはためいた。

聞き間違いか、それとも冗談かと、遠野はまじまじとウォーカーを見るが、ウォーカーが発言を訂正する気配はない。

その可能性は、考えてもみなかった。

「でも、君のお父さんは、吸血種の弱点について研究してたって……」

ウォーカーの養父は、そのために殺されたと考えられていたのではなかったか。

彼が真実、吸血種の研究者だったとしても、本人も吸血種だったのなら、研究の目的は吸血種の根絶などではないのだろうし、その存在は、吸血種に対する脅威とまでは言えないのではないか。殺される理由がない。

「人間に戻る方法を探していたんだと思う。そうじゃなきゃ、自殺のためだったかもな。俺を拾ってからは……死にたそうには、してなかったと思うけど」

ウォーカーは、自信なげにそう言って、ようやく遠野のほうを見た。

「そもそも、俺の養父が吸血種の弱点について研究していたことなんて、殺されるまではほとんど知られていなかったと思う。死後に研究の結果が見つかったからわかっただけで……俺も全然知らなかった」

「研究内容のために殺された、っていうのは、後付けの理由だったってことか」

ウォーカーが何故、どうやってその結論に達したのかはわからないが、仮に彼の言うことが正しかったとして――それならユエが、同じ吸血種を殺す理由はない。ユエが犯人ではないとウォーカーが思うのは、そのためだろうか。

事件の前後、ユエを追ってハンターが町に入っていたという情報を思い出した。

ウォーカーの養父は、その巻き添えになったのか？

ユエが殺したのではないのか、という問いに、ウォーカーは「ある意味では」と言った。

それはユエを狙うハンターとユエの争いに巻き込まれたという意味か。

遠野がそれを問いただそうとしたとき、エレベーターの横に設置された、階段の鉄扉が開いた。

ついさっき、七年ぶりに再会して、別れたばかりの朔が、仏頂面で立っている。

思っていた以上に早い再会になった。

朔はビル風を受けて、さらに顔をしかめながら近づいてくる。

彼の背後で扉は音を立てて閉まった。

ウォーカーが、来たか、と短く呟く。何年もの間捜し続けた相手を前にしている割には、冷静に見えた。

「早かったな」

朔に向かって、まるで待ち合わせ相手の友人に対するかのように声をかける。

とりあえず、本人が言っていたとおり、武器を構えて臨戦態勢になったりはしなかったので安心した。

朔はちらりと遠野に目をやり――一応無事かどうかを確認したのかもしれない――、すぐに視線をウォーカーへと戻す。

「なんで俺が来ると思うかな。対策室の職員を人質にして、指名手配中の吸血種を呼び出せるとか思わないだろ普通」

不機嫌さを隠そうともせずに言った。

「だいたいおまえ、遠野を殺す気なんてないだろ。人質に危険がないんじゃ、交渉が成立しない」

それは遠野も思ったことだ。遠野に人質としての価値があるかどうかは別としても、確かに、ウォーカーに害意がなければ、朔が呼び出しに応じる理由がない。

本気で朔を呼び出したければ、ウォーカーは、もっと脅しをかけるべきだった。確かに、やり口がぬるすぎる。ましてや、仇敵相手に。

しかし、現に朔はここにいる。

ウォーカーが、

「来たじゃねえか」

と呆れた顔で言うと、朔は悔しそうに彼をにらんだ後、目を逸らした。

「もともと、別に人質のつもりじゃねえよ。おまえがこいつを監視してるのがわかったから、おまえにコンタクトとるためにはこれが一番早いと思っただけだ」

当然だろうが、遠野に対して話していたときと比べて、朔に向けられたウォーカーの声にも表情にも険がある。しかし、彼は朔を前にしても喚《わめ》き散らしたり怒鳴り出したりせず、冷静なままだった。親の仇相手というより、せいぜい、仲の悪い知人に対するくらいの態度だ。

「来ないかもしれないと思ったけどな。来たってことは、ちょっとは俺を気にしてたんだろ。逃げまわってないで、いい加減けじめつけろや」

朔は目を逸らしたままだ。まるで、負い目を感じているかのようだった。あの、いつも余裕に満ちて尊大な男が。

彼とウォーカーとの関係が、加害者と被害者遺族ならば、それも無理のないことだったが、どこか違和感を覚えた。辻宮朔は、そんな殊勝な男だっただろうか。

「もう、十五……十六年前か。あのとき何があったかは、だいたい想像はついてる。見えてきたのもここ数年の話だけどな。訊きたいのは、なんで俺の前から消えたかだ」

殺人者の汚名まで負って、とウォーカーが続けた。朔はそれを否定も肯定もせず、黙っている。

聞き捨てならないフレーズがあったので、遠野はあえて空気を読まずに会話に割り込んだ。

「えーと、ちょっといい？　朔は、君のお父さんを殺してないってこと？　じゃあなんで君は朔を追ってたの？　朔は犯人じゃないけど、事件の真相を知ってるとか？」

遠野がウォーカーと朔を見比べながら尋ねると、

「ああ、確かに、事件の真相は知ってるよな。俺はそれにたどりつくまでに何年もかかった。

ご丁寧に、おまえが記憶を消してくれたせいで」

ウォーカーは遠野ではなく朔を見て言った。

「俺の養父親《ちちおや》は、死んでねえんだろ。まあ、いなくなったって意味では間違ってねえのかもしれないけど」

朔がその答えを知っていると、ウォーカーは疑っていないようだった。

「家は血の海だし、遺体は判別不能だし、警察は俺を孤児扱いするし、俺も最初は混乱した。実際、長い間、たった一人の家族を吸血種に殺されたんだと思ってた。犯人らしき男を見たってだけで、顔を思い出せなかったしな。けど、十年以上経って、やっと思い出した。血まみれで立ってるおまえの顔を」

朔は答えない。頑なに目を合わせようともしない。

ウォーカーは、自分を見ない朔をまっすぐにらみつけ、視線と同じだけの強さで言葉をぶつける。

「俺の記憶から自分の顔だけを消したのは何のためだ。俺がおまえを、父親を殺した犯人だと思い込んで、一生恨み続けてもいいと思ったのか」

逃がすものか、こちらを見ろと、その強い目が言っていた。

「この期に及んで逃げ切れるとか思ってんじゃねえだろうな。答えろよ、――この、くそ親父」

その言葉の意味を遠野が理解するのには、数秒かかった。

朔は、ようやく、ゆっくりと顔をあげる。

仏頂面のままだったが、ブラッドリーに対するときのような――「敵」に対する表情ではなかった。

ウォーカーの視線を受け止め、いつもの彼らしいふてぶてしさで目を眇める。

「生意気。そんな子に育てた覚えはないんだけど」

「育てられてねえからな。十六年も育児放棄しやがって」

吐き捨てるような口ぶりでも、ウォーカーの目に憎しみはない。感じていた違和感の理由がわかった。怒りはあっても、彼にとっても朔は敵ではなかった。

外見年齢は変わらない、むしろウォーカーのほうがいくつか年上に見えるが、それでも――そう言われて見れば、急に、二人はまるで、折り合いの悪い親子のように見えた。

「似てるって気づいた後も、すぐには、同一人物だとは思わなかった。年が違ってたからな。まず、血縁者かと思った。兄弟とか親戚間での殺人なんて、珍しくもないだろ。けど、仕草とか表情まで同じだったから――結局、受け容れるしかなかった。俺が見たのは、養父本人だって」

事件当時、まだ子どもだったウォーカーは、吸血種の存在すら知らなかった。だから、事件現場に立っていて、その後姿を消した若い男のことは、犯人だと思うほかなかった。

しかし、月日が経って、その顔を——現場に立っていた男に養父の面影があったことを思い出したとき、ウォーカーはすでに吸血種の存在やその特性について知った後だった。だから、その可能性に思い当たったのだろう。

それから後は、仇討ちとは違う目的のために朔を捜していた。遠野に言ったとおり、話をするために。

「家にあった死体は、ハンターだろ。返り討ちにしたんだな。居場所がばれたと思ったから、見られたら困る研究結果を持ち出すか燃やすかして逃げたんだ。あの家に住んでいた男は死んだってことにして……残された子どもは、何も知らない無関係な遺族だってことにして」

吸血種は、ずっと血を飲まずにいれば、ゆっくりと老いていく。血を飲めば若返る。その事実を知らなければ、遠野も、ウォーカーが何を言っているのか理解できなかっただろう。

当時の朔に何があったのかは知らないが、彼は長い間吸血を断って老い、そんな中で子どもも時代のウォーカーを拾って養い子にし——数年後、ハンターの襲撃を受けた。

穏やかな暮らしを脅かされた彼が、ハンターを返り討ちにしたことは、朔の本来の気性を考えれば、別段驚くことではない。朔は返り討ちにしたハンターの血を飲んで、若返ったのだろう。その姿を、養い子だったウォーカーに目撃された。

朔は彼から直前の――自分の顔の記憶だけを消すと、損傷の激しい死体を現場に残し、自分は死んだと思わせて、幼いウォーカーの前から姿を消したのだ。

ウォーカーは、怒気をはらんだ声で尋ねる。

「なんでいなくなった」

「……別に、飽きたっていうか。ハンターに見つかって、潮時かなって」

誠意のかけらも感じられない口調で朔が答える。

「年取って外見変わってたからバレないと思ってたのに襲われて、開き直ったっていうかね。静かに暮らすとか無理なんだな、もういいやって、せっかくの美形と能力を活かしておもしろおかしく生きるかって思いなおしたわけ」

露悪的な物言いは意図的だと遠野にはわかっていたが、十六年も自分を捜していた息子に対して言うこととは思えない。見ている側としてははらはらした。

「俺が吸血種と暮らしてたってことを、隠したかったのか。俺が気づかなければいいと思ったのか」

「吸血種の養い子だなんて知られたら肩身が狭いどころじゃないよ。しかも悪名高い指名手配犯だ。いろんな意味で狙われてもおかしくない。被害者だと思われてたほうがいいだろ」

「優しい養父は吸血種に殺された、って思ってたほうが、俺も幸せだと思ったのか？　いい思い出にでもなりたかったのかよ」

ウォーカーは朔に一歩近づいたが、二歩目を踏み出す前に足を止めた。それ以上距離を詰めれば、朔が逃げ去ってしまうかもしれないと躊躇したのかもしれない。

彼は体の横で拳を握り、低く、絞り出すように言った。

「なんで俺を連れていかなかった。なんで置いていったんだ」

一瞬、朔は胸を衝かれたような顔になる。

しかしその後すぐに、それを隠すかのように、はあ？　と、高い声をあげた。

「逆になんで連れてってもらえると思うんだよ。こっちは追われる身なんだよ。足手まといの子どもなんか連れてくわけないだろ」

傷つけようとしてるのか、怒らせようとしているのか、早口にまくしたてる。

嘲《あざけ》るような口調だが、動揺しているのがまるわかりだった。

「おまえなんか食糧だよ食糧。非常食として飼ってただけだよ。育ったら食べようと思ってたのに、その前にハンターに見つかったから捨ててったんだよ、邪魔だったし」

「俺はもう十分育っただろ。今からでも食糧にすればいい。連れてけよ、責任とれ」

「は……はあ？」

明らかに余裕のない朔とは反対に、ウォーカーのほうは、口に出してしまったことで吹っ切れたようだった。

怒っていたのは、恨んでいたのは、連れていってくれなかったことだ。

ウォーカーがずっと、何年もの間、朔を捜していたのは。

そうか。

遠野にもわかったことが、朔にわからないわけがなかった。

朔は何か言いかけてやめ、また口を開きかけてやめた。

「……やめた」

ウォーカーから視線を外し、小さく肩をすくめて息をつく。

「今のおまえ全然可愛くないんだもん。好みじゃない。おいしそうじゃない。やっぱり血をもらうなら可愛い女の子とか――」

どこまでも勝手な物言いに、ウォーカーのこめかみに青筋が浮かぶのが見えた。

あーあ、と遠野が思った次の瞬間、彼は大股に近づいて一気に距離を詰め、がしっと朔の頭を片手でつかむ。

荒事になったら止めなければと思っていたが、割って入る暇などなかった。一瞬だった。

朔が抗議の声をあげる間もなく、ウォーカーはもう片方の手で反対側の肩を押さえつけると――大きく口を開けて、その首筋に噛みついた。

「いったあ！！！」

朔の悲鳴に続いて、ぢゅううう、と吸い上げる音が聞こえる。

ウォーカーは契約者ではあるが、吸血種ではなく、つまり歯は特にとがっているわけでもない普通の人間の歯だ。

そんなもので、血を吸い出せるほど深く皮膚を食い破られたら、それは痛いに決まっている。想像しただけで顔をしかめたくなる。

しかし、状況としては、なかなか愉快だった。

七年前、自分の腕を切断して平気な顔をしていた男が、痛い痛いと騒いで暴れる様子は、かなりレアだ。

「痛いってば!!　何してんだよバカなの!?」

じたばたしていた朔は、ウォーカーを突き飛ばして距離をとり、噛みつかれた首筋を手で押さえながら罵《ののし》る。声が裏返っている。

ウォーカーは悠然と、歯と唇についた血を舐めとった。

口元を手の甲でぬぐい、勝ち誇った顔で言い放つ。

「は、残念だったな。もう逃げられねえぞ。これで俺も吸血種だ、責任とれ」

「バカじゃないの!?」

朔は掌を見て自分の出血を確かめる。顔は真っ赤で、乱暴につかまれた髪は乱れている。首筋には不格好な歯形がついている。

遠野はこらえきれずに笑い出した。

勝敗は決していた。

「あきらめなよ朔、何歳までか知らないけど、おまえが育てたんだろ。引きさがらないよ」

この期に及んで、ごまかして煙に巻いて逃げようとするからだ。自業自得だ。

朔の性格を知ったうえで体を張って逃げ道をふさいだ、ウォーカーのほうが上手《うわて》だった。

「彼の勝ちだ」

朔は恨めしそうな涙目で――相当痛かったらしい――遠野を見た後で、キッとウォーカーをにらみつける。

「わかってるのか、おまえ、こんな……こんなことして。とりかえしが……こんなバカなこと」

途中まで言って、口をつぐんだ。

言うことがまとまらないうちに口に出すのは、彼にしては珍しい。何を言っても無駄だと朔もわかっていて、それでも、言わずにいられなかったのだろう。

望まず吸血種になったという朔にとって、自分の血でヒトを吸血種にするのは大きな覚悟の要ることだと、遠野にも想像がついた。何年も契約者だったロウに、ずっと欲しがられていても、血を与えるのを躊躇していたほどだ。

老いるほどの長い間、血を断ち、吸血種の殺し方の研究すらしていたほど、朔にとってその血は忌まわしいものだったのに――彼からしてみれば、売り言葉に買い言葉の延長で、一時の衝動で吸血種の血を飲むなんてありえないことだ。それをしたのがかつての養い子で、飲んだのが自分の血ともなればなおさら。

けれど、ウォーカーが、一時の衝動だけで朔の血を飲んだわけではないことは、遠野にだってわかる。

朔もわかっているはずだった。

生きるか死ぬかの瀬戸際だった、遠野の場合とは違う。ウォーカーには何年も考える時間があって、彼はその時間のすべてを費やしてここまでたどりついたのだ。

行動の意味を、ウォーカーがわかっていないはずがなかった。

「――後悔したって遅いんだからな。俺は知らないからな」

朔は捨て台詞《ぜりふ》のように言いながら、首筋の歯形をごしごしとこする。滲んだ血が広がったが、吸血種の回復力で、傷跡はすぐに消えた。

「もうなっちゃったものは仕方ないよ。誰かが吸血種になったときは、血をあげた先輩が責任もって面倒見るのが慣例だろ。ここは誠意を見せないと」

「そうだ、逃げるな。俺の面倒を見ろ。責任を果たせ」

「今のはどう見ても俺が被害者だろ!!」

「いやでも、もとはといえば朔が育児放棄して逃げたからだし」

楽しくなってきて、追い打ちをかけてやることにする。

「よかれと思って身を引いたつもりかもしれないけどさ。結局、吸血種だったってバレて、嫌われるのが怖かったんでしょ。その息子にここまでして追いかけられて、本当はちょっと嬉しいくせに」

「うるさいよ!!」

ウォーカーは、へえ、という顔をして朔を見たが、朔はすでに背を向けていた。自分が優位に立てない場合は撤退する、というのは戦略としては正しい。

うるさいバカ、バーカ、と子どもっぽい罵倒を投げてよこして、朔は乱暴に鉄扉を開け、その向こうへ消える。

地上へと続く階段を下りていく、腹立たしげな足音が聞こえた。

傑作だ。

千夏やロウの前ではあんなに格好をつけていたくせに、カリスマなどと呼ばれているくせに。

（まあ、家族だもんなあ）

ああいいもの見た、と笑いすぎて滲んだ涙を拭きながら遠野が振り返ると、ウォーカーがさほど焦った様子もなく朔を追って、階段へ向かうところだった。

遠野の前を通り過ぎ、閉まったばかりの鉄扉に手をかけて、

「世話になったな」

こちらを振り返る。

サングラスごしに見える目は穏やかだ。

「元気でね。たまには連絡するように言っておいてよ、君からも」

あいつをよろしく、と付け加える。ウォーカーは頷いて階段を下りていった。

遠野が屋上のふちを囲む手すりにもたれて見下ろし、しばらく待っていると、階段の途中で追いついたらしく、二人はほとんど同時に建物から出てくる。

朔は振り向かず、大股でかなり速いペースで歩いていたが、ウォーカーのほうが背が高く歩幅の差があるので、ついていくのに苦労はなさそうだ。朔も、本気で彼を置き去りにして逃げるつもりはないようだとわかったので、遠野は安心して二人を見送った。

朔は望まず吸血種になり、その後、緩やかに自殺を試みるかのように、血を断っていた時期があったという。それは、彼が遠野や千夏とも出会う前の話で、遠野の知らない朔の話だ。

そんな彼が、子どもだったウォーカーを拾い、どんなことを考えたのか。

ハンターに平穏な生活を壊されるまでの間、彼らがともに、どんな時間を過ごしたのか、それも遠野は知らない。しかし、知らなくていいことだ。本人たちだけ覚えていればいい。

離れた後のことも、その前のことも、彼らはこれから話ができる。思う存分、親子の会話を楽しめばいい。

朔が今の朔になったきっかけは不幸だったかもしれないが、彼の血を受けた二人はきっと、結構幸せで、今の自分を悪くないと思っている。

ウォーカーは自分で選んだ。そして遠野も、彼に命を与えられたことに感謝している。

だからこそ、無限の時間の中で、朔が一人でなくなったことに安堵していた。

さて、と手すりから離れ、スマートフォンを取り出し、朱里の番号を呼び出した。

ワンコールもしないうちに、朱里の声が聞こえる。

『遠野さん！』

「朱里さん。大丈夫、僕はかすり傷一つないから。心配かけてごめんね」

声を聞いただけで、自然と笑顔になった。切羽詰まった様子から、自分を心配してくれていたとわかる。

「さっきまでウォーカーと、朔もいたけど、もう行っちゃった。僕はえーと、二丁目三番地の……なんだっけ、建物名が見つからなかったんだけど、斜め向かいに郵便局があるビルの」

『場所はわかります。今向かっています』

こちらの状況がわからないので電話をかけはしなかったが、GPSで追跡したのだそうだ。病院前の文字は朔と接触したかったウォーカーの仕業であることを説明し、最初から彼に害意はなかったこと、捜査の必要はないことを伝える。

一度病院に戻ったほうがいいかと尋ねたが、予定通りホテルへ戻り休んでいいという返事だった。ヴィクターたちには朱里から電話を入れて、無事を伝えておいてくれるそうだ。

『今からそちらへ行きますから、建物の外に出ていてください』

無事なのがわかっても、念のため迎えに来てくれるつもりらしい。

ホテルへ着くまでの短時間でも、深夜のデートができそうだった。

「あのね、どうして僕が、ウォーカーに肩入れしちゃったのか、わかったよ」

ちょっとだけ僕に似てたんだ。そう遠野が言うと、朱里は、どういう意味か測りかねているようだった。

『彼が、遠野さんにですか？』

不思議そうに訊き返してくる声に、口元を緩めながら、遠野は鉄扉を開けた。自分の足で歩きたい気分だったので、朔たちにならって、足取りも軽く階段を下りる。足音が響く。踊り場の窓から、月の光が差している。

「これから話すね。あ、朱里さんは一回病院に戻らなきゃだめ？」

『いえ、連絡だけ入れて、一緒にホテルに帰ります』

「じゃあさ、ラーメン食べていかない？」

『こんな時間にですか？』

「うん、開いてるお店あるよ」

日本はすごいですね、と電話の向こうで朱里が感嘆した。

階段を下り切ってビルの外へ出る。

もうすぐ会えるのに電話を切るのが惜しくて粘っていたら、朔とウォーカーが歩いていったのとは反対の方向から、朱里の乗った車が来るのが見えた。

遠野はスマートフォンを耳に当てたまま、そちらへ向かって歩き出す。

まずは一緒にラーメンを食べて、ホテルに戻って——それから、事件の真相と、その顛末《てんまつ》を、朱里に話すのだ。ゆっくり、時間をかけて。

かつて孤独な吸血種に出会った子どもが、なくしてしまった大事なものを探し続け、十六年かけて見つけ出した話を――彼女がどんな顔をして聞いてくれるか、想像すると楽しみで仕方がない。

七年前、遠野は朱里と歩くと決めた。

道は違うが、これから並んで歩き始める友人たちには、遠くから――彼女の隣から祝福を送る。

新しい自分と新しい世界は、昨日までと一見かわり映えしないものかもしれないが、一緒に歩く人がいる。それだけで、不完全な世界は完璧になる。

七年前から、遠野も、同じ世界にいる。

解説

千街晶之

本書『辻宮朔の心裏と真理』は、織守きょうやの長篇小説『花村遠野の恋と故意』（二〇一八年六月に単行本として刊行された『世界の終わりと始まりの不完全な処遇』を文庫化の際に改題）の続篇である。

続篇の常として、前作の設定をそのまま引き継いでいるのみならず、前作で明かされた秘密が物語の前提となっている部分もあるけれども、ネタばらしを避けつつ前作について簡単に触れておくと——大学のオカルト研究部に属する花村遠野は、十一歳の時に奇妙な出来事に遭遇し、その時見かけた女性に一目惚れした。そのまま彼は九年間も彼女に恋心を抱き続けてきたのだが、ある殺人現場でついに彼女と再会を果たす。彼女——朱里は、妹の碧生とともに吸血種関連問題対策室という世界的な秘密組織に属していた。実は世界には、一般の人類に紛れ込んで暮らす「吸血種」が存在しており、対策室はそれに関連する諸々を担当している。彼女たちの来日の目的は、東京で続発する、吸血種の仕業と思《おぼ》しき殺人事件の解決だった。遠野は朱里への恋心から彼女の捜査に協力。遠野のみならず、部長の久住綾女、部員の辻宮朔・百瀬千夏といったオカルト研究部の面々も、事件解決のため奔走することになった。

そして前作の七年後が舞台の本書では、遠野と千夏はボストンの吸血種関連問題対策室本部に勤務している（遠野は愛する朱里と職場が同じになった）。そこに、日本で吸血種が相次いで殺害されたという新たな事件の報《しら》せが届く。吸血種を殺すのは、彼らを狩るハンターであっても容易ではない。ならば、吸血種が吸血種を殺害しているのか？　遠野たちはこの怪事件の捜査のため、再び日本へと……。

このシリーズ（仮に「吸血種」シリーズとしておく）は、吸血種と人間が共存する世界を舞台にした特殊設定ミステリにして恋愛小説であり、魅力的で個性豊かな人物が登場するキャラクター小説でもある。そして、吸血鬼小説の伝統と革新の歴史を詰め込んだような小説とも言えるのだ。駆け足になるが、ここで内外の吸血鬼カルチャーについて言及しておきたい。

ヨーロッパの伝承・民話などに土俗的な妖怪として登場してきた吸血鬼は、一九世紀にイギリスのジョン・ポリドリの小説『吸血鬼』（一八一九年）で、冷酷でエロティックな闇の貴公子という新たな属性を付与される。ここから吸血鬼は、ジョゼフ・シェリダン・レ・ファニュの『吸血鬼カーミラ』（一八七二年）やブラム・ストーカーの『吸血鬼ドラキュラ』（一八九七年）といった怪奇小説で活躍するようになり、二〇世紀には映画に登場する吸血鬼のイメージが普及していった。特に、一九五〇年代以降にはハマー・フィルムの「ドラキュラ」シリーズが一世を風靡し、クリストファー・リーが演じるドラキュラが、ダンディでパワフルな吸血鬼像を定着させた。

吸血鬼カルチャーが日本に導入されたのは昭和初期であり、当時の吸血鬼小説を代表する横溝正史の時代小説『髑髏検校《どくろけんぎょう》』（一九三九年）はストーカーの『吸血鬼ドラキュラ』の翻案である。一九五九年には、日本初の吸血鬼映画とされる『女吸血鬼』（中川信夫監督）が公開された。一九七〇年代には、山本迪夫監督が和製吸血鬼映画を立て続けに制作している。

こうした古典的作品における、ドラキュラのイメージが強い吸血鬼像に大きな変化が生じたのは、日本・海外ともに一九七〇年代と言っていい。一九七二年から連載が始まった萩尾望都のコミック『ポーの一族』は、時を超えて生きる吸血鬼の一族と、限りある寿命の人間との邂逅を年代記《クロニクル》形式で繊細に描いた、本邦少女漫画史に残る傑作である。一方、一九七六年、アメリカの作家アン・ライスは『夜明けのヴァンパイア』を発表する。この小説は一九九四年、『インタビュー・ウィズ・ヴァンパイア』（ニール・ジョーダン監督）として映画化され、トム・クルーズやブラッド・ピットらが美形吸血鬼を演じて話題になった。このあたりを源流として、吸血鬼に代表される異種と人間との恋愛を描く「パラノーマル・ロマンス」が生まれ、二〇〇〇年代後半からメディアを超えて世界的な大流行となる。恋愛小説の要素が強く、主人公の遠野以外の主要登場人物が男女を問わず美形である「吸血種」シリーズも、この流れに近接していると言える。また、遠野は朱里に抱いた恋心を、九年後の前作の時点でも、それから七年後の本書の時点でも抱き続けている。人間時間基準では重いと言われそうな感情だが、不死に近い存在である吸血種をそこに持ち込めば、たかだか七年や九年など瞬きより短い時間にすぎない。長い歳月に亘る恋心というテーマは、吸血鬼の存在に伴う時間の伸縮と相性がいい。

また、昔の吸血鬼小説・映画が、基本的に「外部から来るもの」としての吸血鬼を描いていたのに対し（例えばストーカーの『吸血鬼ドラキュラ』では、当時のイギリスにとっての「周縁」たる東欧トランシルヴァニアから、ドラキュラが世界都市ロンドンにやってくる。そもそもドラキュラのモデルは、一五世紀のルーマニア南部の領主だったワラキア公ヴラド三世だ）、時代が新しくなるにつれて、人間社会で吸血鬼がどう暮らすかを具体的に描いた作品が増えてくる。小野不由美の『屍鬼《しき》』(一九九八年)は、「外部から来るもの」という従来の吸血鬼像を踏襲しつつ、吸血鬼の種族がある集落に密《ひそ》かに住みついてゆく過程を詳細に描いた。菊地秀行の「魔界都市ブルース」シリーズでは、魔界都市と化した新宿で吸血鬼たちが他の住人と友好的な関係を結びつつ暮らしており、シリーズの最大長篇『夜叉姫伝』(一九八九〜九二年)では外部から侵攻してきた吸血鬼と新宿に住む吸血鬼との戦いが描かれる。こうした流れを見ると、「吸血種」シリーズで描かれる吸血鬼像や、吸血種関連問題対策室という組織が、人間と吸血鬼の共存の可能性をさまざまな角度から描く近年のトレンドに則っていることが窺える。

また、『吸血鬼ドラキュラ』のドラキュラの宿敵エイブラハム・ヴァン・ヘルシング教授に代表される、吸血鬼を狩るハンターもこの種の小説・映画ではお馴染みだけれども、吸血鬼が必ずしも悪としては描かれなくなった風潮につれて、吸血鬼ハンターの存在も善の側とは限らない陰影を帯びるようになっている。例えば菊地秀行の「吸血鬼《バンパイア》ハンター〝D〟」シリーズ(一九八三年〜)の主人公は、凄腕の吸血鬼ハンターでありながら、吸血鬼と人間の混血種「ダンピール」でもあるという孤高の存在として描かれている。「吸血種」シリーズの世界にもハンターは存在するが、本書から新たに登場するハンター、R・ウォーカーの複雑な立場は、このような現代的傾向を反映しているかのようだ。

　また、吸血鬼が存在する世界を舞台にしたミステリには、赤川次郎の「吸血鬼はお年ごろ」シリーズ（一九八一年〜）、シャーレイン・ハリスの「トゥルーブラッド」シリーズ（二〇〇一〜一四年）などが存在する。織守きょうやは弁護士との兼業という立場を活かして、弁護士が登場する本格ミステリを発表する一方、ホラー小説や、霊視能力を持つ探偵が登場する『ただし、無音に限り』（二〇一八年）のような特殊設定ミステリも執筆しており、吸血鬼という超自然的モチーフとミステリとを結びつける発想は自然なものだった筈《はず》だ。

　こうして検討すると、『花村遠野の恋と故意』と本書が、吸血鬼をモチーフとするフィクションの歴史そのものを内包したような作品であることがわかる。それを踏まえた上でこのシリーズを再読すれば、新たな発見が必ずあるに違いない。

——ミステリ評論家

この作品は書き下ろしです。原稿枚数478枚（400字詰め）。

幻冬舎文庫

●好評既刊
花村遠野の恋と故意
織守きょうや

九年前に一度会ったきりの少女を想い続ける花村遠野。殺人事件の現場で記憶の女性と再会する。事件を捜査中という彼女たちに協力を申し出た遠野だったが……。犯人は誰か、遠野の恋の行方は？

●好評既刊
水上博物館アケローンの夜
嘆きの川の渡し守
蒼月海里

大学生の出流は閉館間際の東京国立博物館で絶望していた。すると突然、どこからか大量の水が湧き飲み込まれてしまう。助けたのは舟に乗った美青年・朧だった。切なく優しい博物館ミステリ。

●好評既刊
コンサバター
大英博物館の天才修復士
一色さゆり

大英博物館の膨大なコレクションを管理する天才修復士、ケント・スギモト。彼のもとには、日々謎めいた美術品が持ち込まれる。実在の美術品にまつわる謎を解く、アート・ミステリー。

●好評既刊
片想い探偵　追掛日菜子
辻堂ゆめ

追掛日菜子は、好きな相手の情報を調べ上げ追っかける超ストーキング体質。事件に巻き込まれた好きな人を救うため、そのスキルを駆使して解決するが――。前代未聞の女子高生探偵、降臨。

●好評既刊
鳥居の向こうは、知らない世界でした。
～癒しの薬園と仙人の師匠～
友麻　碧

二十歳の誕生日に神社の鳥居を越え、異界に迷い込んだ千歳。イケメン仙人の薬師・零に拾われ、彼の弟子として客を癒す薬膳料理を作り始めるが。ほっこり師弟コンビの異世界幻想譚、開幕！

辻宮《つじみや》朔《さく》の心裏《しんり》と真理《しんり》

織守《おりがみ》きょうや

令和2年10月10日　初版発行

発行人――石原正康
編集人――高部真人
発行所――株式会社幻冬舎
〒151-0051東京都渋谷区千駄ヶ谷4-9-7
電話　03(5411)6222(営業)
　　　03(5411)6211(編集)
振替00120-8-767643
印刷・製本―株式会社　光邦
装丁者――高橋雅之

検印廃止

幻冬舎文庫

ISBN978-4-344-43024-2　C0193　お-59-2